信長…フォエヴァ…

Shoetsu
昇悦

文芸社

目次

信長……フォエヴァ……

第一章　悪　夢

「上様如何いたされましたか、お声がいたしましたが」

「うん」

「うなされているご様子、御機嫌は如何かと思い…声をかけましてございます」

しばらく間があった。

「入れ、こちらへこちらに来るように」

「はっ」

控えの間より小姓の狩野又九郎が襖をあけると急ぎ側にきて手をついた。

「使番は控えておるか」

「はっ、控えております。……上様、お汗がひどうございまする」

褥に座った信長は自らの額を拭った、ひどい汗であった。

「急ぎ着替えを用意いたしまする、しばしお待ちを」

又九郎は体を拭うための手拭いと着替えを用意するためにさがった。

又九郎は手早く着替えを調え手拭い数枚をもつと、使番が詰めている部屋の前にたった。板戸の透き間から、部屋のうちよりほのかな灯りが漏れていた、耳を澄ますと押し殺した小声ではなす人の声が聞こえていた。

「使番の方、どなたかおられまするか。…上様のお呼びでござる。一緒にこられまするように」

部屋のうちから漏れていた小声がやんだ。

「はっ、畏《かしこ》まってござる」

胴丸も解かず身に着けたままで、いつでも動ける用意の整った侍がすぐに部屋からでてきて従った。

真っ暗な廊下を、灯りを手に使番をともなって又九郎が信長のもとに戻ってきた。

二人は控えの間に入ると襖に近づき、

「上様、…使番の者を連れて参りました」と声をかけた。

信長は間の襖をあけると、大股で出てきた。

「夜道御苦労だが、使いいたせ」

「はっ」

「早速、惟任（明智）日向のもとへ参り、次のように伝えよ。いまより惟任の軍を引きつれ京に参れ、京の守りが手薄じゃ。惟任の軍勢をもって本陣といたす、まわりを固めよと伝えるのじゃ。疾《と》く行け！」

「はっ！　惟任様に伝えまする」

馬場では暗やみのなかを、三騎の武者が馬を引きだし鞍を乗せ慌ただしく用意しながら、厳しい声音で指示と確認がなされていた。

やがて使番が馬に鞭打つ音が響いた。

三騎の馬蹄の音が遠ざかり、寺の内外はすぐ静寂に戻った。

「上様、体をお拭い下され。着替えもお持ちいたしましてございます」

「済まぬ」

信長は夜着を脱ぎ、身体を拭いた。……汗の多さに意外な感がして、手を休め薄暗い灯りで体を見直した。

又九郎は信長の背中を拭きつつその様子を見て、

「褥もお取り替えいたしましょうか」

「よい、このままでよい。御苦労であった、さがって休め」

「控えておりますゆえ、いつ何なりとお申しつけくだされ」

床に手をつき一礼すると、又九郎は襖をしめてさがった。幼いながら権力者信長の身の回りを世話するのである、小姓達は一刻も気を緩めることができない。控えの間に戻っても、務めを終えるまでは着替えも寝ることも認められないのである。

信長は使番に指示を与え、当面の気掛かりに手を打った。褥に腰を下ろすと腕を組み、ほの暗く揺れて燃える灯心を見続けた。炎から一刻《とき》も、視線をそらすことができなかった。

白い夜着の姿が背後の襖に映り、炎の動きにあわせてゆらゆらと揺れた、無性に疲れを覚え、横になり目をとじた。

墨となった眼の奥と静寂のなかで、信長の脳裏には先ほどうなされた夢の光景が、あたかも現実を見ているように暗い空間に浮かび上がってきた。

闇夜のなか、興奮し猛々しい軍兵の雄叫び、鋭く風を切る矢音、刀槍の激しく打ち合う音が周りで鋭く響き渡った。

叱咤する怒声、女の悲鳴も交じってくる、慌ただしく走り回る足音、何かにぶつかる音、崩れ落ちる音などが激しく耳を打った。

旗本たる馬廻や小姓など身の回りに仕える者は状況を知らせに走り込んでくる。

さらに大きく燃えさかる火の手、渦巻く焔とともに燃える建物、ほんのわずか前に見た夢の光景がまざまざと瞼の裏に蘇《よみがえ》ってきた。

信長は心を激しく揺さぶられ、衝撃を禁じえなかった。

「夢か！　……夢よの…」

尚も夢の場面が続く、闇の虚空に喚《わめ》き叫ぶ声が沸き上がる。

夢のなか、紅蓮の焔に包まれて自刃して果てる自らの姿を見せつけられる光景は、信長にとって余りにも突然、地獄に突き落とされた如く悪夢以外の何物でもなかった。

来し方に翳りを感じ、不安を押し静め穏やかな気持ちともなれず、欝々として寝つけなかった。

ほんの一刻《こく》前に食事歓談した子息、後継者たる信忠の顔がしきりに思い出され、脳裏から振るい払えなかった。

信長は悶々《もんもん》としながら行く末に思いを馳せ、刻限はすぎていった。後ろを顧みる心を拒んできた…、初めて味わう経験であった。

一方、使番三騎は暗闇の中を、六里ほど先にある明智光秀の居城、丹波（京都府）亀山（亀岡）を目指して疾走していた。

行く手には、老ノ坂峠（２３０ｍ）が京の西に連なる山々の一部をなしていた。古来から丹波、丹後方面への重要な街道である。

ほかの多くの大名や領国と異なり、織田家の領国内は道路が整備されている。とはいえ、道に灯りや照明などのない時代である。

月明かりだけが頼みで、足元は分からず危険の多い夜の疾駆は難渋を極めていた。

暗い夜道は馬の目に頼るが、使番も目を大きく見開き道に石や邪魔物を見つけようとして、必死に先、先と凝視しながら馬の背に鞭をあてていた。

平らな地やとくに下る道は足元が暗くなる。その点登り道がやや見易くなる。目を遠くに向けると朧気ながら見ることも叶うようになる。

京に近いこの辺りは、しっかりした道路があり整備されていた。信長がこの地を支配してからは道幅も広くなり、橋なども改良されていた。

三騎の武者は京の街を抜けると、用心のためさらに心を引き締めねばならなかった。先頭にたつ使番は手綱を強く引き絞り、速さを緩めながら馬上で後ろに続く二人を振り返り、

「夜道ゆえ足元が不案内じゃ、充分気をつけられい」

「は！　心得た」

「手前にもしもの事があっても、二人して先を急げ、よいな！　固く申し付くるぞ」

「承知いたした」

同行する二人はすぐに応じた。

桂川を渡り夜道を急いで駆けた、やがて嵐山の峠道を登りにかかった、振り返ると後方には京の街の小さくわずかな灯りがぼーっと霞んでいた。

苦労しながら峠筋を登り詰めると、さらに奥にある老ノ坂峠方向から松明に照らされた、長蛇の列が三騎の眼に飛びこんできた。

使番は一瞬、一種異様な気持ちに襲われた。何が起こりかけているのか、馬上で心を巡らせた。だが思いあたる節は見出せなかった。気を取り直して、松明の明かりを目指して、先を急ごうとした。

突然、道の左右から一隊の軍兵がバラバラと飛びだしてきた。

「待てー！　何処へ行く、何者じゃ！」

使番は慌てて轡《くつわ》を引き絞り馬をとめた。そして夜目に桔梗《ききょう》の旗印を確かめた。

「上様からの使番である、明智日向守様に会いにいくところじゃ、日向守様は何処じゃ！」

三騎をとめた武将は使番の馬指物や、織田家特有の軍装を確認すると、

「失礼仕《つかまつ》った、さあどうぞお通りなされ」

「急ぐゆえ、馬上にて御免！」

使番はなおも先を急いだ、だが心に疑念が広がるのを押し止めることができなかった。無数の松明がよりはっきり輝きだしたとき、再び誰何《すいか》をうけた。

「何者ぞ！　止まれ！　止まらぬとブッ放すぞ！」

そこには、騎馬武者が興奮した馬をなだめながら、こちらを睨んでいた。光秀の婿、明智弥平次秀満であった。道の左右には火縄銃を構えた一隊が控え、鉄《くろがね》の如く厳しさが辺りに漂っていた。

使番は急いで、再び轡を引き絞った。周りの様子を掴もうとして、目を凝らして焦り見回した。闇に慣れた眼に、鉄砲隊の後ろに弓隊が控えその後方には槍隊がいることを認めた。騎馬武者さえ数騎いるではないか……。

尋常でない雰囲気に、使番は益々胸騒ぎを覚えた。それも一瞬で、すぐ事態に応じなければならない。

「上様からの使番じゃ、明智様の軍勢とお見受けいたす、日向守様にお会いしたい」

「上様からの使番とな」

騎馬武者は闇のなかを透かすようにして見て、身に着けている胴丸や背中の旗指物を確認すると後ろを振り返りながら、

「誰か案内《あない》いたせ」と呼びかけた。

声に応じて一騎若い武者が前にでてきて、使番を案内するために先頭にたった。

「どうぞ従《つい》てきてくだされ、案内《あない》いたします。夜道ゆえ足元が危のうござる気をつけられよ」

緊張し身構えている使番には意外と思われるほどに、若武者は落ち着き静かな声音《こわね》で話しかけた。その様子に使番はやや気持ちも和らいだ。

「案内よろしく、お頼みもうす」

四騎となった一行は足早に進んだ。

しばらく進むと、また物々しく槍、鉄砲で備えをした一隊が道を塞いでいた。しかし先頭にたつ騎馬武者の姿を見て道を開いた。

「御苦労！　急ぐゆえこのまま参る、上様からの使番を案内いたす」と馬上より声をかけた。

並みいる馬上の武者や足軽の背には、桔梗の指物が翩翻《へんぽん》と翻《ひるがえ》っていた。

一行がまた少し進むと、松明の明るさで周りがさらに明るくなった。そこに、明智の先鋒となる大軍が進んでくるのが、見えてきた。先頭を走っていた若い騎馬武者が使番を振り向き、

「いま、暫くお待ち願いたい」

頭をさげると、先鋒の軍勢のなかに走り込んでいった。残された三騎は、道の脇に寄り軍勢の進行を妨げないように待った。

松明を明々と燃やしつつ、真っ黒となった軍勢が黙々と目のまえを通り過ぎていく。三騎の使番は何と解すべきか迷いつつ、凝然《ぎょうぜん》と見つめ続けた。


しばらく間があって、案内の若き騎馬武者が戻ってきた。

「お待たせもうした、さっどうぞ従いてきてくだされ」

使番は先陣の隊列の脇を逆方向に進んだ。今度は誰に遮られることもなく進むことができた。明智軍の統制と伝達の素早さがうかがい知れる鮮やかさであった。

長い列をなす先陣を抜け、何段にも分けられた陣列の横を早駆けし、本陣の隊列に入り始めるが万の軍勢であり、四騎はなかなか馬廻衆に辿り着けなかった。

小半刻（三〇分）も過ぎたころ、ようやくにして馬廻衆の騎馬軍団とめぐりあえ

た。〝このなかに、日向守様がおるはず〟と使番はすぐに感じ取った。

豪華で美々しく飾られた甲冑を身に着けた騎馬の一団が隊列より離れると、厳重に守られたその一角がさっと開いた、そこに目指す明智日向守光秀がいた。

使番は急いで馬から下りると、光秀の馬足のそばに片膝をついた。

「申し上げます、京が手薄ゆえ明智の軍勢はいまより京にでて織田勢の本陣となし、京を固めよとの上様のご意向にござります」

「うん！　確かに承知いたした。して夜分でのご指示か、ほかに何か話はなかったか」

「急に、ご起床なされてのご命令でございます。承《うけたまわ》ったご指示は以上でございます」

「上様のご指示確かに承った、早速京に上りお側を固めるゆえ、ご安心のほどをとお伝え願いたい」

案内してきた、若い騎馬武者を目にとめると、

「おおそなたが案内してきたか、もう一仕事を頼むぞ、京の近くまで使番についてお送りしろ」

「はっ」

ふたたび使番に目を転じ、

「では上様によしなにもうしてくれ」

騎馬の一団を振り返ると、

「よし隊列に戻るぞ。気をつけて戻られい」

労《ねぎらい》を込めて、使番に声を掛けた。

光秀の周りを馬廻衆がかこみ、闇の暗さにも助けられ、外からその姿が見えなくなった。

使番は急いで自分の馬に戻り、手綱を受け取ると飛び乗った。四騎の武者は光秀馬廻衆の一団のそばを急いで抜け、京へ向けて馬を急がせた。

長蛇となった明智軍のあいだを抜けるまでは、案内の騎馬武者が先にたって進んだ。

小半刻が過ぎ明智の軍も後方となり、ふたたび漆黒の夜の闇が濃くなった。

桂川まで峠道を下りてくれば京はもう一息、使番は爽やかな明智の騎馬武者に礼をいった。

「夜の危うい案内御苦労でござった、お礼をもうす。ここまでくれば京の街も一息でござる。気をつけて戻られい」

「お役目御苦労にござる。…ではこれにて失礼いたす。御免！」

暗い闇のなか、お互いの表情さえ確かめることはできなかった。


一方、使番が走り去る姿を眼で追いつつ馬廻衆のなかで、斎藤内蔵助利三《としみつ》が馬腹を寄せてきて囁《ささや》いた。

「殿、異なことになりましたな」

「うん！　…上様のご命令じゃ、京に上らずばなるまい」

「して、…御下知は」

「本能寺にまいる！」

「は！　……使番はおるか、こちらへまいれ！」

利三は大声で叫んだ。

「全軍に伝えよ、…これより本能寺にまいる！」

光秀にとって多忙を極める夜が始まった。

「使番を呼べ、もっとも先手におる手勢に伝えよ、修学院へ進出いたせ、京を固めるのじゃ、疾《と》くいって伝えよ。所司代の村井貞勝殿にもお知らせいたせ。そなたは、二番手の手勢に伝えよ。清水寺を固めよ！」

次々と使番に命を下し、軍勢の進行を止めることもなく、すぐさま馬上から指図を始めた。いつもの如く手抜かりのない素早い手配りであった。

光秀は東山、吉田山、深草、吉祥院、嵯峨など外部から通じる街道筋に次々と軍勢を送り出し、不審な動きが起こらぬよう押さえにでた。

主な辻々にも軍勢をだし、京への出入りから、京洛内の人や物の動きさえも封じ込めてしまった。

同じ頃、明智の軍勢で先に進み状況を把握する役目を負う、物見の三騎が京の本能寺と信忠寝所である妙覚寺の間の三条通を東へ向けて駆けていた。

物見の三騎は桔梗の旗を持ち、脇に避けて道を空けた一隊の脇を走り過ぎた。

馬の蹄の音が消えた後、間もなく駆け戻ってきた。

二騎は後ろに残り用心しながら、一隊を見つめていた。一騎だけが隊の先頭近くまで駆け寄せてきた。

「斯様なる夜分に、何処に参る」と詰問調で声をかけた。

　一隊より士分の兵が前に出て、

「明智の殿が御出陣でござる。我らは亀山城の守りが手薄になる故、後詰として明朝までにお城に着きたく、急いでおる途中でござる」

「お役目、ご苦労！　途中で何か変わったことは、目にせなんだか」

「特別、知らせるべき動きは見かけませぬぞ」

「夜分故、気をつけてまいれー。では御免！」

「ご苦労でござる」

　三騎の蹄が消えて、しばらく様子を窺《うかが》っていた一隊は急ぎ脇の通りに入り、来た方向に目立たぬように戻り始めた。


　村井貞勝は寝ているところを火急の注進を受け、緊張の溢れる様子で、わずかの兵をともない慌ただしく馬で駆けつけてきた。

「明智殿、一体なんの騒ぎでござるか。詳しきことをお教え願いたい」

「上様よりの指示でござる、身辺に危惧を感ぜられたのであろうか。驚かせて相済まぬ！」

「明智殿が参られたとあらば、これほど安堵なことはありませぬ。…ご指示を！」

「御苦労でござった、村井殿からも京童達を落ち着かせ騒ぎの起こらぬよう手配りをして頂きとう存ずる」

「明智殿の意向了解いたした、所司代にて手配りつかまつる。では後ほど、御免」

　桂川筋にて細かい手配りを下し、軍勢の人数の把握から京の安全の確認まで終えて、京の街へ光秀が馬を乗り入れたのは夜明けにもう一息という最も暗い刻限であった。

　光秀は率いる旗本に向かい、

「街の者がいまだ寝静まっているゆえ、驚かすような物音をたてるなと皆に伝えよ」

と重ねて指示を与えた。

　明智の軍勢は夜も明けきらず、京に住む多くが気づかぬうちに静々と本能寺に近づいた。軍勢は本能寺前の馬場や近くの街道筋に黒々としてうずくまった、その数一万三千に達する畿内軍団の中核となる精兵であった。

　光秀は軍勢の装備を解かぬまま、兵には干飯《ほしい》を取らせ、隊形を整えたままで休憩をあたえた。

刻限は前に戻り、先に本能寺に帰った使番は本能寺前の馬場で馬を下り、手綱を足軽に預けると寺内にむかった。

門を固める一隊がおり急いで立ち上がったが、使番を確認すると黙って会釈をした。

真夜中ゆえ、使番はすぐ上様に報告をするものか迷っていた。使番が門内に入ると、音もなく小姓の魚住勝七が近づいてきた。

「夜の使い、御苦労でありました。首尾は如何でありましたか」

「老ノ坂峠にて、明智日向守様にお会いいたした。日向守様より〝直ちに京に向かい、上様のお側を固めるゆえご安心を〟と、お伝えするようにとのお言葉でござる」

「ほかに話は…、付け加えることは無いのじゃな」

「申し上げたことだけでござる」

「御苦労でござりました。早速、上様にお伝えいたす、お休み下され」

「お願いいたしまする。手前はこれにて失礼いたす」

勝七が音もなく、信長の寝間の襖に近づくと、間髪を入れず部屋の内より声がかかった。

「はいれ、早速聞こう。如何であった」

「はっ、はいりまする……。

日向守様直ちに京に向かいお側を固めるゆえご安心を、とお伝えしてくれとの由にございます。使番は老ノ坂峠にてお会いしたとのことでござります」

「うん、日向守がまいったならすぐ通せ」

「承知いたしました。……お休みなされませ」


本能寺についた光秀は、なおも多忙な刻限を過ごしていた。

京の外へだした物見からの報告を受け、次の指示をだす。京の町の安全の確保、派遣した手勢の交代、食事、休憩場所の確保など枚挙に暇《いとま》がない状態にあった。途中残してきた小荷駄隊を呼び寄せること、京の町民を驚かせぬこと、交通の妨げにならぬこともある。一通り手配し確認を終えたとき、人々は起きだし日常生活が始まっていた。

小荷駄隊は道なき道さえ通り、矢玉、兵糧、野営に使う道具など各種の必要な品々を運ぶ、荷は馬の背に載せる。多くの人夫や飼葉が必要である。小荷駄隊を守り・統制する軍勢と合わせると、本隊と変わらぬ人数となる。広い敷地を求め、大きな寺院の前庭などに収容された。

この小半刻前、桔梗の旗を手にした勢力が古びれた寺々の内部に消えていった。彼らは平服に着替えると、裏口より三々五々と闇の中に消えていった。畿内の地で桔梗の旗を持つ者は誰にも怪しまれない。安全な通行手形の用をなしていた。

光秀は本能寺の中で人々が動きだし、炊《かし》ぎの煙がたち、活動が始まるのを見て寺門にむかった。表門に近づいたとき、小姓の勝七が門を固める兵らを従え門前に佇《たたず》み、光秀を待っていた。

「早速のご出陣、…御苦労様にござります」と頭をさげた。

「出迎え、御苦労にござる」

「上様がお待ち兼ねでござります。案内つかまつります」

勝七が先にたち、寺内に招じ入れた。

朝の早い信長は既に平服に着替え、書面に眼を通していた。光秀がはいってくるのを見ると、書面を脇に置いた。

「日向守御苦労であったの、夜分の指示ながら、さすがに素早い反応見事じゃ。いつもながら見上げたものじゃ」

「恐れいりまする。光秀、上様の脇を固めまする。何なりと御用をお申し付けくだされ」

「そなたが傍にいるだけで安心というもの、道中の手配りをそなたに任すゆえ、存分に腕を振るうがよい。細川藤孝を先陣としそなたの与力としてこの度も使うがよい。毛利攻めや道中についてそなたに何か考えがあれば聞かせてくれ」

「秀吉殿、天晴《あっぱれ》戦上手にて毛利を押し込みたるは祝着至極にござります。しかし備前（岡山県）、美作（岡山県）、因幡（鳥取県）の地はまだ危のうござりますれば播磨（兵庫県）辺りで本陣を構えるのが上策と思われます」

「播磨辺りとな、考えておこう。此度《こたび》の戦もそのほうの力を借りるぞ、預けてある畿内の軍勢を呼び寄せよ。今日はゆるりといたせ、兵にも休みを取らせよ。明早朝出陣といたそう」

「心得ました、さっそく手配りに取り掛かりましょうぞ。これにて御免いたしまする」

光秀は鎧を揺《ゆら》せながら手をついた、信長の声に張りがないのがふと気になった。

ついで妙覚寺に泊まっている信長の後継者、信忠のもとにも挨拶に訪れた。

天正十年三月、信忠はさきの武田攻めにおいて、信長の制止を振り切って岐阜の軍団を率いて信濃を攻め上った。信長は側を固める滝川一益や河尻秀隆に与えた書状によって、早すぎる信忠軍団の進行を抑えようとしたが無駄であった。

武田勝頼の弟で豪勇を謳われた仁科盛信の守る険岨な高遠城を一気に攻め落とした。このことが織田と武田の争いで、勢力情勢を大きく変えるきっかけともなった。

信長にとっても長い間の懸案であった武田家は思いがけない推移で滅亡した。信忠は織田家の当主として、戦国武将としてその実力を信長にも、世間にも認められ始めていた。

このころは、すでに信長は戦場に出ることも少なくなり、天正五年ころより信忠が総大将となり織田の軍団を率いて各地に転戦しはじめていた。この年の三月、紀州雑賀攻めを最後に信長は総大将として戦場には出なくなっていた。

光秀が妙覚寺を訪れるのは予期されており、平服ながら偉丈夫の旗本が小姓を従え、待っていた。すぐに信忠のもとに招き入れられた。

信忠は二十五歳と躍動の刻にあった。信忠の下には若い一族衆が集められていた。彼らはやがて旗本となり、武将として信忠を支えることになる。今は信忠の下で多くの経験を積んでいた。

光秀の来着の知らせで、信忠への報告を中断し、一礼すると立ち去った。

「日向殿。ご苦労でござりましたな。素早い手配り、知らせを受けておりますぞ。感服いたした」

「滅相もござりませぬ。ご指示通りにいたしたまででござります。此度の関東征伐、祝着至極にござります」

「惟任殿の因幡調略、見事なものじゃ。これからも父を支えてくれるよう、手前からもお願い申す」

「は！　相努めまする」

光秀は織田家の頭領である信忠と充分に話し合い、忠誠を示しつつ理解と交流を深めておく必要を感じ取っていたからである。東国に兵を進めるときは、織田家の臣は総て信忠の指揮の下に出陣する形がすでに取られはじめていたのである。

四国攻めについても意見を述べ相互に考えを交換した。光秀は長宗我部元親からの働きかけや今までの経緯《いきさつ》について語り、現在の四国の情勢についても説明をおこなった。

元親は光秀の家臣斎藤利三の娘を妻に迎えているところから、信長に働きかける窓口として、永い期間に亘り光秀とは浅からぬ間柄にあった。

現今の信長と元親の全面的衝突の事態は、光秀にとっても喜べない状況にあった。

数年前までは畿内や四国の地に大きな勢力を張る三好一族に対抗するため、元親とは誼《よしみ》を通じており信長も好意的であった。四国の地は切り取り自由とさえ認めていたものである。

天正三年（一五七五）、信長は長宗我部元親の嫡子弥三郎のために信長の偏諱《へんき》を与え、信親と名乗らせ阿波在陣を認めていた。天正八年には元親からも鷹や砂糖が送られ、良好な関係が維持されていた。だが、九年に入り情勢は変化しはじめた。信長は三好康長を阿波に送り込み元親と対立がはじまり、いまや三男信孝を総大将に四国平定軍は大挙して船に乗り込む寸前にあった。

それだけに近年の元親との抜き差しならぬ戦の状態にある現状は、光秀にとっても頭痛の種となっていた。背景で羽柴秀吉は甥の秀次を三好家の養子として送り込み、三好一族の三好康長と結びその利益を代理していた、光秀に対抗し四国の経略にまで手を延ばしていたのである。このことも光秀には少なからず気に障っていた。

光秀は畿内の責任者として京の地にある内裏の様子、貴族達の動静、大寺院の動き、商人達の動向や背景をふくめ詳しく語った。同じく堺や大坂などの町衆、根来寺や雑賀衆の動向などにも触れて説明をした。

これから戦にむかう中国の状況にも話が及び大きな観点ばかりでなく細かい点についても検討し、各々の意見を交え話は進められた。

武田の滅んだ東国、甲斐（山梨県）上野（群馬県）信濃（長野県）など新しく加わった領国の情勢や上杉、北条など領国を接することとなった大名達の様子や動きについても話が及んだ。話題はさらに遠く奥州の諸大名の動向にも触れられた。

「事情は分かりもうした、流石は明智殿、ためになる話参考になりましたぞ。これより毛利攻めご苦労ながら、父上を頼みまする」

「分かりもうした、心して気をつけまする」

光秀はまもなく妙覚寺を辞して、今日の宿所にはいった。

時に、天正十年六月二日の朝のことであった。

後世の人は本能寺に異変の在った日と言う。

第二章　謀《はかりごと》

時間を遡《さかのぼ》り、天正十年（一五八二）五月二十八日京の西、嵐山に位置する愛宕権現において里村紹巴や西坊、公家達が参集した。光秀の人脈の広さ、織田家における地位の高さや権力の大きさ、その影響力をうかがわせる顔触れであった。

光秀はかつて幕府に仕えていた経緯もあり、京の内外に多くの人的な繋がりを持っていた。そのうえ、光秀は文化人でもあり、茶の湯、連歌は玄人の域にあった。

この度は連歌の会であるが、少将土御門道重ら尋常な顔ぶれとはいい切れない一面もあわせもっていた。

連歌の会も佳境に入った頃合いをみて、数名の参会者は声を潜め、左右を見渡し確認すると真ん中に集まった。

光秀は訝《いぶか》しげな表情となった、怪訝《けげん》な思いで黙然として推移を見守った。

ほかの参会者達も頷き合うと立ちあがり、光秀を囲むようにして座り込んだ。

「光秀殿、織田様のなされようどのようにお考えか、ぜひ胸のうちをお聞かせ願いたい。われらと光秀殿とは長い付き合いの仲、われらをお信じくだされ」

言葉を切ると、光秀の反応を待った。

光秀はなおも真意を測りかねて押し黙っていた。

「右府様のなされようは常軌を逸していると思われませぬか、光秀殿も幕府の臣下であったはず、将軍義昭様は毛利の領国鞆の浦におられる。幕臣としてどう思われておるのか」

先を見限り将軍義昭のもとを離れ、後ろ向きを捨て切れない朝倉義景の下を飛び出し、勇を鼓舞して新しい頼るべき主を探し出した。信長の臣下としていまや大きな成功を収め出世を遂げた光秀は内心、困惑を禁じえなかった。

ほかの参会者は勢いづいて、追い込んでいく。

高齢となり、延暦寺から下山し今は京の北で高利貸しを営む者からは、

「この話はわれわれだけの内輪の話ではないのじゃ、信長殿は足利の幕府、公家衆、仏教諸宗派、ほかの有力な大名などの怒りを買っておる、今のままでは長くはもつまい」

ほかの参会者も続いて、光秀の決起を促してきた。公家に列する者からは、

「もし光秀殿がたてば内裏からも綸旨も出されるであろうし、われわれも参内の折にはお願い申しておきまする。ぜひ光秀殿には立たれたい。

其方の動きにわれわれの今後もかかっておる。ぜひぜひ御決意されたい」

神官も加わってくる、

「われわれ総てが明智殿の味方じゃ。ここにおらぬ者でも多数のものが心を一つにしておる。すべて明智殿の決心如何にかかっておる、ぜひとも立たれたい、ゆくゆくは幕府を興すことも可能となるであろう。…如何であろうか」

光秀に謀反を勧めるのは旧体制側の人々であった。目立った軍事力のない彼らにとって光秀のもつ軍事力とその地理的要因は見逃せにできぬものであった。


光秀の領国は京を囲む東西の地にあった。東は琵琶湖のほとり、近江（滋賀県）坂本の地に安土城につぐ大規模な城砦を構え、比叡山を抱えつつ京を睨み、西には丹波（京都府）亀山に居城が竜が岳、小塩山越しに京を睨んでいた。

その地は京を守りかつ京を監視し、支配下におく位置にあった。光秀の存在は旧体制の側にも、信長にとっても非常に重要な地位と位置を占めていた。

光秀の地位は首都防衛と畿内軍団の大将を兼ねていた。同時に警察・検察、高等・

地方裁判所長官を兼ねたような内務を掌握していた。畿内の地は人口も多く商業も盛んであり税収の点でも大蔵や通産、城砦や道路、川、橋の造営を行なう点で建設、米や穀類など食料の管理で農務などを管轄し広く豊かな畿内を統制する地方長官を兼ねていた。内裏や貴族、諸大名、各宗派との交渉の責任者として外相役とざっと見るだけで最高権力者信長、信忠につぐ高い地位と権力を兼ね備えていた。

明智の軍団が支配する地には京、大坂、天王寺、堺、兵庫、奈良、淀など当時のおもな大都市が含まれている。今日では東京、横浜、名古屋、京都、大阪、神戸に相当するのであろうか、さすればその影響力と権力の大きさを我々にも窺《うかが》い知れる。

畿内の地は人口も多く、先進地域で、文化的にも、政治的にも、経済力でも特別に重要であり、同時に難しい地でもあった。つねにその動静はすべての大名・諸豪族、利益関係者や各種組織・体制の注視のもとにあった。

旧体制側はもし光秀が味方にならぬなら、失脚させることも秘かな狙いの一つであった。京の守りをする明智の軍が崩壊すれば軍事的に空白地帯となる、織田に敵対する側にとっても動きやすくなる。

光秀がいなくなれば、信長にとっても内裏との交渉役がいなくなり、また公家や僧侶達との交渉の窓口を失うことにもなる。内情を知悉《ちしつ》した監視役も消滅する、ここで光秀が滅亡すればいかなる事態が起こるか予測しがたい。

各地の大名や信長に押さえられて不満をもつ者達が蠢動しかねない。光秀はそれだけに狙われやすい微妙な位置にいたことになる。


一語々慎重に言葉を選びながら、ようやく光秀が口を開いた。

「いまや上様のもとで全国が統一されようとしておる、ふたたび戦乱の世に戻すようなことがあってはなりませぬ。足利幕府の世も終わりを告げており、ふたたび足利将軍家の再興はありえませぬ……。

寺社や公家衆にとって、寺領や荘園につき不満もござろうが、応仁の乱よりこの方よく考えられたい、ようやく平和がこの京にも訪れるようになったではありませぬか。

また延暦寺、三井寺、興福寺などの僧兵共の悪逆非道の数々、肉食や不犯をなすなどあるまじき行ないの数々お忘れではございますまい…。戦によって多くの民が迷惑しておる、まず民が安んじて生きる世にせねばなるまいて。

いま上様を討ったとて、混乱が増すだけじゃ、次に形をなすまでにふたたび戦乱の世ともなろう。わしを頼ってくれるは有り難きことなれど、兵を挙げるは無益じゃ」

里村紹巴が仲に入って、気まずくなった座を取り持った。

「難しき話はこれまで！　今日の話は皆様の胸に納めて、内密にしてくだされ。では、連歌のつづきをはじめましょうぞ」

光秀はこれを境に連歌を楽しめる心境からかけはなれていった。


翌々日の三十日、亀山城にて一門、近江衆、国衆、新参衆の主だった者を集め、光秀は軍議を開いた。

その顔触れは、一族の明智次右衛門、家臣の斎藤利三、近江の山岡対馬守景雅、山岡玉林斎、林員清、山城（京都府）の磯谷新右衛門、山本対馬守、渡辺宮内少輔、佐竹出羽守、幕府奉公衆であった千秋輝季、伊勢貞興、諏訪飛騨守、御牧三左衛門、丹波衆の川勝継氏、小畠左馬進、片岡藤五郎などである。

中国攻めの人数や割当をきめ小荷駄隊や留守番役も決定し、いざ準備にとりかかろうとしたとき、小姓がきて耳元で囁いた。

「密使がきております。内密の話にて秘かに殿とお会いしたいとのこと、如何計らいましょうか。土御門少将家の者と名乗っております」

「して、用向きは」

「直にお話ししたいと申しておりまする」

「書院に通しておくように」

光秀は大広間に詰めている皆に向かい、

「内密の話を持ちし来客じゃ、話の内容を確認して参るゆえ、しばしこのままにて待たれるようにの」

明智左馬助がきいてきた。

「何れからの使者ですかな、して用向きは」

「秘かに会って話したいとの希望じゃ、はっきりしておらぬ」

「くれぐれも用心をなされませ。何やらうごめいていると聞き及びますぞ」

「心得ておる、用心いたそう」

光秀は軍議の一同に向かい、しばらく休憩して待つように述べ席をたった。

「待たせたの、用向きは如何なものであろうか、文を持たれたのか」

「文は持参しておりませぬ。途中でいかなることがあるやも知れませぬ、明智様に余人を介さず直に話すようにとの下命であります」

「話を聞こう」

「主人からお知らせせよとの内容は……」左右を見て声を潜め、

「お人払いを、お願いいたしまする」

「心配ない、もうせ」

「ではもうしあげます、右府様の動きにございます。何やら不穏当な、動きがございます。聞くところによると、明智様を讒言《ざんげん》するものあり、右府様がいたく怒られ科《とが》の追及がおこなわれるとか……。讒言の中身は、明智様謀反《むほん》と聞き及んでおります」

「馬鹿な！　ありえぬことを」

「愛宕権現での連歌の会の密謀が露見したのではございますまいか…」

「わしは加担などしてはおらぬ。申し開きすればよいこと案ずる要はない！」

「主人より、右府様は猜疑心の強い方じゃ、よくよく御用心召されとの趣意でござる。これでお伝えする事柄のすべてでござる、人の眼に触れぬうちにお暇いたします」

「御苦労でござった、少将殿によしなにお伝えくだされ」

光秀は一人書院に残り、腹を決めようとした、しかしあれこれ考えだして決めかねた。心は千々に乱れていた、謀反との疑いをかけられれば死が待っている、望外の軽い処分でも追放である。

広き地を支配する織田の領国を無事に逃れ出ることは、叶わぬであろう事は明らかであった。

今まで長きにわたり営々として築き上げてきた領国、地位、名声も一夜にして消え去る。畿内を中心に三十ケ国にわたり、織田家の力の及ぶ地に住まいを営む場所は見出せない。天下の形勢をみるともはや統一の事業は信長のもとで成されるに、旬日を要しないであろう。その統一に向けて最も努力し力を合わせいまの織田家を作り上げたのは誰あろう光秀その人であった。

〝たやすく、申し開きを聞く耳をもつような信長でないことは、光秀自身が百も承知していた〟光秀は悩んだ、出口のみえない困難が降りかかろうとしていた。

幸いいまは家中の主だった者が打ち揃っている、みなの意見を聞いて判断しようと気持ちを固め、立ち上がった。光秀は五月末の暖かさを増した陽光をうけながら板張りの続く長い廊下を、視線を落としながら一人歩んだ。

小姓は遠くから、光秀に気づき慌てて走り寄ろうとしていた。

ふたたび大広間に戻ると、軍議を再開した。光秀は緊張の溢れる顔付きで席についた。

「では再開といたそうか。そうじゃ後ろに控えておる者達は席を外せ……。容易ならん事態にも発展しかねぬ内容じゃ、みなの者も心して聴いてくれ」軍議に参会している者以外はすべて遠ざけられ、重臣は光秀近くに寄り深刻な密談となった。

光秀は愛宕権現での連歌の会のようすや今し方聴いた話の内容を、掻《か》い摘《つま》んで話をした。

「みなの忌憚《きたん》のない意見を聞きたい。よもや上様が讒言をお信じなさるとは思えぬが、何かがうごめいて居るようじゃ…。誰が何のためにどうしようとしているのか、意図が読めぬ。みなのうちで、何か聞き及ぶことはないか。明智家の将来を左右するかも知れぬ、ようく考えてくれ」

一族や以前より光秀に仕える者から、信長の行状や猜疑心について指摘があった。

山岡対馬守は叡山焼き打ちの行状や浅井、朝倉滅亡の顛末を身近に見ているだけに、信長に対して、恐怖の念は拭えなかった。

近江衆の胸のうちを述べた。

「一度疑われたり、怒りに触れなば容易ならぬこととなりましょう。さきの石山本願寺攻めの陣で、大和（奈良県）と山城守護を務めし原田直政殿討ち死に際し、残されし者に対する仕打ちの酷《むご》さは忘れえませせぬ」

山城の磯谷新右衛門は緊張を漲《みなぎ》らせ、深く思慮を巡らせながら、

「陰謀かも知れませぬ、この地は魑魅魍魎《ちみもうりょう》が跋扈《ばっこ》しておりまする。くれぐれも、軽々しく動いてはなりませぬ、ようく動きを見定めねばなりませぬぞ」

近江や山城、丹波に古くより住むものは公家や僧侶達の陰謀や裏切り行為を好む性癖を承知しているだけに、新参者や国衆からは為にする謀略であり乗せられてはならぬと反論がでて結論はでなかった。

確たる証拠もなく、信長から譴責《けんせき》もない状況では議論が沸騰したところで、すべての者が一致して危険な賭けに乗り出せなかった。

議論も尽きた頃合いを観て、明智左馬助が左右に居並ぶ者の表情を確かめながら、みんなの考えを集約した内容を、慎重に言葉を選びながら語りはじめた。

「連歌の会に見らるることや、公家、僧侶、各地の領国大名達のあいだに不穏の動きあるは紛れもなき事実でござる。一方佐久間信盛様、林佐渡守様追放、荒木村重様、松永久秀様滅亡の事件もござります。夫々事情が異なりますす故、軽々しく動くは控えねばなりますまい。

ここは出陣の折ゆえ、老ノ坂峠を越え桂川沿いに南下をいたさば、どのようにも対応できましょう。もし右府様から詰問あれば、明智家生き延びるために戦うことも可能であり、何事もなければそのまま中国へ毛利攻めに参陣すれば良いではなかろうか。軽挙妄動だけは避けねばならぬ…。殿、ご判断を！」
「左馬助が述べるは尤《もっと》もじゃ、いずれにも対応出来るよう備えて、出陣するといたそう。よいの、これまでの話はくれぐれも内密にするのじゃ、十分に用心して対応するといたそう。何か聞き及ぶことあれば知らせてくれ、しかし目立たぬようにな。…いざ、出陣じゃ心してかかれ！」

このような問題が起こることに関していえば信長と光秀の間に不和があったというより、むしろ予《あらかじ》め示し合わせ、策として芝居をしたり動きがあったのではなかろうか。眼に見えぬ謀《はかりごと》の戦があったと考えることが妥当である。

だが思いがけぬ方向に事態が走り始めたり、思わぬ結果を作りだしてしまうことが起こりうる。各々がそれぞれの思惑から仕掛け、複雑に絡み合う。一度動きだした事態は誰にも正確には掴めなくなる。そうなると、携わったすべての者が予測のできない状況に身を玩《もてあそ》ばれることになる。

謀略を企てる者への牽制であったり、脅しであったり、内情入手の一断面が漏れたのであろう。織田家中第一の出世頭で京の近円を管轄する光秀と旧体制に楔を打ち込み、牽制したい信長、両者の関係を単なる感情論で評価することは早計であろう。

仕掛ける者は、仕掛けられる。

何時の時代、何処の地でも起こることである。


あくる六月三日早朝、信長は何事もなかったかのように談笑しながら光秀と轡を並べ馬廻衆のなかに入った。妙覚寺の信忠、四国攻めに関わる者は従い、京都所司代、公家や京の人々も辻にでてきて軍勢を見送った。

見送る多くの者の眼には、闇から闇へと葬りさられた凄まじい闘いについては映らなかった。美々しく華やかな行列を見送る人達の表情には明るく華やぎさえ見せていた。

行軍は着実だがいつもに似ずゆったりしたものであった。信長と光秀は常に轡を並べ、物見遊山を楽しむかのようで、見るものの眼に主従のようすには余裕さえ感じさせた。

光秀は行軍が淀むことなく、隊列が崩れることなきよう、つねに細心の注意を払って統制をしていた。光秀は先遣の部隊をだし、使番や物見の者をだして安全を確認し、前方と左右にある淀城、御牧城、芥川山城、高槻城、茨木城とほかに砦などにも予定を伝え、食料、飼葉を準備し休憩場所を用意し、後方部隊の撤収も整然とおこなわれていた。

光秀のその鮮やかな手配り、準備・進退に信長の旗本、馬廻衆は耳をそばだて、信長が中国地方、京や安土、岐阜に与える命令や指示に戦略の大きさ、決断の素早さに光秀の旗本は目を剝《む》き見守り続けた。

このあいだにも、明智の手の者に案内され土地の豪族や名主らが挨拶や献上の品々を携えてあらわれた。

信長は信忠を横に、いつにもなく上機嫌で、献上の品を収め手元より金品をあたえたり、訴えを聞き入れるなど周りの者にも優しい言葉をかけ和ますのであった。

淀城を経て大坂にむかう光秀のもとに、組下にある高槻城の高山右近、茨木城の中川清秀の軍勢が加わってきた。三宅城を経て、同じく光秀の与力をなす摂津（兵庫県）守護池田恒興の尼崎城に入った。城に入ると使いを送り、信長は神戸信孝や丹羽長秀に命じてある四国攻めの準備や手配の進捗状況を聞き質した。尼崎の城は海に面しており、ここより大坂の地や堺は目と鼻の先に望むことができた。

大安宅船も呼び寄せられ、

「御尊顔を拝し光栄に存じまする、九鬼家が臣、伊藤兵部でござる。主人九鬼嘉隆は堺にて陸に上がり軍議でござる、手前が主人に代わり参上仕りました」

「御苦労であった、早速見せてもらおう」

新しい武器に、特に強い興味を示す信長は堺にある水軍を呼び寄せ、沖に浮かぶ軍船の操船の様子を眺めていたが、陸から見ているだけでは我慢できず木津川河口で大海戦のあった天正六年いらい久方振りに大安宅船にも乗船し、装備などについても一々確認し見て歩いた。

信長は信忠に水軍について色々と話し聞かせていた。岐阜から東国は陸の移動と戦いが主であった。今後、更に海の戦いに備え、その場にて具体的に、船上で教えていた。

装備されている大砲や長銃には一段と興味をしめし、予定になかった試し射ちさえ行なわせる程の熱の入れようであった。

九鬼嘉隆は知らせを受け、信長が乗る御座船に急ぎ船を寄せてきた。縄梯子を登るのももどかしげに、

「嘉隆参りましてござる、遅れもうし相済みませぬ。上様、御機嫌麗しゅう…」

「挨拶はそれだけでよいぞ。早速聞こう」

水軍戦のようすや現今の戦況について報告をうけながら、九鬼嘉隆を前に残したま

まで駆け付けた堺で大坂の司令役を果たす津田信澄の説明をきいた。なおも続々と武将達が乗り込んでくる、船上より陸を指差しながら紀伊（和歌山県）や和泉（大阪府）の国衆などの説明もきいた。

信長から嘉隆は再び呼ばれると、さらに多くの鉄張り大安宅船の建造を急ぐよう命じられ、慌てることになった。

「向後、毛利攻めだけでのうて四国攻め、九州の平定、関東や奥州の地も問題になろう、そのときは大きな軍船が多数必要となるぞ」

「何隻ほど、ご所望に」

「大安宅船は伊勢（三重県）、志摩（三重県）、和泉、摂津にて造り、安宅船や関船、小早などは淡路（兵庫県）、紀伊、尾張（愛知県）でも良かろう。信雄、信包、信澄、安宅清康らにも協力を求めるがよい。できるだけ多いほうがよい。そうじゃ、丹後（京都府）、若狭（福井県）でも造らねばならぬ、長秀や藤孝にも応援を依頼いたせ」

信忠は脇から、

「舟材は美濃、信濃より用立ていたす。飛騨材は川筋を使い越中に出す故、佐々殿の助けも必要となろう」「は！　できうるかぎり、多数建造いたしまする」「手詰まりが起こりしときは、報告いたせ」

この間にも、大和から筒井順慶も加わり、与力、組下を加えた明智の軍勢は三万を超えるまでに膨らんでいた。このころになると信長直属の軍勢も駆け付け、一層大軍団に成長を遂げていた。

信長は落ち着かない東国の様子を案じて、あれこれと指示を与え、岐阜や関東・北陸軍団の武将達に与える文章を認め、信忠に付き従う武将や旗本達にも金品を与え気を使った。

華やかで意気盛んな中国遠征軍を見送ると、信忠は即座に大船で岸和田城に渡り、四国攻めの準備をその目で確認した。

織田家当主の視察である、信忠からは戦支度の最中ゆえ、いらぬ配慮は無用との知らせがあったが、諸将はじめ未だ織田に属していない豪族達や寺社、国侍、町衆、商人達も押し寄せた。広くない岸和田城は客で溢れかえった。彼らの見立てては信長の時代は十年は超えまい、次の三十年は信忠の時代であり、天下を統一し天下人となる。さすれば、今がお目見えし誼を通じておく、良き機会である。

時代は移り始めていた織田の将はじめ多くの人は信忠の下へ緊張して参集した。報告や伺いなども直に訴えることができる絶好の機会でもあった。

諸将の見送りを受け、岐阜からの人数も多数揃え、大坂の地を船上から見ながら淀川を遡り、安土城に立ち寄り留守居役に領国や城内の様子を確認し、岐阜に戻っていった。東国は未だ万全でない状況にあった。

毛利攻めにつかう本陣の地は、毛利からの夜襲や奇襲にも耐えられる安全な城郭が求められた。同時に多数の軍勢が生活できかつ水軍のための港があり、海からの攻撃にも対応でき、街道筋にあって交通、連絡などに便利で安全な地が調べられた。

光秀の手の者が先行し、各種の面から情報を集め分析した書状や絵図が行軍中にもたらされた。中国での本陣の地を決めたあと、本陣に使う城郭での準備もあり、一層行軍が遅くなった。

山陽路にはいると、信長は大船を生かすために、軍船を支える水軍城に大いに興味をしめし始めた。

「日向、どうじゃ瀬戸内の水軍城を見ておくのも良いではないか、いずれわれらも水軍城を築かねばならぬときがこよう、それも極く早くにな」

「上様、それは良きことにお気づきなされました。毛利との戦にも、四国との連絡や軍兵、荷駄の海上輸送にも必要でございましょう。では早速手配いたしまする。…使番をこれへ」

　使番は、信長や光秀の面前にでると素早く片膝をついた。

「上様のご意志である、これより播磨（兵庫県）の船上、魚住、高砂、国府山、英賀、室山、尼子山城などの城将に伝えよ。水軍城の普請や城構えにつきお知りになりたい、これより順次訪ねるゆえ絵図面など用意しておくように、戦の途上であるから特別のもてなしは不要である、疾く伝えるように。頼むぞ」

　信長は播磨の船上、魚住、高砂、英賀と水軍城の機能や構造その佇まいを見ながらのんびりと進んだ。ようやく、播磨の姫路城に小寺（黒田）孝高の出迎えをうけ入城した。

「戦の最中にも拘わらず出迎え御苦労であった。筑前より聞き及んでおる、苦労をかけたな、これからも筑前を支えてくれるようにの」

「勿体なきお言葉、身に余る光栄にござる」

「では、ここの様子を掻い摘んで話してもらおうか」

　早速、高松城の水攻めと毛利勢の様子やその他の戦場の様子が説明され、秀吉からの報告ももたらされた。

　中国方面の但馬（兵庫県）、因幡（鳥取県）、伯耆（鳥取県）、美作（岡山県）、播

磨、備前（岡山県）の在地の大名や豪族も集められ、軍議がひらかれた。

初めて顔をあわす新参衆も多く、領地などの報告も受け、信長は安堵状を渡した。

「方々良くこられた、礼をいうぞ。知行地の安堵を得るばかりではなく功を挙げれば、大身にも引き立てようぞ」

参集した在地の大名や豪族は口々に、

「有り難きお言葉、痛み入ります」

「心して、お仕えもうす」

「勇気百倍でござる」

領国や支配地の安堵状を得て、安心と昂ぶりの気持ちでお礼を言上した。

ほっとした雰囲気が満ち溢れた座の雰囲気を確認すると、信長は、

「みなも知っておろうが、筑前は小者足軽から毛利を圧倒する大将になっている、ここにいる明智日向守は浪浪の身から織田家第一の出世頭となっておる。大いに取り立ててようぞ、頑張ってくれ」

信長のもとには新たに織田家の領国に入った山陰、山陽の各地から陸続として、軍勢が集まっていた。いまや六万に達する軍団となり、毛利の軍勢を一層圧倒する勢いになった。

信長は在地の領主達を先陣とし備前の富田松山城にむけて進み始めた。

光秀にとっては新参の大名、豪族を、統制せねばならない、新しく難しい問題を抱え込んでいた。お互い顔も名前も知らない同士である、巡察、行軍の統制、食料の調達分配、馬の飼葉や宿泊の割り振りまで光秀が一々決めていかねばならない。

光秀にとってもこのような大軍を直接指揮することは初めての経験である。

新たに属した新参衆と織田、明智の軍は慣れぬ各武将達と互いに疎通をとるようにせねばならない、苦慮する点でもあった。

光秀は織田家の厳しい軍律や陣立てを説明し、配置を決め新たな役割も定め伝えた。円滑にことを進めるために、各武将のもとから光秀のもとに旗本や馬廻衆を集め、連絡を密に行なうこととした。

順調に進むかと、思われた備前への進軍は梅雨に阻まれることが多くなった。馬上でずぶ濡れになることも度々となり、大いに難渋した。

信長はかつてキリスト教の宣教師や船乗りから聞いた、異国の城の造りや大きな帆で帆走する大船の話を度々思い出していた。

「我が国の城造りは、基礎に石垣を用いるのみじゃ。大砲を撃ち込まれたら、防ぐ手立ては思いつかぬ。石材が足りぬの、その石材で城を築く技術もない。敵方が大砲を手に入れ、船で攻めてきたなら水軍城や港を守る手立ては…港の外に大砲を据えることも必要かも知れぬの。異国では城の上に大砲を置くというではないか……船にしても櫂で漕いでいては、速くはならぬ。大きな帆を張らねば遠くの地へ船を出すのは難しい。我々に技術や匠は居るであろうか、だが帆は火矢に狙われると燃えやすい…さて、如何すれば良いか」

信長は時代の常識に曇らされることなく、論理的に考え合理的に判断し、懸案の課題解決に邁進した。自らの判断や価値観を信じ、その決断に自らを賭けて困難に対し、挫けずためらうことなく突き進んだ。

判断を下すための材料はあくまでもこの時代から取られたものである、また信長が総て考え工夫したものとはいえない。すでに一部に流布されていたり、当時としては常識外れと見なされていた意見や献策を、前例や慣例にこだわることなく取り入れることを止めずに継続した。さらに強い意志と粘り強く実行に移すことにより意想外に実現させていった。

信長はあくまでも合理性を重んじ論理的に推考を重ねて判断し、実行に移し実現させていった。この点こそが最も時代を超えていた。信長の凄さ、素晴らしさはこの点にある。だがそれは、正義を保証するものでもなければ、幸福をもたらすものでもない。しかし、時代精神が潜らねばならぬ辛く苦しい狭き門である。

先進性の一端は、他国からの侵略を恐れ、まともな道を敢えて造らなかった時代に、信長は整備された広くまっすぐの道を造っていた。街道、海上、河川で関銭を取るのが当たり前の時代に、大規模な商取引や交通を妨げているとして禁止した。だがこの利権による関銭を収入源としていた旧勢力の寺院や貴族、豪族達の反発を招いてもいた。

商業経済の普及は多くの商品流通を伴い、各地の品々が取引されることになる。自由な取引をみとめ、信長は楽市楽座を大幅に取りいれ、経済、財力面からの充実を図った。土地と農業に過度に依存すれば、戦ができる季節が限られる。土地から解放されれば、年中戦も可能となる。他の大名が農民を兵として集めることができぬときにも、信長だけは軍勢を動員できたのである。

この時代は各宗派が多くの土地を支配し大名を脅かし滅ぼすなど、一般の世俗社会でも大名や豪族と対等に争い、戦を有利に運ぶため多くの信者を巻き込んで戦を行なっていた。一方僧侶が還俗し金貸しになり庶民の世界を支配していた。表面的な支配者が大名とすれば裏の世界を牛耳っていたのは宗教を含む旧体制派であった、いわば地下経済を支配していたのである。信長は宗俗分離の徹底を図ろうとした。

佐久間信盛や林佐渡守らは年月を経て過去を問われた。

この時代、疑いをかけられると即座に死が待っていた。それは本人ばかりでなく、一族郎党にも広く及んだ。粛正は女子や幼い子供にも及び惨たらしい結果を来たしていた。事実を究明されることはなかった。

信長はすぐ処断せず機会を与え、十年を経て罪状、不満を明らかにして命を奪うことなく、家族に狭く絞って追放した。残された佐久間軍団に属していた侍達は、織田家のほかの軍団や大名の元に吸収され、処分されるなど不幸は降りかからなかった。数年後には佐久間信盛の死後とはいえ家族は帰参が許されているのである。信長は、すでに時代精神を凌駕していたのであろうか。〝過去を問い糾さねば未来は活かされない〟この見識と決断し実行する能力は、いまの時代の方がより必要としているのかもしれない。

時代精神を発展させ、大きく進めるには誰かが旧弊を打ち破らなければならない。

多くの死傷者がで、多くの不幸な出来事が起こった。どんなに素晴らしい制度や社会であっても、新しい制度やシステムが安定して機能するまでは不安と疑心で抵抗も激しくなる。古今東西いつの時代、いつの世にも起こることである。われわれの周りを見ても、この時代と余り変わらない光景が繰り広げられることに、改めて驚かされる。

信長は〝新しい時代精神を担って戦った〟のである。

この時期、有限の生命をもつ人間信長も時間の足りなさを痛感したであろう。

信長の支配が及んだ地は三十ヶ国に達していた。敵対する大名の地も含めると当時の人口の大部分の生殺与奪の権を握っていた、その数は数百万人を超えていたであろう。争乱の時代は統一にむけ戦う間に、多くの敵味方、庶民にまで破滅をもたらしていた。

想像もできなかった成功にもかかわらず、信長は当時の平均年齢を考慮するならばすでに五十歳に近づき老齢に入る頃である、精神的のみならず身体的にも転換期にあったであろう。

行き詰まりは信長ばかりでなく、一緒に苦労した多くの武将達も、遅かれ早かれ大小に差はあっても直面していたであろう。

信長は多くの人の生命や運命を背負い続けることに苦痛を感じだしていた。時代の常識を超える改革を成し遂げてきた信長にも、今は崩れ落ちる時期《とき》が忍び寄っていた。

能吏であってもカリスマ性の少ない光秀にとって、この時いかなる悪夢が訪れたのであろうか……。

光秀もすでに老齢にあった、停滞が始まり時代の変化に対応するにも苦痛が伴ったであろう。だが、歴史を作り出すとてつもない激動が奔出する。

六月の半ば、信長は風邪気味となり高熱を発した。

第三章　追い込む

信長は熱発で悪寒が走り不快感も高まり、馬上での行軍も苦しくなった。さらに身体の芯から疲れを覚えるようになり、意欲も衰えてきた。覇気が薄れ報告も聴くばかりで、命令を下すことも滞るようになった。その上苦痛を訴え、しばしば行軍をとめ休養を取らねばならなくなった。この様子では陣頭に立ち、戦場での下知も執れそうになかった。

思いがけぬ事態に光秀は素早き対処を迫られた。信長は急ぎ行軍中の軍勢より離れ、旗本や馬廻衆に守られながら富田松山城に向かい、急遽安静をとることとした。

松山城に急ぐ一行に、折からの梅雨空からは大雨が襲い立ち往生した。気が急くが自然の威力は凄まじく進むも退くもできず、不案内な地であるだけに、雨を避ける場所も見出せなかった。

馬廻衆や旗本達は雨を避けうる家を求めて、雨中に馬を走らせ必死に探し歩いた。

激しい雨は視界を遮り、冠水した水は馬の足を妨げた。

主従は豪雨のなか身動きもできずにいた。戦に慣れた者達でも体はひどく疲れ、夏とはいえずぶ濡れになり体は冷えてきた。一行の皆も、難渋に身体も気持ちも弱っていた。体調を崩している信長には一層応えていた、だが何の打つ手も見出されなかった。

取れる手は自然の回復を待つだけであった。

さらに千種川の増水も城に辿り着くのを遅らせた。

尼子山城に戻り風呂で体を温め、予定の外の二泊をして、体を休ませた。ここより松山の城まで凡そ十里の間に休める城はない一気に進まねばならない、翌々日併せて十五里のぬかるんだ道を難行苦行の末、ようやく富田松山城に辿り着いた。

信長は城将や城兵への挨拶や儀式もとりやめとし、早速寝所に入ることにした。到着に際し憔悴が目立ち、わずかに次の言葉を述べることがようやくできる状態にあった。

「体調が悪いゆえ、許せ。みなのもの御苦労であった。大勢で援軍に参ったゆえ安心いたせ」

信長は寝所に入るとすぐ横になった。いままでに経験をすることもなかった、寝ている体が褥を突き抜け何処までも下へ下へ落ちていくような感覚に襲われ、頼りなく深い疲れを覚えていた。

この時、突然多数の僧侶による勤行《ごんぎょう》の声が湧きあがり天上から舞い降りてきた。それは激しく心を突き動かした。今将に、天上に召される心に陥りそうであった。勤行の大音声は辺りを包み込み、何も考えられず、身を任せていた。

しばしの間心が寛ぎ、諦めにも似た精神状態に陥った。暫くの時を、心を虚しくして、激しく響き渡る勤行の大音声をあびていた。

「上様、お気づかれておられまするか…。明智日向守様がお見えになりました」

落ち着く間もなく、今後の手配について光秀が会いにきたと、小姓の金森義人より報せがあった。光秀が〝呼び戻しに〟やってきたようであった。我に返ると、そこには、信長が存在していた。

「日向に伝えよ、余が良くなるまでそなたが余に代わり総ての指示を与えよ、と伝えよ」

「はっ、明智日向守様にお伝えいたします」

小姓の金森義人は二名の小姓と共に光秀の前に座ると、

「日向守様、上様よりのお言葉をお伝えします。上様のご病気が回復されるまで、上様に代わり総ての指示を与えよとのお言葉でございます」

「上様のお体はそんなにお悪いのか」

「非常にお疲れの様子でございます」

「上様にお伝えもうしてくれ、心おきなくお休み下されと。守りを固め心を煩わすようなことにはいたしませぬとな」


小姓達にとって戦場以上に気を使う刻限が始まった。

身辺の警護や外部との連絡に配慮し、緊急の用事は伝え、その他の用件は後回しとした。信長の病状を外に洩らさぬように、秘密を守ることに最大の意が用いられた。

小姓達にとって最も気を使うのは信長の身の回りの介助にあり、とくに今回は病気の介護が中心にあった。すぐ軍勢に同行している医師《くすし》が呼ばれ、診立てがあり薬が調合され煎じられた。

小河愛平、高橋虎松、菅谷角蔵などが交代で昼夜看護を続け、詰める者に緊張が続いた。

「上様ご気分は如何でござりまするか、額の布をお換えいたしましょう」

「うん、頼む」

「日向守様より、上様の回復を願って滋養のある食べ物が届けられております」

「そうか、みなに面倒をかけるの」

「お食事をお持ちいたしまするか」

「よい、まだ食べとうない。日向守にくれぐれもよろしく頼むともうしておいてくれ。ほかに問題はないか」

「火急の用はございませぬ。すべて日向守様が処理なされております。軍勢もこの地も落ち着いておりまする。不穏な様子は何処にもありませぬ。日向守様の下知に、みな従いて守りを固めております。遅れし軍勢もすでに城に入っておりまする」

　同じころ、秀吉は光秀から信長の病状に関して内密の知らせを受け取っていた。文面には面会不能なこと、病状の経緯も認《したた》められていた。

　高松城の陥落も迫り、毛利との和睦条件の詰めや、毛利が追い込まれた気持ちから無理な合戦も起こりかねず、信長への報告と和睦条件の詰めと許諾をうるために秀吉は焦っていた。

光秀に対する返書には、突然の病気に対する驚きと信長が回復したならすぐ知らせてくれるよう繰り返し依頼してあった。


信長は病で臥せっているあいだに、自らの健康とこれからの推移に、形にならない不安が霞の彼方から湧き出るのを抑えることができなかった。恰《あたか》も一点の染《し》みが広がり塗り替えていくような予感をどうしても止めえなかった。

信長は十日程、臥せった後ようやく体調も回復してきた。褥を離れ着替えをすませ、表座敷に姿を現した。まだ体には寒さを感じつつふわふわした浮くような感触があり、疼くような感覚も残り、さしもの頑健な信長でさえ外の世界としっくりした感じは取り戻せてはいなかった。しかしここは戦場である、毛利の大軍が彼方に控えている。何時までも寝ていることは許されなかった。

信長が表に姿を現し座る間もなく、小姓達が体調に気を使いながらも信長の意向を確かめると慌ただしく報告、伺の類の文書をもって現れた。しかも至急を要する、重要な用件のみである。信長との面会を取り次ぎ、左右するのも彼ら達の仕事でもあった。

誰が知らせたか、光秀が早速目通りを願ってきた。

「ご気分は如何でございりまするか、お体は大丈夫でございりまするか。…われわれがおりまするゆえ、心おきなく御養生にお努めくだされ。いずれにしてもお元気なご様子、安心いたした。この地に参集しているみなも心配しているので、安心させることができまする」

「そちをはじめ皆のものに迷惑をかけた、安心させてくれ。今日はみなもゆっくりするがよい。後ほど振る舞いもしようほどに」

「みなが安心し、喜ぶと思いまする。…今日どうしても必要ではござらぬが、探索し調査をいたしたことを絵図面にして持参いたしましたが、お目を通されまするか」

「おぉ、早速見せてくれ」

「これが探索させました備中（岡山県）、備後（広島県）、安芸（広島県）、伯耆、出雲（島根県）、石見（島根県）の城や砦、山や川の自然の地形、詰めている軍勢の人数や何処の手の者か、士気の高さや動揺の有無、街道の様子や間道のありかと使用の可否についてでござる、御披見を」と、絵図と文書を広げて差しだした。信長が目を通し終わると。

「次は、参集いたしおる大名、豪族、国衆の城や砦の類、土地の広さや境界、収穫高や特産物、婚姻姻戚関係、相互の遠近の度合い、土地を巡る軋轢の有無や過去の争い事にござる」

「さすが日向よの、良きことに気づいた。手配りは見事じゃ」

敵味方の軍勢の配置図や自然の地形、街道などを子細に見比べていた。しばらく無言で見入ったあと。

「そちらに持参せし絵図面は何処のものじゃ」

「こちらは、上様がお喜びになられると思い瀬戸内の中国と四国の間にある、水軍城と砦、水路、海流の特徴、海上貿易路、港の所在地、彼我の水軍の配置と人数、兵船の種類、勢力図をまとめましてござる」

「良き報せを短い間にまとめられたの、早速見せてもらおう」

信長は目の前に三図を広げのぞき込み、周りには誰も存在しないかのような時間が過ぎていった。

口中で、一人言をぶつ々と呟きながら、何度も絵図面を見比べた。ついで文書を手にし、ふたたび絵図面の中に没入するのだった。光秀もまた言葉を発さず黙然と対座を続けていた。

小姓が遠慮がちに薬湯を持って現れたが雰囲気を察し、すぐ下がっていった。

長い時間が経過し信長が顔を上げた。

「日向の考えを聞こう、隠さず率直な意見を聞かせてくれ」

「この松山の城は毛利の軍勢から十里弱離れております、毛利が乾坤一擲夜襲をかけたとしても届きませぬ、間道を取ったとしても、奇襲も不可能でござる。前に金川、富山城、忍山城、金川城などがあり、岡山城が前線を支えております。山手には天神山城が睨みを利かせ、亀山城が吉井川を背に渡河を阻止でき、守るに絶好の地と考えまする。また街道が四方に繋がり、交通も至便の地であり、何れの地にも速やかに軍勢を出すことができましょう。また海上を見ると良港が控えております。瀬戸内の玉野、直島、小豆島、八栗城を結ぶ線で海上を封鎖ができますするぞ。また港の外には島々があり、海からの防りにも優れております。筑前殿の背後にわれわれがおるだけで、毛利の軍は山陰、山陽の各地から軍勢を集めようし、さすれば山陰の地や海上の軍勢は手薄になりましょう。高松城が落ちぬうちは、毛利も引くことはできぬでありましょう。毛利を正面に引きつけておけば、ますます進むも引くもできぬ状況に追い込めまするる。…いま毛利の軍勢には正面から攻めよせる力はございますまい、不用意に引けば付け入って一気に攻め滅ぼすこともいとも易くなりましょう。どちらにしても焦らぬことが肝要かと思われます」

「うん！　して次の手は」

「最早、毛利との戦の帰趨は決まっておりまする。今後四国の問題や九州の安定が必要となりましょう。どのように戦を進めるべきか考慮があるべき時期と考えまする。海上のみではなく自らの街道が必要になるときが参りましょう」

「良く申した、同じことを考えていたとみえる」

「目立たぬよう、用意をいたせ」

「はっ、準備にかかりまする」


その日の午後遅く、光秀より連絡を受けた秀吉は取るものも取り敢えず、馬を飛ばして信長に会いにきた。

「上様、ようやくお会いできて嬉しゅうござる。あっ、忘れるところでありました、武田討伐祝着至極にござります。秀吉心よりお祝い申し上げます。はるばる中国までのご出座、有難うござります」

「筑前、中国での数々の勝ち戦御苦労であった。そちも苦労したの、大儀であった。身体も恙《つつが》無いか」

「勿体《もったい》のうござります。上様もご病気であったとの由、ご回復如何でござりまするか。一刻も早くお見舞いに駆け付けたく思っておりましたが、お会いできぬとのことでこんにち（今日）まで控えておりもうした」

「このように回復しておる、心配いたすな、もう良い」

「お疲れのところ無粋な戦の話で、失礼とは思いまするが、ぜひ上様の裁許をお願いしたく罷《まか》り出ました。お許し下され」

秀吉はにこにことこともなげに、信長の顔を凝視しながら言いだした。信長もその明るさに釣り込まれるように応じた。

「今日の用件は何事じゃ。そのほうが馬にて飛んでくるような重大事があるとも思えぬが」

勢い込んできた秀吉も一瞬詰まってしまった。「お戯れを！」と言いかけて、慌てて言葉を飲み込んだ。

「高松城のことでござる。上様にお知らせいたしましたが、落城も間もないことと予測されまするので、早速御出馬をお願いに罷《まか》り越しました次第にござります」

「筑前が希望の筋はわかった、しかし余はこの城で暫く動かぬぞ」

「え！　いかなるご所存で、毛利を叩く絶好の機会ではござりませぬか」

「筑前、そのほう戦ぼけいたしたな、高松の城はもはや落ちたも同然急ぐことが何処にあろうぞ。毛利や両川（吉川、小早川）もいまや進むも退くもならぬ状態、自滅を待てばよいのじゃ」

「秀吉、ようわかりませぬが、お教え下され」

「筑前ともあろう者がわからぬはずはない。しらばくれているのじゃな、では教えてやろう。九州のこと、四国のことを考えればすぐにも察しが付こう。備中の地に毛利の軍勢を引き付けておくのじゃ、さすればわがほうの水軍の動きも容易になり、伯耆、石見ががらあきとなる。山陰路を九州への陸路をうることも容易となろう。ここで急ぎ和睦を結ぶとすれば、海路のみとなる、九州に出陣となれば面倒となる。そちも心得ておろう」

間を置いて、信長は続けた。

「毛利と正面から合戦し勝ちを収めるに、余がここまで出陣する必要があろうか。いまでも毛利は手出しができぬ、毛利を破るにはそちだけで十分じゃ。余がここまでくるに及ばぬ。良いかできるだけ毛利の注意を正面に引き付けるのじゃ。これからのそちの新しい役目は毛利を釘付けとし水軍をもって海上の航路を確保し四国との海路を維持しつつ、ここ松山城に対する海からの奇襲を防ぐことにある。九鬼ともよく調整いたせ。ここはとりあえず、高松城に兵糧を運び込め」

「え！　…何とおっしゃられましたか。高松へ兵糧を運び込めと」

「毛利方からの降人もあろう、高松城内に気取られぬよう気の利いた者を用い、城が落ちぬうちに城内に送り届けるのじゃ。食料を与えたところで、落城することに違いはあるまいし反撃する力もすでになかろうて、食い繋ぎとなろうそれが狙いである」

「そこまで読まれたうえでのご指示でしたか、至りませなんだ。早速届けることにいたしましょう。毛利と決戦が近いと大いに噂も流して、毛利の耳目を高松に集めましょうぞ、面白くなってきましたな。さすがに上様のご眼力、感服いたしました。秀吉良き策を学ばさせてもらいました」

「世辞はその程度で良い、ねねは恙ないか、夫婦喧嘩もほどほどにいたせよ」

「痛いところを突かれましたな、参りました。ではすぐ下知に従い手配いたします。手前はこのくらいで帰りとうございます、お疲れのところ失礼いたし申した。お体を大切に願います、上様にもしものことがあれば大変なことになり申す、くれぐれもご自愛下さるよう」


信長の元で目覚ましい働きをなし、大名にまで取り立てられた者も数多くいた。彼らは困難な課題に取り組み、現況を分析し解決策を提示し、成功にいたる能力を常に見せねばならなかった。光秀は多数で演じられる競争事態に於て、断然先頭を走っていた。天正七年丹波平定のあと領国大名に取り立てられたのも、宿老格の柴田や佐久間達よりも早かった。

秀吉は光秀の背中を見ながら必死に追い付こうと走り続けていた。

織田家の家臣団は、わが国では例を見ない開放されたやり方で、家柄や身分を問われることなく個人の能力を発揮して競い合いが続いていた。

武骨とされるあの柴田勝家さえ例外ではなかった。解決策を編みだし、成功しなかった者は黙って引き下がるか反発し、結果として追われることになっていた。佐久間信盛や林佐渡守など宿老と言われる尾張時代からの重臣達である。

有能で優秀、天才的な力を発揮した俊英達が競って信長を支え、今の高みに押し上げていた。

石井山の本陣に戻った秀吉は、羽柴秀長、秀勝、一族衆でねねの伯父杉原家次、浅野長政、杉原小六郎、木下将監、家臣の尾藤知定、神子田正治、近江から与力として宮部継潤、備前衆の宇喜多秀家、小寺（黒田）孝高らを集め、信長との会見の模様を詳しく語った。最初に、小寺孝高が発言をした。

「面白い、やってみましょう」

杉原家次は周りの雰囲気を確かめながら、

「上様のご命令とあらば、逆らうことはできませぬな」

宇喜多秀家は首を傾げながら、

「本意が、読めませぬ…」

と独り言をいうように、頻りに首を傾けた。常識とは掛け離れていたからである。

秀吉の人柄も反映して、みなで色々と議論が繰り返された。しかし秀吉主導での合戦が終わり、今後は信長の命令で毛利戦が遂行されることから、戦の主導権を何とか持ち続けたいと望む者もいた。

天正六年三木城の別所長治が背いたとき、子息の信忠が総大将として、援軍が送られてきた。指揮の権限は信忠にあり、秀吉はその下に従った、しかし応援の諸将からは冷たい仕打ちを受けた。信忠が策を決め兵糧攻めも整えて諸将と岐阜に帰るに際し、ようやく指揮する権限を戻された経緯もあった。

だがこの度の米の運び入れが成功したとしても膠着状態は変わらず、むしろ奇策の効用を危ぶむ声が多かった。状況を静かに見守っていた秀長は、

「上様のご命令とあらば従わなければなりますまい。問題はどのようにやるかにつき

る。それがしから申し述べたい。まず第一にこの策が不首尾に終われば、われらが責を負わねばなりますまい。失敗できぬ作戦となりましょうぞ。第二に対応を誤れば悪評をたてられる。毛利方から付け入られることにもなりかねませぬ。困難な事態も考えておかねばなりますまい」

秀長は周りを一回り見て反応を探った。そしてやおら言葉を続けた。

「一に、言葉で見破られることがなきようこの地の者を使うこと。二に、不自然さを避けるために十分な説明を行なうこと、但し要らぬことまで知らせぬこと。三に、闇夜の日を選んで行なうこと。四に、人数は多すぎず少なすぎず、二十名前後とすること。五に、運び込む人数のうち誰《いずれ》かでも城に残ってはならぬ。…勿論、籠城をしている者を連れ帰ることを禁ずる。これらは最低守らねばなりますまい」

秀吉は大きく頷き、

「秀長のいいよう、尤もである。心して取りかかろう」

運び込む人数に選ばれた者は、敵となる城しかも落城直前と誰の目にも明らかな高松の城に食料を運び込むことに、不審の感は拭えなかった。

しかも狙いを隠したまま人数を送り出し、また城方にも意図を隠さねばならない、難しい対応となる。人数を選び、因果を含めて送り出す役目として、糟谷彦右衛門が難題に当たった。

　数日後、雨もようの月のない暗い夜となった。人数が呼ばれ、用意されていた兵糧、船が岸辺に運びだされ準備が整えられた。彦右衛門から言い含められた一団の船が漕ぎだされた。物陰から秀吉ら少数の者が推移を見守っていた。

　船は泥水の中を、長い竿を操り、音を立てぬように用心しながら城に近づいた。城内は死んだように暗く静まり返っていた。

　城を遠く囲む岸辺には火が焚かれ、赤々とした灯りが望見されていた。両軍共に動きは見られなかった、船の周りには漆黒の闇が広がっていた。男達は船を静かに操った、未だ城内には何の変化もなかった、船を着けることができそうな場所を見出すと船を寄せた。

　船が城に着くと異臭がした、すでに城は水に浸かり、死者を埋める場所さえ無くなっていた。

　城内は目を背《そむ》けたくなるほどの惨状を呈していた。やっと歩ける者がよろよろと近づいてくる。城の兵は痩せ衰え幽鬼のような手を出して、食料を求め、助けを求めてきた。

ややあって、城将の清水宗治が旗本をつれて現れた。覚悟ができているとはいえ、この状態にあって、その落ち着き振りに、運んできた人数の者が圧倒された。

「誰の手の者か、いかなる手段で敵勢の中をしかもこの荷物を運べたのか」

問い掛けに誰も、宗治を正視して答えられなかった。運んできた者は気押され、みな黙していた。宗治はそれ以上たずねることを止めた。

「いや有り難い。城兵に少しでも食事を与えることができる。多くの兵を生かしておくことができる。心よりお礼を申す。無事帰りついたら其方等の主人に、宗治が感謝していたと伝えてくれい。このような事態ゆえ何もお礼とする物もござらぬ。……お礼を申しながらこのように言うは遺憾ながら、早く引き上げてくれ！　城内も抑えが利かなくなる、そち達の安全も保証できぬ、早々に立ち去れ！」

高松の城に向かった人数は急ぎ兵糧を下ろすと、慌てて空船に乗り引き返した。城壁や塀の陰などから、

「連れてってくれ！」と、骨と皮ばかりになった、細い腕が差し伸ばされた。その声に急き立てられるようにますます棹を動かした。

船出した岸に戻ると物陰に、秀吉ら主立った者が待っていた。

三木の干殺《ほし》し、鳥取の渇《かつえ》しと悲惨な籠城戦に追い込み、厳しい兵糧攻めでする城攻

めの威力を豪語した秀吉だが、さすがに事情を聞く一団も眉を曇らせて、言葉少なに、ときに水に沈んだ城に目をやった。場に立ち尽くす者総てが後ろめたさを感じていた。

信長への詳しい報告は翌朝早く伝えられた。

ご苦労であったという労いの言葉と、みなに振る舞うようにと酒が送られてきた。

高松攻めの戦陣にある者総てに酒が配られた。…苦い酒であった。

信長より、固く口止めがあった。

再び行なわれることもないであろう。

第四章　北条参戦

上野《こうずけ》（群馬県）の国、厩橋《まや》城主滝川一益より領内不穏の情勢につき報せがあった。

予《かね》てより関東管領にこだわりのある北条は関東の地に属する上野の国を簡単に諦めることができなかった。

北条、武田、上杉の間で争奪が繰り返された上野の国は、一益の支配下に入ってから四ヶ月を過ぎたばかりであった。

一益が上野の国に任ぜられてからは領国ばかりでなく、関東一円からも国侍が馳せ参じてきていた。一益は北条はじめ東国の大名からの使者の取り次ぎ、案内役を務めていたことで、予てからの面識もあり、意思の疎通をもっている豪族達も多かった。

一益は北伊勢を領し、海運を使えば、織田家重臣では最も東方におり、東国とは関係を持ちやすい位置関係にあった。

下野（栃木県）の皆川広照は以前より信長に一益を通して誼を通じており、この度一益に属することになった。上野国人の津田秀政、小幡信貞、真田昌幸、北条高広、小林松隣斎、高山右馬助、内藤大和守、和田石見守、由良信濃守、安中左近大夫、木部宮内少輔、倉賀野淡路守、武蔵の上田朝直、上田安独斎政朝、長尾顕長、深谷左兵衛尉、成田下総守氏長、ほかにも信濃国衆らが参集し大きな勢いとなっていた。

一益は上野に入るにあたり、一万余の伊勢衆を率いていた。副状を認める矢田半右衛門はじめ、篠岡平右衛門、津田次右衛門、滝川儀大夫、一族の滝川益重、同八郎五郎、同里助、同彦次郎、家臣の津田小平次、稲田九蔵、牧野伝蔵、南部久左衛門などである。

信長の大きな存在感は巨大なうねりとなり、北条家に恐怖と警戒感が奔流のように噴き出し始めていた。だが上野の地は武田の支配下にあっただけに、我慢し強く抑えねばならず、一益の支配に不満のある国人武士達に反感が益々募っていた。武田の禄を離れたり、知行や支配地を失った者達にその傾向が一段と強かった。不満を汲み取るには若い信忠は未だ経験も浅かった。

北条の支配を経験している在地の豪族にとって、北条の支配を望む者も多かった。北条の支配は織田と異なり、自由に裁量できる余地も多かった。織田の支配に入ると土地と切り離され、在地領主の形態が維持されにくくなっていく。これまでは農閑期にのみ戦に出ていたが、いまは年中戦に出ねばならない、農業主体の在地領主から戦に専念する武士に変質させられる。

北条が上野の国に干渉できる素地があったのである。かくて上野の国を追われた者のなかには、北条の暗黙の支持のもとに武蔵（東京都、埼玉県）の国から、上野の各地に不満分子を叫合するためしばしば出没するようになった。

上野の安定を図りたい一益は北条の動静に神経を尖らせていたのである。

諦めきれない北条と、早く統制のもとに置きたい一益とは、遅かれ早かれ衝突は避けられない運命にあった。

武田勝頼滅亡のとき、北条家は信長側に立ち駿河口《ぐち》の徳川ともども、関東口より甲斐の地、天目山へ攻め入った。北条がいかに武田からの圧力に難渋していたかが窺われる。北条が織田に与《くみ》し甲斐を攻めたが、上野の地は一益の支配に入り、北条に与えられることがなかった。このことが、北条の不満として底流に残っていた。

北条は駿河（静岡県）を巡り武田と争った。しかし戦において勝利を得ることができなかった。駿河は北条家発祥の地であり、人一倍こだわりの地でもあった。

箱根の峠を隔て武田の軍団に立ち向かうのは、精強を誇る北条軍にしても骨の折れることであった。駿河の地は武田の地となり、度々の戦にもかかわらず得ることができないでいた。この度の戦でも、駿河の地は北条に与えられることなく、徳川に与えられたことで、信長に対しても釈然としない雰囲気が家中に広く存在した。

信長は焦らぬよう認めた一益宛ての文書をもたせ、海路を取り駿府に上陸させ甲斐を経て、上野へと使いの者を送った。同じ船で、小田原城へむけて信長の信頼する側近である堀秀政を使者として送り出した。

秀政は浜松城で徳川家康と会い、一族の重鎮でもある北条氏規《うじのり》への紹介と斡旋を依頼した。

「上野の滝川一益殿と北条家のあいだで摩擦があり、一益殿も領国の支配に苦慮している様子、上様より北条家との誼《よしみ》を再び取り戻すようにとのご指示でござる。徳川様と北条家は永きにわたる友好なる関係を維持されていると聞き及んでおります。此度の交渉ごとにぜひお力添えをお願いしたくまかり越しました」

「備前から遠路はるばる小田原までのご使者、ご苦労でござるの。秀政殿のご希望、わかり申した。早速文を認めましょうぞ、しばらくお待ちあれ」

家康はすぐ筆と硯を手元に取り寄せ、紹介のための書状を認めた。

秀政のために催した宴で、寛いだ家康は氏規との昔話を懐かしさも込めて問わず語りに語りだした。幼き頃、今川家で人質として同じ辛酸をなめた者同士の友情であった。家康の人間らしい一面でもある。

秀政は小田原の港に上陸すると、すぐその足で氏規の屋敷を訪ねた。緊張の溢れる顔で挨拶する秀政に対し、案に相違して氏規は温かく迎え歓待をした。

秀政はその様子にほっと胸を撫で下ろした。北条との交渉における最初の一歩であった。

氏規は家康からの書状にもすぐ目を通し、使者の意図を確かめた。

秀政は氏規に対し丁重に、北条氏政、氏直親子との謁見を申し込んだ。

「使者の用向きはわかり申した、すぐにでも会見できるように取り計らいましょうぞ。それまでは緩《ゆる》りとわが家に御逗留あれ、関東にも京にはない山海珍味もありますほどに旅の疲れをお取りくだされ」

「上様も、北条家と滝川一益殿との行き違いにはいたく心配しておられます。織田家と北条家の友好と繁栄を希望しておられます。一刻も早く交渉の成功をお知らせしたく存ずる。是非よしなにお伝えくだされ」

「伝えまする。が、上野の地には当家も永い関わりがござる、御存じおりのことと思われるが心して話されるがよいと口添えもうす。一族、家臣のなかにも異論があり、上野の出もござる、武田との戦で祖先からの地を取り戻せると期待せし者もあった。しかし国に帰ることは叶わなんだ。その者達の気持ちも酌んでやってくだされ。それが交渉を左右しようぞ」

「有り難きご助言、肝に銘じまする」

「徳川殿はご壮健でしたかな」

「徳川様はお元気な様子でありましたぞ。徳川様より北条氏規様によしなに申してくだされとの伝言がござりました。小田原訪問を述べますと、氏規様を懐かしげに手前に話してくださりました。ご幼少よりの懇意の仲を、手前にも窺《うかが》われましたぞ」

「家康殿とは今川家で人質の身の折には、隣同士の仲であった。その頃より、馬が合うての…」

氏規はふと遠くを見るような眼差しとなった。

旬日を経ずして、氏規より会見の承諾の返事があった。

秀政は氏規の介添えを得て小田原城に登った。安土の城に及ばぬにしても、西国にも余り見かけぬほどの大規模な城砦であった。上方の城の造りとの違いを興味深く見ながら歩を進めた。

北条の家人《けにん》が居並ぶ大広間に通され、会見に臨んだ。

形通りの挨拶も終わり、一族衆の北条氏照、同氏邦、同氏忠、評定衆の伊勢備中守、大和兵部少輔、小笠原播磨守、松田尾張守、ほかに小田原衆の松田憲秀、玉縄衆の北条綱成、江戸衆の遠山綱景、太田大膳亮、富永康景、河越衆の大道寺周勝、松山衆の狩野介、伊豆衆の笠原綱信、清水康英、津久井衆の内藤康行、他国衆の小山田信有などの主だった武将が紹介された。

信長よりの贈り物も披露された、黄金で五百枚、虎、豹の皮二十枚、関の太刀大小二振り、備前の作で陣太刀大小二振り、鉄砲十挺、緞子《どんす》二十巻、綿布五百反、多数の美濃の和紙や瀬戸の焼き物など居並ぶ面々も驚く量と内容であった。

ようやくにして、信長からの手紙が氏政、氏直親子に差し出された。

「主人、織田信長公よりの書状でござる。ご披見を」

隠居とはいえ氏政が事実上の支配者であり、先に目を通した。氏政は目を通すなり、手紙を氏直に渡し不機嫌そうに横を向いてしまった。

氏直もまた静かに目を通し、氏照に黙って渡すと目を天井に這わせた。

手紙を見る氏照の面は次第に朱を注いだように変わった、氏規に知っていたのかと詰問する表情を見せながら書面を手渡すと、感情を露にして秀政の顔を睨み付けた。

ついで氏規が書面に目を通した。予想した通り上野の国についての詰問状であった、きつい表現が気になった。氏邦に渡しつつ、氏規は強硬派の氏邦の反応が思いやられた。

一読するや、氏邦が投げ捨てるようにほかに手渡す様子を見て、一座の雰囲気も氷のように冷ややかな空気に変わっていった。

次々に手紙が回され読まれるあいだ、秀政は針の筵に座っているような気がして冷たい視線に耐えた。

手紙が再び氏政に戻されたが、誰も言葉を発しなかった。しばし間があって、意を決した秀政が話し始めた。

「氏政様、氏直様はじめ、皆様もお目を通されたことと思います。……書状の件は表向き、実は上様より言葉で伝えるように言い付かった用件がございます。こちらの件が、当方が小田原まで出向いてこなければならなかった大事でござる」

座を一回り見てから、言葉を次いだ。

「上様は、北条家から毛利攻めに一万の軍勢を援軍として出して頂きたいとのお望みにござります」

さざめきが、池中に石が投げ入れられた如く広がった。

秀政は険悪な目を皮膚に痛いほどに感じながら言葉を次いだ、

「驚きはご尤もと存じまするが、織田家、北条家の永い誼がございます。是非とも曲げてお聞き届けくださりませ。両家の繁栄とますますの隆盛のために良くお考えくだされ。上様も大いにお喜びになると思われます。さすれば、次に織田家が北条家の関東征伐に援軍をお送りもうそう。如何でござりましょうか、篤とお考えくださりませ。決して両家が戦うようなことがあってはなりませぬ。両家が争ってはいけませぬ、漁夫の利を得ようとする輩もでるでございましょう」

氏邦が待ちかねたように発言した。

「われら北条家にとって上野の国は予てより北条の地であると考えておる、上野に戻りたいと望むものも家中には多いことを御存じか。武田により奪われていたに過ぎぬ地である。われらに援軍を請う前に、織田家がすることがあろうと思うが。秀政殿には如何なる存念をお持ちか」

続いて、氏照が言葉を次いだ。

「織田家はわれわれに難題を持ちかけ、戦を仕掛けようとお望みなのか、一万の軍勢はわが家にとっても簡単にだせる人数ではない…。家中の者を人質に取るお気持ちか。何れにしても関東勢にとって中国の地は遠い、陸路をほかの領国を通らずしていけようか。海路を取るにしても軍船の用意など、実現できる話とは思えぬが。愚弄した話とあらば一戦も覚悟いたす所存」

氏規は険しい場の風向きを変えようとして、

「織田様もわざわざ秀政殿を、この地に派遣して説明によこされたのじゃ。詰問する前に良く話を聞こうではないか。戦を望むなら、豪勢な贈答を携えて頼みにこぬのではないかな。良く思案のあとに拒否するならそれもよかろう、十分聞いてからにしたらどうじゃ」

座の雰囲気も、ほっとした風が流れた。

この機を利用して、秀政は膝を進めながら、

「先に整いましてございます、ご当家の主氏直様と織田家の姫君とのご婚儀を早急に進めたき意向を、上様も強くお持ちでおりまする。ご当家のご意向は如何なものでありましょうか」

北条家の面々は和んできた、話も聞こうとの気持ちも湧いてきた。

秀政より、色々の思案や織田家の例などが説明され、北条側からも質問がなされ、

ようやく歯車が噛みあってきた。

話が一段落したところで、氏政より今日の会見終了が宣せられた。

氏政は一人隠居所に戻り、戸を開け放させて座り込んだ。目の前には相模（神奈川県）の海が広がっていた。

座り込んだ折には青い海に吸い込まれそうになったが、何時しか海を見ながら海を意識しなくなっていた。

しばらく、心を虚しくして過ごした。その後、手を叩いて小姓を呼んだ。

「地図を持ってまいれ」

「ご希望の地図でござります。いずこに置きましょうか」

「こちらに持て」

氏政は地図を前にのぞき込んだ、あたかも時が止まったかのように過ぎていく。

氏政は二年前に氏直に家督を譲ったとはいえ、いまだに隠然たるというよりは、実権を握っていた。歳も四十五歳と老けるには早すぎる年齢であった。隠退した現在も領国経営や他国の動きについての情報には明るかった。判断も衰えてはおらず、的確な見通し判断を下すことができた。それだけに今回の軍勢派遣の懇請について、上野の地について家中の気持ちとは別に、氏政は恐ろしい予感にさいなまれていた。

先ず織田家との戦力比較をみても、北条方は相模、伊豆（静岡県）、武蔵、下総（千葉県）を中心に上総（千葉県）、駿河、常陸（茨城県）の一部を領有しているにしか過ぎない。対する織田家に服する領国は三十カ国に及び、動員可能な軍勢においても大きな差がある。わが方は一万の軍勢を出すのに四苦八苦する、しかし織田家は毛利との戦にさえ十万を超える軍勢を集めている。しかもほかに四国に軍勢を向け、北陸ではあの謙信が死したとはいえ四年の内に上杉の軍勢を打ち破り、加賀（石川県）、能登（石川県）、越中（富山県）の地を奪い越後（新潟県）一国に追い込んでおる。

あの精強を誇り、小田原まで攻め寄せた武田の騎馬隊さえいまは消滅しておる。

わが方はいま何万の兵を集めうるのか、もし攻められたとき寝返らずに、北条と運命を共にする覚悟の者はどのくらいおるのであろうか。

関東は古河公方と堀越公方、扇谷上杉と山内上杉、武田信玄や上杉謙信と北条のあいだで積年の離合集散を繰り返している、北条が支配してからも間がない地域や他国衆も多い。

もし織田が大軍で攻め下ってきたら、豪族達の動向はわかったものではない。

氏政にとって、謙信と信玄による小田原攻めと途上における関東蹂躙《じゅうりん》は、忘れることのできぬ心の痛みでもあった。決して北条は強くはない、上杉、武田は強かったがゆえに滅びたり危機に瀕している。北条だけは決してその轍を踏んではならぬ。氏政はいつまでも地図を見つめていたが、心は過去に遡り、未来への読みに没頭していた。

いつの間にか陽が落ちて、辺りが暗くなっていた。だが、氏政は辺りの暗ささえ気づいていなかった。

「大殿様、燭台をお持ちいたしました」

と、小姓に声を掛けられ、われに返った。

「おぉいつの間にか暗くなっていたの、気づかなんだ」

「ご熱心に地図をご覧になっておられました。…大殿様、聞いてもよろしゅうございますか」

「何か知りたいことでもあるのかな」

「織田家より使いがまいっているそうに聞き及んでおります、当家と織田家はどのようになるのでございましょうか。戦になると話す者もおるそうにござります」

「うん、そなたならどう判断するかの、忌憚のないところを聞かせてくれぬか」

「手前にはこのような大事はわかりませぬ」

「そなたの感じておるままで良いのじゃ、これからはそなた達が背負っていくのじゃ、わからぬでは済まぬぞ。ぜひ聞かせてくれ」

「わかりました、手前一存の意見でござりまする。いま織田家の力は日の出の勢いであり、天下の形勢も定まりつつあるやに思われます。織田家と戦うは不利と思われます、もし戦うとすれば何か手立てがござりまするか」

「うん、ない。戦には時と場と状況が大事である。その辺をよう考えておかねばいかんわな」

「未熟なことを言いました、お許しくだされ。…お食事の用意が調っております、如何いたしましょうか」

翌日、大広間にて評定が開かれた。前日と各部将の意見に大きな変化はなかった。氏照は北条家の戦における最高責任者として強気で感情をあからさまに出すが、同時に現実家でもあった、多くの戦の経験が冷静に戦力の比較もしていた。

氏邦は場の雰囲気を読みながら常に強硬派としての姿勢を崩さなかった。

ほかの者も、前日の感情論から脱却したとはいえ今度は自分達の保身や将来への不安などがない混ぜになって議論は堂々巡りにはまっていった。

檜原の平山綱景、滝山の大石道俊、江戸の太田資高、忍の成田長泰、水海の簗田持助、佐倉の千葉胤富など他国衆に動揺が大きかった。心境を隠すために、いたって強硬論を吐く者さえ出現し、ますますまとまらなくなっていた。

若い氏直には危機に際してみなをまとめ引っ張っていく力を持ち合わせていなかった。二十一歳と若い当主にとっても苦悩の多い決断である。当主を無視するかのように進む議論をみて、氏政も意見が出尽くすまで待つことにして見守った。

数日を経て意見も出尽くした頃合いを計り、氏政が発言した。

「みなの者の意見もようやく出尽くしたと思う、ここでわしの考えを述べることとする。一同の者よいな」

氏政は一人一人の顔をじっとみてから、重い気持ちを振り払うかのように、低く沈んだ声で話しだした。

「みなの気持ちはようわかった、難しい判断を下さねばならぬ」

ちらりと氏直を見遣り、表情を確かめた。氏直も軽く頷いた。

「いま天下の動きを見るに織田家が領国の過半を押さえ、京の都も支配している。足利幕府もすでに滅び新しい時代に入りつつある。経済力についても同じことがいえる、織田は兵装も異なり、鉄砲の数も夥しい、大安宅船など巨大な鉄張り船を建造している。大砲も積んでおり、水軍城さえ容易に遠い海上から攻めることができる。あの毛利の水軍さえ追いやっている、ここにも容易に押し寄せよう。その時防ぐ手立てはあるかな。対抗できる大船を造るには多くの費《ついえ》が必要じゃ、しかも一隻ではなく何隻も必要とするぞ。何処から大砲を手に入れるか、何か策はあるかな。

　織田の大軍を防ぐ城や人数はどうするのか食料は、玉薬は、弓矢はどうするのか。商人共を押さえられているので武具さえ十分調わず……」

　一度言葉を切り、座の反応をうかがった。みな神妙に聞き入っていた、反対を示す様子を見せるものはおらなかった。

「北条家の地政をみるに、駿河に徳川、甲斐に河尻、上野、信濃に滝川と、西と北は囲まれておる。われらが進むは東、下野（栃木県）、常陸（茨城県）しかあるまい、それも宇都宮や佐竹が織田と誼を結べば攻略が困難となろう。

　わしは徳川の地政を考えてみた、三河（愛知県）、遠江（静岡県）、駿河、甲斐の一部を領有するとはいえ織田家の家臣に三方を囲まれておる。徳川の出口はここ相模、伊豆にある、駿河から攻めれば小田原の地も近い。織田よりも徳川が出口を求め、わが北条に攻め寄せることを考えねばならぬ。もし徳川との戦になれば織田がどちらに付くは火を見るより明らかであろう、さすればわれらとして打つ手は徳川の機先を制して織田と結び中国に兵を送り、徳川に干渉をさせぬことにある。滝川とのことは瑳事《さじ》じゃ。…付け加えることがあるかな……。

さいわい、織田は上杉と戦うておる。わが北条と敢えて事を起こそうとは考えぬであろう」

氏直は俯いて頻りに考えていた、評定に参加している者総てが、氏政の言葉を驚愕の面持ちで受けとめていた。唯一人も意見を述べるものがなかった。

「どうじゃ何か意見はあるかな」

「父上、氏直は尤もな意見と考えまする。兵を中国に送り織田との誼を続けることといたしましょう」

「ほかの者はどうじゃな、反対意見はあるかな」

氏照が、周りを見回し、代表して賛意を述べた。

「大殿のご命令に従いまする」

氏規も頷いて賛意を示した、ほかの一族の者、評定衆や重役、他国衆も交々《こもごも》賛意を示した。

ほっとした雰囲気が流れたところで、氏政は、

「済まぬが、氏直は兵一万の軍勢を率いて中国に行ってくれぬか。関東より遠国へ向かうことになる、危うい事もあろうが頼むぞ。水軍も送るといたそう。

氏規殿そなたも済まぬが伊豆の水軍を率い副将として行ってくれぬか、若い氏直を支えてくれ。それに徳川殿とも懇意であり、さきに出立いたし色々聞いておくもよかろう」

氏直が出陣することに異論もでたが氏政の次の言葉で収まった。

「織田に味方いたす以上、二心を疑われることのなきよう協力いたすのじゃ」


氏規はさっそく伊豆の水軍より大船を選び、家康のいる浜松城に向かった。

家康に会うと此度《こたび》の中国派兵について説明し助言を請うた。

家康も幼い頃からの馴染みに久方振りに会って喜び歓迎の宴を催した、旧交を温め大いに歓談した。家康も氏規には特別の感情をもっており、信長の人となりや織田家のこと、主な武将のこと、京の様子、中国の情勢なども語って聞かせた。

「氏直殿が自ら出陣をのう、いや天下の情勢を肌身で知る良い機会かも知れませぬな。良い大将におなりでござろう。良きご決断、感銘いたした、良いお考えと思いまするぞ」

「心温かい助言ありがたい、その上ご家来衆の水先案内痛み入ります。大いに安心いたした、心強うござる」

宿所にさがると、様々な話を思い出し、安心と不安・苦慮の間で何度もさ迷った。疲れが眠りに誘った。

ついで、氏規は先触れの大将として北畠信雄の居城松ケ島城に入った。挨拶もそこそこに辞して志摩の鳥羽城に回り九鬼嘉隆に会った。そこで毛利水軍のこと、海路の様子、各港の様子、他の水軍との協力関係などの助言を得た。九鬼の水軍も同行し氏規は瀬戸内海へと向かった。

中国の地は関東勢にあっては、遠く見知らぬ異国の地である、兵糧や物資を確保する目処は立たなかった。

一万の軍勢が必要とする食料は莫大な量に達する、ほかにも弓矢、旗指物、槍、鉄砲に玉や玉薬、野宿の道具、鍋釜から着替えに至るまで各種各様の品が要る。勿論、巨額な銭も必要である。

これらの荷を運ぶ、小荷駄隊は軍勢の数と同じほどに達する、多くの荷は船で送り出したが、それでも大変な量であった。

遠く離れた戦場では兵糧の補充が困難である、できうるかぎり持参せねばならなかった。

他国からの侵入を恐れ狭く荒れたままの箱根の峠道を、兵も手伝うが小荷駄を運ぶのは難行苦行であった。

陸路を取る主力の軍勢は徳川領の駿河に入った。織田家からの要請とはいえ緊張感は拭えなかった。氏直は先々の城や領主に常時使者や使番を派遣し領国の安全な通過を確保し、通過の挨拶と礼を述べて先を急いだ。

陸路の部隊は徳川の家臣に案内され駿河、遠江を抜け、三河の渥美半島まで進んだ。そこで水軍と落ち合い水軍の助けを得て、志摩が遠く霞む伊勢湾を渡り、志摩の鳥羽に上陸し大坂に向かうことにした。ここから先は織田家の領国であり緊張も一層強まった。氏直はさらに上陸地点となる伊勢の織田信包や美濃（岐阜県）の信忠、近江（滋賀県）の安土城や山岡景隆、筒井順慶、京の所司代村井貞勝、大坂の津田信澄等にも書状を出し通過並びに食料の調達や宿泊の了解を求めた。

一方、水軍を率いて富田松山城に先行した氏規は信長に拝謁した。

氏直、家康からの書状を見ながら、信長は機嫌良く話しかけた。

「関東からの出兵大儀であったの、ご苦労であるがよろしく頼むぞ。氏直殿、氏政殿はよう決心された。両家にとって喜ばしいことじゃ。して軍勢の数はいかほどまいるのじゃ」

「一万程でござります、ほかに水軍がまいります。われらは田舎武士ゆえ、織田様の戦振りを拝見しとうございます」

「いまどの辺りじゃ、慣れぬ地ゆえ難儀をしておろう。誰ぞ心利きたる者を付けるとしよう」

「ありがたきご配慮痛み入ります。伊勢路より大坂にでて落ち合い海路備前に上陸する予定にござります」

「九鬼に軍勢の行動を守らせることにいたそう。北条が守る陣場は明智日向守に聞くがよかろう、話はしてある、明智がもとで一働きいたせ」

志摩に上陸し伊勢路を進んだ北条の軍は伊勢街道を取り伊賀上野にでて、奈良路を進み大和郡山を目指した。

上方とは思えぬほどの山深い道を進んだ、土地は不案内であり、近くには未だ織田に敵対する根来衆や雑賀衆が出没する。見通しのつかぬ道には待ち伏せもある、非常に危険な道であり氏直は用心して軍勢を進めた。慣れぬ畿内の地を、小荷駄を運ぶ多数の農民や軍勢を引き連れて進むことは、若い氏直にとって苦労の連続でもあった。

山深い地を抜けて、生駒の峠から大坂の地を望んだとき、兵達よりも氏直の方がほっとした心境に立ち至ったほどであった。

大坂に着いた北条の軍勢は待ち受けていた伊豆の軍船に乗り、九鬼の水軍に守られ室山城に入った。万という軍勢を運ぶには、軍船の数も足りず九鬼の軍船も加勢して、伊豆の水軍は何度も往復して運び込んだ。

ここよりさきは船旅であり、小荷駄を運んできた農民達を返すことにした。多くの人数であり、幾つもの領国をとおり遠い故郷に無事に帰すため、数百の兵を守りに付けて送りだした。

荷駄がないぶん身軽とはいえ、万の人数、馬、旅の費用、食事、飼葉、通る先への連絡・了承、身の安全確保、統制と数限りない課題を少数の旗本で解決せねばならない。

旅館など宿泊施設のない時代であり、万の人数では野宿が中心となる。当然野宿の用意、鍋釜、雨具なども必要である。野営地は安全のため織田家の城の近くに作られ、城からも助けがあった。目立たない働きながらが、戦より難しく、長く続く困難な役目であった。

北条氏直や軍勢には、小田原より遠く播磨の室山城まで、二百里ほど数える離れた地へ長駆の旅であった。

明智の軍は北条の軍勢に城を明け渡し、食料などすべてを残し直ちに駒山城に移動した。織田の軍は全てを残し、用意された次の城に移動する決まりであった。戦場や配置換えを速く済まし、引っ越しを身軽にした制度であり、着いた日から生活が可能であった。

室山城は水軍城であり、大坂との水路の安全確保と織田水軍の後方を守る役目が主たるものであった。関東の侍達も新しい息吹に触れることになった。

氏直も異国の地で、見知らぬ軍勢に囲まれながら、一人立ちへ歩みだした。此処には頼るべき親も、乙名の重臣達もいない。若い旗本達に諮りながら、自らの決断が求められていた。

第五章　水軍戦

すでに九鬼の水軍を中心にした織田の水軍は天正六年十一月大坂 木津川口における海戦で毛利の水軍を破り、圧倒的優位にたっていた。その後も中国を攻める秀吉軍と陸海協力して、毛利の水軍を圧していた。毛利の水軍は、織田の大安宅船に対抗できるだけの大船を作り出すことが出来ず、すでに織田の水軍と正面から決戦を挑む力を失っていた。

毛利の領国や勢力圏にある豪族、勢力の内部にも動揺が起こり、外様衆のなかには毛利に背くものもでていた。毛利水軍の中核をなす因島村上氏さえ織田側に転じ、結束の固かった伝統ある瀬戸内の水軍内部でさえ分裂し抗争が激しくなってきた。

織田の水軍は鉄張りの大安宅船を正面に押し出し大量の資金や物量にものをいわせ、新式の大砲を用い攻め寄せる。毛利方では旧来の安宅船であり全て木で造られていた。未だ投げ焙烙《ほうろく》などを用いている段階で、火力も劣り対抗できずにいた。

織田の大船は遠くより大砲をぶっ放し、毛利の軍船が崩れ立つのを見るとほかの安宅船や小早なども伴い総攻撃に移り、瀬戸内の水軍を蹴散らしていた。

天正十年も秋風が立つ頃、長期に亘り籠城し頑強に抵抗していたさしもの高松城はついに落ちた。秀吉の水攻めによる飢えが続き、遂に落城となったものである。

毛利軍はその全力を挙げ、救援に赴き間近まできていながら秀吉軍に遮られ、三木や鳥取の城と同じくついに救出することができなかった。

毛利の軍にはますます動揺が広がり、離反する者は後を絶たなかった。しかし織田の大軍を目の前にしては、進むことも引くこともできずにいた。もし毛利の軍が陣を払い退けば、織田の大軍が後ろから猛追撃してくることは火を見るより明らかであった。

膠着状態が続き、小競り合いのみで大きな戦はみられなかった。時間だけが虚しく経っていった。

秀吉の軍はすでに淡路島を制していた、信長に対抗していた三好三人衆もすでに力を失い、三好一族で三好長慶の叔父にあたる三好康長はすでに従い、いまは阿波（徳島県）に送り込まれ讃岐（香川県）にも足掛かりを築き長宗我部元親と戦いを交えていた。

信長は天正十年五月七日神戸三七郎信孝に朱印状を与え、四国平定軍の総大将とした。同時に丹羽五郎左衛門長秀や従兄弟にあたる津田七兵衛信澄、和泉岸和田の蜂屋兵庫頼隆を副将格としてつけた。

「そなたを四国の長宗我部元親攻めの大将といたす。乙名達の言葉を心して聞くようにの、惟住（丹羽）長秀には親代わりとも思い尋ねるがよいぞ。では征け！　武運長久を祈る」

「確かに、承りました。上様に勝利を得て参ります。では良き報せをお待ち下されますように」

この軍団は、編制の当初より不安定な要素を抱えていた、信孝は信長の子息の一人として厚遇されており信長の側近でもあった。武将としても行政家としても優秀であったとはいえ五万石程度の知行であり、副将達や与力よりも少なかった程である、このため直接支配し支える家臣は少なかった。勿論多くの軍勢を率いるのも、総大将としても初めての経験である。

しかも軍の編制時には、長秀は堺で家康の接待役をしており、信澄は大坂の司令官役でありその地を動かなかった、頼隆は阿波と向き会っている岸和田城に詰めている。つまり、信孝を支えるはずの副将格の武将は一人も側にいなかったのである。

寄せ集めの軍勢の中に確たる足場が作られず、掌握できぬままに戦場に向かうことになった。その数は一万四千、五千程は丹羽家に属する兵等であった。五月二十七日、信長の出立に先だつこと二日、気心の通わぬ兵とともに安土を発った。

信孝を支えるのは、乳母役の子息で幸田彦右衛門、母方一族の岡本太郎右衛門、三宅権右衛門、山下三右衛門、坂仙斎、坂口縫殿介、末松吉左衛門尉、さらに国府市左衛門、井田新右衛門、関万鉄斎らが与力として付いた。

だが信孝生母の家柄が低かったためか、信雄より先に生まれても三男とされ扱いにも格差があり、周りには優れた人材を欠いていた。

天正十年六月二日、遠征の軍は堺に集結し、やっと軍団として形が整ってきた。大急ぎで本格的な準備に入った。

渡海のために、五隻の大型船が紀州から用意されていた。

軍団とはいえ、お互いに十分な意思の疎通や協力関係などもうまく作れず、混乱を極めていた。数日のうちに四国への本格的な渡海は、不可能であることが分かってきた。

初めての総大将であり、信長からの抜擢もあり信孝は張り切った、一歳差の同世代に属する信忠、信雄、信澄に対する競争意識も又強烈であった。

出足の鈍い、長秀や頼隆に強い不満があった、しかし実力実績において遥かに下である信孝は余り強くも出れず、唇を噛んだ。

信澄は既に大坂の城代として信長の側近役から抜けだし二年前から一軍を率いており、その能力を認められていた。さらに光秀の娘を妻にしており、光秀が後見役として控えていた、人柄は勇敢で行動力もあり大きな存在感を示していた。

彼の父は信長の舎弟織田勘十郎信行であり、信長を廃し取って代わろうとして切られた。それゆえ隠された対抗心も強かった。

信澄は大坂に常駐しているだけに、畿内や四国の事情には明るかった、早急に渡海し思い切った策を取るよう述べることが多かった。

信孝は未だ、事態を充分把握できていなかった、家臣達も支えるには力不足であった。

二人は似ているだけにいたって反発することも多く、信孝は従兄弟の信澄を抑えるのに必死であった。海上輸送や未知の地における対策など戸惑いも多く、主導権を発揮できずにいた。

一日も早く四国に渡ろう、総大将として認めさせようと信孝は焦る毎日であった。

すでに四国阿波にある康長には、信孝が養子となり三好家を継ぐことも視野に入っている、早急に援軍を出して助けねばならない。見捨てることは許されぬ人である、一部の軍勢だけでも早急に阿波の地に送るよう、苛々し叱咤激励して歩いた。

康長の手薄な守りを固めるために、三千の兵をようやく送り込み、信孝はしばし一息ついた。

この頃長秀は度々腹痛に襲われ苦しんでいた。顔にこそ出さぬがしばしばためらい渋った。隠居などとは許されぬ時期にあった。いま跡継ぎの長重ともなれば、織田家重臣の地位も領国大名も維持はされまい……。

瀬戸内の海上では秀吉と嘉隆は共同して備前、讃岐、大坂などとの海上輸送の安全も万全とはいえないながらも充分に維持していた。

この頃になると織田の水軍がますます優位となり、高松、下津井の狭い海峡を抜けて備中備後方面に容易に進出していた。海上戦の主戦場は安芸の倉橋島、江田島の近海に移っていた。能島村上氏、来島村上氏、浦氏さえ織田方に転じており、両陣営におおきな較差ができていた。残る毛利の水軍は児玉就方《なりかた》と屋代島の桑原惣右衛門、小早川の水軍や周防（山口県）、長門（山口県）から応援にきている水軍と寡勢になっていた。

　ここに織田の水軍は赤間関（下関）を抜け九州の筑前（福岡県）や山陰の石見、出雲にも容易にでていくようになった。

　信長の命により、嘉隆は毛利の水軍を押し込めることに策を巡らせた。いまの広島湾を守る位置に在る倉橋島に拠る、多賀谷氏を攻めるべく織田水軍の主力を能島近海に集めた。

　いまや大安宅船は十数隻に増えていた。ほかの安宅船や関船、小早も多数作られ織田の水軍は一大船団となっていた。織田の水軍は常に毛利水軍の四、五倍の隻数と大型船を揃えて港をで、乗船する水夫や兵数も多数であった。船に乗せる火力も格段の差があり、何時の遭遇戦においても勝利を挙げ続けた。

　織田水軍の人数や物量は益々充実され、一方毛利の水軍はじり貧に陥り、対抗することが適わなくなっていた。もはや織田の水軍を打ち破るだけの船団を組むことができなくなった毛利の水軍は、坂を転げ落ちるように、勢いを失っていった。

　織田の水軍はさらに毛利に属していた者や四国からの水軍を加え、あまつさえ北条の水軍さえも参加していた。織田の水軍はいっそう大規模な勢力を形成することとなった。遠くより船団を眺めると、海上が黒く覆われて海面が見えぬほどであった。

九鬼嘉隆は充分な準備ができたとして、能島沖の自らの船上に主な武将を集め、軍議を開いた。

「これより倉橋島に在る水軍城、丸子山城などを攻める。間違いなく多賀谷は守りを固めておるであろう。東方陸の押さえ、北にある江田島、西能美島の押さえ、西にある屋代島と、湾内奥の宇品、厳島よりの毛利方軍船の押さえが必要じゃ。

倉橋島を落とせば毛利水軍の出口を押さえたも同然となろう、奥まった湾内に押し込めることになる。この島はわが方にとっても重要な拠点となろう。敵にとっても大事な城じゃ、さぞや守りも固かろう。どなたか良い策はありませぬか」

能島村上氏の村上武吉が述べた。

「われら瀬戸内水軍は潮の流れに乗って進退いたす、潮の流れを無視いたせば痛い目に会いましょうぞ。ここに潮の流れを書いた絵図面がござりますゆえ、ご覧なされたい」

「それは良いものを持参された、早速見せて頂こう」

潮の流れの方向、流れの強さ、潮の流れの反転の時刻などを確認し、策戦を検討し、持ち場と役割を決めると諸将はそれぞれの船に戻っていった。

当時の船は櫓や櫂によって進む割合がおおかった、それだけに潮の流れに逆らって速く進むのは困難であった。

作戦どおりの行動は潮の流れの助けを借りて行なわれる。逆らえば攻め立てられ負け戦の憂き目に遭う、潮の流れは場所により時刻によって大小強弱が異なり刻々変化を遂げるのである。瀬戸内は島が多く複雑である。おまけに潮の流れが早く場所によって大きく異なる。慣れぬ者にはなかなか実態が掴めない。

戦闘隊型はいつもの大安宅船を先頭に押し出し、敵の主力となる安宅船をまず殲滅することにある。この頃では毛利の軍船は大安宅船を見ると避けてしまい、港をでて正面から戦おうとはしなかった。毛利の水軍は小型の軍船を用い、専ら島陰から関船、小早等の中小型の船を襲いすぐ戦場を離れるのだった。


頃合いを見て九鬼嘉隆は手筈のとおり旗を掲げ、太鼓を打ち鳴らし出陣を命じた。

毛利方は船足の速い小早が漕ぎだしてきてこちらの動きを監視していた。

大きな船は遠くからこちらの動きを眺めるばかりで近づこうとはしなかった。ほかの船は水軍城に守られる島の奥深く隠れ、難を逃れようとしていた。

織田の水軍は毛利の軍船を追いやるとその動きを無視して、真っ直ぐ丸子山城へ殺到しはじめた。城の衆は城攻めと予想しておらず不意を突かれ、城内は大混乱に陥った。

城の下までできた大安宅船は大砲で一斉射撃を行なった。何度も大音響が海上に轟き渡り、船体も激しく震えながらきしみ音をたてた。島に残る少数の城方も反撃して鉄砲を撃つが、とても織田方の船までは届かなかった。

攻撃は一方的となり、城方の内部は阿鼻叫喚の巷となった。大砲を避けて逃げだそうとする者、得物を取り船に走るもの、物陰に隠れる者などさまざまだが何れの顔にも恐怖の影が走った。

島の高台に建つ小城の内にも弾丸が落下してくる、直撃をうけた建物は人諸共に瞬時にして破壊された。

攻め方の水軍は水軍城を前にして展開し、全面攻撃の態勢に入っていく。他の船団は攻撃部隊を守るように散開し江田島、宇品方面、陸地方面、屋代島方面、背後の伊予方面の押さえとして持ち場に散った。その整然とした動きをみても、城方には諦めにも似た感情が走った。

いよいよ総攻撃のときが迫った。鐘太鼓を合図に大型船より大音響を伴う一斉射撃が続き、城郭も短時間に破壊された。入江に停泊していた大型船にも被弾して火の手が上がった。

慌てて毛利方の軍船はわれがちに奥まった港より飛び出した。

次いで双方の安宅船、関船や小早による接近戦が始まった。

織田方は、追い込まれ動きの取れなくなった毛利の軍船に近づき、鉄砲や弓矢を雨霰と撃ち込み、鈎を掛け船を固定すると乗り込んでいった。船上では白兵戦がそここに起こった、しかしそれもひとときで、毛利の水軍は個々に、間もなく降伏してしまった。

嘉隆の指揮で、九鬼の水軍は小船を浜につけると一斉に上陸し、城を目指して進みはじめた。上方の城砦には依然として大型船より攻撃が続いていた、そのため上陸した手勢には弓矢鉄砲などの反撃は見られなかった。

城攻めに当たる手勢では、全員が上陸したのを確認すると、海上の大型船に攻撃を止めるよう合図を送った。残りの中小船も鉄砲を放ちながら入江に侵入をはかり、上陸した軍勢は直ちに城の攻撃に向かった。

城方は大軍の攻撃に対し防ぐ術を失っていた。双方の火力の差、人数の差は甚だしく、城を守り抜くことが不可能なことは誰の目にも明らかであった。

城将の多賀谷氏は主だった将を急ぎ集め開城について諮った。誰も口を開かなかった、しかし降伏しなければ討死を避けられぬことは、集まった誰もが理解していることであった。多賀谷氏は血と汗や汚れの混じった皆の顔をみてから重い口を開いた。

「皆もよう手前に付いてきてくれた、城を明け渡しの命で皆の者が助かるなら、降伏いたそう。早速軍使をだしてくれ」

「残念でござる、われわれの力が足りないばかりにこのようになり申した」

「そち達は織田に行くもよし、ふたたび毛利と共に戦うもよし、自由にいたせ」

「無念で…」

「もう良い、よう戦こうてくれたの」


軍使が城をおり、上陸の軍勢に多賀谷氏からの書状と口上がのべられた。すぐさま嘉隆のもとに、早船が送りだされ、城方も攻め方も攻撃をやめ、辺りに静寂が戻った。その間も攻め手はどんどん上陸してくる、上陸した手勢は隊型を整え、次の攻撃に備え構えは崩さない。


沖の軍船にいる嘉隆より、降伏を許す旨の返事があった。嘉隆が派遣した軍使は丸子山城に向かった。城将達を前にして軍使の越賀隼人は次のように述べた。

「城方の降伏を認める。もし望みなら九鬼家に仕えることも許す、また退去して毛利と一緒となり戦うも勝手といたせ」

「お許しを下さるといわれるのか」

「そうじゃ、無駄な殺生はするに及ばぬとの九鬼嘉隆様のお言葉じゃ。有り難いことじゃ、ぜひ九鬼様の家中に参じられてはどうかな」

「もうなきと思いし命、助けられた上に勿体ないお言葉ありがたくお受けいたす」

多賀谷は後ろに控える一同に向かい、

「われらはいまより九鬼家の一党としてお仕えもうす。異論をもうすものはいるか！……」

みられたままじゃ、九鬼様にはよろしくお伝え願いたい。いや、これより九鬼様のもとへお詫びとお礼に参上仕ります」

と、深く頭を垂れた。そして後ろを振り向くと、

「海越、亀ケ首、小浜山、瀬戸島の城も開城しそのまま九鬼の軍勢に明け渡すようにいたせ、粗相があってはならぬぞ。委細九鬼様の軍使越賀様の指示に従うのじゃ」

「は！　承知いたした」

「ほかの城や乗船せし者にもすぐ使いを出せ」

多賀谷はこの場に残る者に後始末について指示を与えると、嘉隆の乗る大船に向

かって小舟を寄せた。

剝出《むきだ》しの大砲がこちらを向いている、多賀谷は初めて近くで見て、驚くほどに大きくそして頑丈な鉄張りの船に上った。

「九鬼様、われらをお許しになり御家中に加えていただきありがたき思いでござる。われら一党を挙げてお礼申し上げます。これよりは九鬼様のために奉公に勤めまする。ぜひ、先陣を申し付けてくだされ」

「多賀谷殿よう申された、わが水軍はこのまま反転し屋代島へ攻撃する所存、先陣を頼みまするぞ」

「はっ、早速立ち返りみなを率いて先陣仕ります」

多賀谷氏の一党が先陣として屋代島を目指して殺到するさまをみた、東郷山城の桑原惣右衛門は一族一党を船に乗せ大鼻瀬戸を通り長門方面に逃げ去った。

これで完全に川の内警固衆の児玉就方は袋の鼠となり、海への出口を失った。

湾内に残された毛利の水軍は太田川筋に閉じ込められた。

水軍戦の結果を報告に、嘉隆は信長のもとに出向いた。

「御命令どおり、九州への道を開きましてございます」

「うん、良くやったの。流石手回しが早い、これからはゆるゆるとで良いぞ。陸地にある水軍城も虱潰《しらみ》しに、潰して行くのじゃ。毛利も水軍城の守りに兵を割かねばなるまい、それが取り敢えずの狙いである」

「赤間関への攻撃はいつ頃になりましょうか、腕がむずむずしますな」

「あせらずともよい。毛利が山陰や長門、周防から兵を移す時間を遣るのじゃ」

毛利はじりじりと海辺の城を攻撃されるため、各地に残っている城砦を守る兵の中から備中、備後、安芸（広島県）の海岸にも兵を集め出した。

織田水軍の進出により、毛利に属する水軍城で伊予（愛媛県）の来島城、宮崎城、怪島城なども毛利との連絡を絶たれ、織田に寝返ったり織田水軍の攻撃をうけ陥落していった。

四国における毛利の拠点を攻撃し占拠するのは、きたる織田軍の本格的な四国攻めに備えて各地に橋頭堡を築いておくことにある。

このことにより、瀬戸内の海は織田家の内海化しはじめていた。

冬を迎え信長はふたたび体調を崩した。

熱もでて疲労感が強く、表座敷にでて報告を受けたり、命令をだすことが苦痛になり始めていた。

床につくことも多くなり、気力の衰えを感じだしていた。

一人で過ごしているときにも、昔の越し方のことをしばしば思い出して過ごすことが多くなった。

父信秀が亡くなって家督を継いだ頃、一族を含め多くの敵にどうして対抗すべきか夜も眠れず対応策を考えていた。

しかしその頃は溢れるような気力に満ち満ちていた。負けまい勝とうと次の作戦と戦略を練り、次々と手を打ちながら工夫を重ねていた。若い家臣と一緒に馬を駆け、水練をし、弓矢を競い、戦の修練を繰り返した。

信長は若い頃の佐々内蔵助成政、前田又左衛門利家、池田勝三郎恒興、生駒親正などをしきりに思い出した。

あるときは弟信行との争いのことも思い出され、追った林佐渡守通勝や佐久間信盛のことも懐かしく思いでに浸っていた。四国に渡った丹羽長秀を回想しているとき、光秀が伺いにやってきた。

持参した案件に対し信長の判断は曇った、決断に至らなかったり結論が思い浮かばなくなった。

「のう、日向よ、そなたがわしに代わり裁許いたせ」

「え、何とおぼしめなされるのか。それがしにはよく飲み込めませぬが。いかなるお考えなのかお聞かせ願いとう存ずる」

「うーん、そなたも気づいていようが、不如意《ふにょい》が度々あっての」

「お体がいけませぬか、医師《くすし》には診てもらわれましたか。京より玄庵を呼びましょう」

「うーん、頼むぞ」

「体のお加減は、どのようにござりまするか」

「寒気があり、苦しく、痛みもあっての。……わしの代わりとして其方が処理いたせ。余程のことでなければそなたの判断に任す」

　信長は自らの判断に、迷いを感じ、ためらっていた。

　他日、信長は光秀と秀吉ら主な武将を呼び寄せた。

「一度安土に戻ることにいたす、正月は安土で迎えることになろう。あとは其方ら二人に任す、二人相談して処理いたせ。筑前が前線で毛利に当たれ、日向は後方でそのほかをまとめよ。日向が年長ゆえ意見が異なるときには調整いたせ」

秀吉が勢い込んで尋ねた。

「毛利を追い込んだいま、何故の御帰国でござりましょうか」

信長はしらをきった。

「良いか、筑前。毛利には勝ってはならぬ、毛利を降伏させてはならぬ、戦ってはならぬ、良いな！」

「戦ってはならぬでござるか」

「くれぐれも言うておくぞ！　日向その方もこの旨忘れるでないぞ。日向はこの策を献策いたしたのであったな。双方忘れるでないぞ」

「畏まってござる、委細お任せを」

「日向、嘉隆に伝えよ。わしが戻ってきたときに、赤間関を落とせるように用意をして待つようにとな。山陰へ海路による兵糧などの補給する路を作り出す必要があるぞ。

双方とも見送りにくる必要はないぞ、夫々の役割を果たせ。行け！」

翌朝、信長は安土へ向けて旅立つ心積もりであった。だが体調が悪く、なかなか出立命令をださなかった。ためらいがでたものである。そうこうしている内に、伊予国主河野通直より使者が到着した。

　小姓の武田喜太郎から報せを受けたが、何も答えなかった。

　喜太郎は待った、しばらく間をおいてからふたたび信長の機嫌を損なわぬように、

「伊予の河野通直様よりのご使者が到着いたしております、上様に御目通りを申してきております。如何いたしましょうか」

　信長は脇息にもたれかかり、不機嫌な顔をしているだけであった。間があって急にいいだした。

「今日は多忙につき明日《みょうにち》にいたせ、…使者には良しなにもうしてくれ、明日はあうほどに粗略にはいたすな」

　信長は、今日はもう呼ばぬようにといいおくと奥に消えた。

　喜太郎は使者に会いに戻った。

「上様には急用がございまして、生憎ながら今日はお会いできぬようになりました。上様より良しなにお伝えするようにとのお言葉でございました。失礼の分はなにとぞお許しくださりませ」

「わかりもうした、明日には確かにお会いできると申されるのじゃな」

「手前が確かに、上様にお伝えもうします。折角お伝えいたしましたのに、残念なことになり相済まぬことでござります……。

今日のご宿泊のご予定は如何でござりまするか。良ければ手前の縁者の宿所へお泊まりになりませぬか。この地にはまだ十分な宿所がござりませぬ、ぜひそうして下され、さすれば手前も気が楽になりまする。上様より粗略にいたすなとのご命令がござりました。しばしお待ちくだされ」

喜太郎は宿所を手配し、歓待するのであった。彼にとってもこのようなことは初めての経験であった。

二日後、信長は嘉隆が率いる軍船に守られ、船にて大坂に向かった。

大坂に着いた信長は備前滞在時にくらべ、頗る機嫌がよかった。

「嘉隆、わしはここの地に例のない規模の水軍城を作ろうと思うておる。海についてはそなたが詳しい、良い案があるかな」

「どのような条件をお考えでござりましょうか、腹案があればお聞かせ願いとうござります」

「京や畿内を守るに十分というだけでは不足じゃ。ここより九州や関東、奥羽の地まで水軍や軍勢を派遣できるような、規模と設備を兼ね備えた、安土の城と比べられるほどの城と考えよ」

「守りを専一とする城ではなく、大規模な港を備え、兵糧米を管理する倉庫、巨船を作る船作り場や多くの職人や物を商う者も住める大きな城下町が必要ということでござりますな」

「嘉隆、新しき工夫を盛り込んで、一つ縄張りをしてみてくれぬか。海の大きな路を作りだすのじゃ」

「はっ、工夫をしてみまするほどにしばしお待ちを。遠い異国や唐天竺の港につきましても、調べて参考にいたしまする」

「頼むぞ」

　信長は船を乗り換え、川船で淀川を遡り安土に向かった。この日は終日上機嫌であった。

　信長は水軍と水軍城の新しい役割や価値を見出そうとしていた。

第六章　新しい体制

安土、天正十一年正月。

年が明けると、年賀に訪れる者が引きも切らず安土に押し寄せた。

信長が安土に戻ったことは噂ですぐに広がり、すぐさま挨拶や裁許を受けにくる者、事後承認に訪れてくる者、多くの領国からの使者や客が押し寄せた。

信長からは内裏に出す使者、貴族や大寺院との交渉や取り決め、他国への使者の派遣などもあり多忙を極めた。

留守のあいだの報告や今後に付いての指示、各地の戦や各領国の情勢、一向一揆の状況などもあった。新しい試みや新しい戦の準備もあり多忙に輪をかけた。

この中に大坂の新しい巨大水軍城の縄張りもあった。信長はいまやこの新しい城作りに生活の大半を費やし、種々な資料を取り寄せたり、みなを急きたてるのであった。信長にとって束の間の充実した生活でもあった。

信長の判断や指示はてきぱきとして、淀みさえ見られなかった。富田松山城で見せたためらいや逡巡は毛ほどもうかがえなかった。

思い付くとすぐ実行に移す信長は琵琶湖に大船を浮かべ、安土に集まる老若男女を乗せて船遊びをしたり、安土の天主を見せたり、訪れた者に気軽に声をかけた。再び催した船遊びは、信長にとって心休まるひと時であった。

「今日は無礼講ぞ、十分に楽しんでいってくれ。飲み物も食べ物も用意してある、楽しんでくれよ」

人々の間を縫って歩き、機嫌良く振る舞った。家臣も城下に住む人達にも安心感が広がっていった。

だが一月も半ばとなり寒気も厳しくなると、信長はふたたび体の変調を感じた。奥に閉じ籠ることが多くなり、大坂の新しい水軍城についての報告も受けぬことが増えてきた。

小姓達は信長の変化について注目しつつ、ほかへ漏れぬよう細心の注意を払わねばならなかった。

中国の地とは異なり、ここ安土では比べ物にならぬほど影響が大である。

多くの目があり、噂は人の口にのぼりすぐに広がる、人の口に戸は立てられぬ。多数の様々な来客があり、抑えることは不可能である。信長に異変があれば思惑が渦巻き、謀《はかりごと》が企まれる、敵対するものには格好の材料である。怪しげに光る眼が秘かに注がれていた。

「上様、九鬼様より水軍城についての書状や図面がまいっておりますが如何取り計らいましょうか」

小姓の薄田与五郎が意向を聞きにきた。信長は気だるそうに頷くのみで、返答もしなかった。

与五郎はしばらく返事を待って控えていたが、一向に反応はなかった。意を決して再度意向を尋ねた。

「九鬼様より書状と図面がきております、お目を通されますするか、のちほどにいたしましょうか。…薬湯をお持ちいたしましょうか」

「うん、…そうしてくれ」

いつにもない、元気のない小さな声で初めて返事があった。

側室の小倉なべも訪れ、病床を見舞うようになった。表座敷にも顔を見せず、表向きのことは取り次がせなかった。信長は何にも煩わされぬ一刻を過ごすことが多くなった。

子息や姫達も安土を訪れ、信長の居室に顔を揃えることも多くなり、しばし親子の会話や寛ぎが持たれていた。

信長の多忙さと大名の生活振りから親子家族といえども、普段は顔を合わせることもなかったからである。

信長は久しぶりに家族の団欒ともいうべき、寛いだ時を過ごした。

「父上！　どういたされました、涙が……」

五男の勝長が驚いて聞いた。

「うん、わしも歳をとった、……涙もろくなっての」

沈んだ声であった、声にかつての輝きは薄らいでいた。

夫人が側にいることで、信長も心が和んだ。

だが体調はなかなか捗々しく回復はしなかった。

裁可を受けに訪れた近江日野の蒲生賢秀《かたひで》はその曖昧な答えに戸惑った、今までに見たこともない姿である。

「上様、お体がお悪いのでは。いかなるご病気でありましょうか。賢秀決して口外いたしませぬ、お聞かせ願えませぬか」

「律義者のそなたゆえ、気持ちはわかるが、わしもようわからぬのじゃ、勘弁いたせ。おおそうじゃ、冬（信長の姫）と忠三郎（後の氏郷）は仲睦まじくやっておろうの。蒲生は一族も同然じゃ、これからもよろしく頼むぞ」

「承知仕りました。蒲生の家は上様に忠節をお誓いいたしております、いかなるときも違背するようなことはござりませぬ。古《いにしえ》よりの臣とお思いになりなんなりとお申し付けくださりませ」

「気持ちは有り難く受け取っておくぞ、心配いたすな」

「は！　充分お気をつけになって下され」

賢秀はその性格から言っても、なかなか気掛かりは晴れなかった。


京都所司代村井貞勝は京都の状況を説明に安土を訪れた。

山城一円の動きと公家達の動向、一向一揆の動き、各宗派の動静、町衆などについての報告と今後の対応について指示を仰ぎに来たものであるが、信長は黙然と聞くばかりで、何ら意見を述べなかった。

信長は常のように途中で口を差し挟まず、村井は返って拍子抜けの体であった。

村井は日頃と異なる反応を怪しんだ。

「上様、如何いたしましたか。お加減がいけませぬか。今日は見送りといたしましょうか」

「いや、よい。気にするな」

「御病気でござりまするか、お聞かせ願えませぬか」

「そなたに、当面の対応を任せるゆえ、善処いたせ」

「承知仕りました。戦が続きましたゆえ、お疲れでありましょう。折を見て、再び報告に参上いたします。ご休養をお取りくだされ。今日はこれにて御免いたします」村井は首を捻りながら退室した。

堺代官の松井友閑も堺の状況報告、四国攻めの様子、町衆や根来衆の動向、矢銭の収入状況などについて報告に訪れた。

信長からは、

「堺の町衆達は大人しゅうしておるか、義昭殿からの働き掛けはあるかの」

「目立つ動きはありませぬ」

「四国への軍勢や兵糧はどうじゃ」

「船の手配が十分には参らぬようで、難渋している様子にございます」

「矢銭などの揚がりはどうじゃ、旨く行っているか」

「新しき租税には大きな抵抗がございます」

「厳しく収めさせよ。今日はもう良い、御苦労であった」

「ご指示は」

「そなたの采配に任す、頼むぞ」

「はっ」

松井友閑は叱責などもなくほっとしながら、何らの指示もなく意外な感がして考え込んだ。帰りがけに、奉行衆の猪子高就に会い情報を聞き込んだ。


信長の体調は、追うと逃げ、諦めて留まると手が届きそうな逃げ水のようであった。気分の良いある日、信長は北の庄にいる柴田勝家、四国にいる丹羽長秀、北伊勢にいる弟で連枝衆の織田信包などに使いを出した。

使いを受けた勝家は佐々成政や前田利家、佐久間盛政、不破光治、金森長近らを呼び集め、協議し後事を託すこととした。

越後の上杉と直に向き合っている越中（富山）の佐々を代理の総大将とした、鉄砲隊にかけては織田家中でも佐々の右に出る者はいなかった。特に上杉勢は鉄砲隊が弱いだけに相応しい人選であり、利家が副将として背後を固める形を取った。

一方丹羽長秀は神戸信孝に報告し、蜂屋頼隆、岡本良勝、関盛信、三好康長らとも語らい、長秀不在時の代理を頼隆とし対応につき手筈を定めた。

北伊勢の安濃津にいた長野（織田）信包もまた安土への登城の準備を始めていた。

信長は三人を前にしていいだした。

「堅苦しい挨拶はよいぞ、こちらへ近づけ。われわれ四人は那古野城の昔から共に戦い、共に苦しい時期を生き延びてきた仲間じゃ。苦労をかけたの、礼をいうぞ。これからはちっとゆっくりいたそうぞ。修理（柴田勝家）そなたとは因縁浅からぬ仲じゃ、覚えておろう古渡の合戦のことを、そちが勝てばわしを生かしておいたかな。そなたが勝っていたなら今頃世の中は如何様に成っていたであろうか。思えば不思議なものじゃ」

「上様、その頃のことを思えば背筋に冷汗が流れまする、なにとぞその話はご勘弁のほどを」

「よいよい、そなたを責めるが本意ではない。わしも歳を取った、昔のことが懐かしくなっての、それでそなた達を呼んだのじゃ。昔に戻って語りたい、忘れかけた昔のことを話してくれ。長秀そちも近習に出仕して以来じゃから長くなるの、昔のことを何か話せ」

「そうですな、そうそう五条川での修練のおり、手前が槍にて突いたとき上様は頭より水中に落ちなされた。あのときはみなで互いに水中に引きずり込んで、ずぶ濡れに成りましたな。あの頃は楽しかった。お互いに若こうございましたな」

「おお、思い出したぞ、そなたがわしの隙を狙い横より突いてきたときのことよの、したたかに脇腹を突かれたぞ。信包そなたとは、桶狭間の合戦のことじゃの」

「あのときは大変でござった。兄上様は何もいわれず、われわれも随分と気を揉みましたぞ。熱田の神宮に寄ったおりにもあの義元殿に勝てるとは思えなんだ。手前も必死の思いで死を覚悟いたしておりました。よう勝てたと今でも考えまする。兄上様は何時勝てると思われましたかな」

「そうじゃな、勝ち鬨を上げたときかな」

「それでは計略がござらぬのでは」

「わしにも策がなかったゆえ、義元殿も防ぎようがなかったのじゃ」

四人は快げに笑った。食事酒肴も振る舞われ、久方振りに身分を忘れ若き頃に戻った気がした、信長も輪のなかに入り一座の者は肩の荷を下ろした気分で一刻を過ごした。しばしあって、その場に織田の家老職であった折、一度は勝家と語らい弟信行に加担して反旗を翻し、戦った林佐渡守が呼ばれて顔を出した。一度は追放の憂き目にも遭ったが、今は罪も許され、お伽衆として側近くで仕えていた。場は一段と賑やかになった。

やがて陽が西に傾く頃合いになって、信長が切り出した。

「そなた達ももう十分働いた、修理には勝豊と言う良き跡継ぎがおるではないか。長秀にも長重と言う良き息子がおる。信包そなたも跡継ぎは心配なかったの。もう十分働いた、家督は息子達に任せ隠退をいたせ、余のわがままだが余の近くにいて話し相手をいたせ。

息子達は信忠に力を尽くしてくれ、信忠のもとへ出仕いたせ。勝豊、長重、忠三郎の三人が今後信忠を中心にして織田家を盛り立ててくれ。一族内で揉め事が起こりしときは、信包そのときは一族の長老として皆を抑えてくれ。其方達三人が気持ちと力を合わせれば行く末も安心じゃ、くれぐれも頼むぞ。息子達が苦境の折にはその方らが手助けもできるではないか、その方らが元気なうちに息子達も十分経験を重ね、より安心できることにもなる。わしのわがままを通させてくれ」

勝家が申し出た。

「突然の話いかなる意図でござりましょうか。良く飲み込めませぬが」

「修理のいい分尤もである、…わしも疲れてきての。気も弱くなることもある、そち達がそばにいてくれれば安心というもの。毎日顔をだしてくれ」

長秀も次いだ、

「領国ではなく、この安土に住めとのご命令ですかな。北陸や四国の地にもう軍勢を率いて行くなと仰せられるというわけですな」

「そち達とは、織田家だけではなくもっと広く、天下のことを共に定め作り上げるのじゃ。そち達の困惑はわかっておるが、……ぜひとも頼みたい」

日を置かずして、信忠、勝豊、長重、忠三郎らが安土の城に呼び集められた。信長は安土に在番している一族や主な家臣達を集めた。大勢が集まった大広間で勝家、長秀らの隠退、勝豊、長重、忠三郎らの相続とこれから後は信忠の下に出仕することが披露された。

このことで信忠は岐阜や東国ばかりでなく、織田家の棟梁として多くの軍団を支配下に置き実権も与えられた。

　同時に、勝家、長秀、信包らの新しい役割も公表され、一段と高い位置に格付けられた。

　今後の織田家の方向が示されたのである。しかし勝豊、長重、忠三郎の三人が特に指名されたことに、みなは驚きを隠せなかった。三人のうち、長重、忠三郎の二人には、信長の姫が奥方として輿入れしていたのである。

　動揺が広がるのを見た信長は、

「突然のことゆえ、みなも驚いているであろう。熟慮の上決めたことじゃ、心を合わせて信忠を支えてくれ。みなにも悪いようにはしないつもりでおる、わかってくれ。余も天下統一の一日も早からん事を願ごうておる、一緒に励もうぞ」

　信長の決定にもかかわらず、織田家中に起きた波紋は中々収まらなかった。

　この地にいなかったとはいえ光秀、秀吉、一益など遠くにおる者や、事前に何の話も聞かされなかった次男三男の信雄、信孝にしても信長の意図をいぶかしんだ。

　勝家には養子の勝豊に対し秘かな不満があった、彼は甥の佐久間盛政を買っていたからである。勝家は我慢をした、そして信長の決定を受け入れた。しかし胸中は晴れなかった、黒い塊が喉につかえるような気持ちがいつまでも続いた。

だが、彼の不満をぶつける先が見つからず、胸の奥に仕舞うしかなかった。

数日して勝家は誘いにより、長秀の屋敷を訪れた。歓待を受けたが心は楽しめなかった。勝家はここでも胸中のもやもやした物を吐露できず、杯を重ねるばかりであった。如才のない長秀は不満らしきものも見せずにこやかに応対した、信長を誉める建前の話ばかりで勝家は失望し内心を伏せねばならなかった。

勝家は数日後、勝豊を安土に残し北の庄に帰って行った。

勝家はときに六十二歳、領国の処置が終わると、領国の北庄城を離れわずかな側近を伴い安土に移ってきた。


長秀は近江の佐和山城が居城であり安土と距離も近く転居などは不用であった、それだけ影響も少なかった。年齢も勝家に比べ若く、考えも柔軟であった。

長年勝家と比較される功臣とはいえ地味な存在でもあったことが、抵抗なく転進させたともいえる。

一方、忠三郎はこれを機に加増され、美濃にも知行を与えられた。父の代に比べ倍の禄を与えられることとなった。信忠の重臣として、重きを置くためでもあった。

忠三郎は新しく岐阜に屋敷を構え、勝豊、長重もまた岐阜に屋敷を構えることとなった。

好むと好まぬとに関わらず、時代は変化を示し始めていた。

当時、大名の人生は二十歳前に結婚し子を持ち、二十二、三歳で家督を継ぎ。五十歳前後になると、家督をどのように譲り隠居するかが大きな課題となる。壮健な者は隠居後も実権を離さない。実働は三十年程であろうか。

新しい体制で落ち着くと体調の良さも手伝って、信長は再度毛利攻めの評議を開いた。

「岐阜中将（信忠）、忠三郎を毛利攻めに連れて行くぞ、良いの」

「は、どうぞお連れくだされ、岐阜の手勢も付けて遣ります」

「忠三郎そちの手勢に旗本、馬廻衆を付ける、これよりすぐに大坂までの船の用意と陸からの護衛の準備、陸路を進む者の手配をいたせ。永田正貞と毛利良勝を付けるといたそう」

「はっ、かしこまってございます。すぐに手配をいたします、御免」

「待て、まだ日取りを決めてはおらぬぞ」

「上様は明日にもご出立のお気持ちとご推察いたしました、これより夜を徹して手配いたす所存でございます」

「うん！　疾くかかれ」

「では、御免」


翌朝、信長は安土より船を連ね淀川をくだり大坂にでた。水軍城予定地を視て歩き細かい指示もして、大安宅船に座乗し九鬼水軍の護衛で富田松山城にむかった。

松山城に入ると、光秀に忠三郎をすぐ引き会わせた。

「日向守、蒲生忠三郎じゃ、わしの婿じゃがそちの与力として付ける。遠慮せず使うてやってくれ」

「蒲生忠三郎殿を手前の与力にお付けくださるとは……、信忠様のご重臣になられたと聞き及びましたが。如何なる思し召しでありましょうか」

「予て決めた通り毛利攻めをいたす、用意の程は良いな」

「万端整えてございます、いつでもよろしゅうございます」

「よし、今夜出立いたせ。日向なら手抜かりはないと思うが、わしの考えを伝えておく。忠三郎も篤と聞いておくのじゃぞ」

　小姓の伊藤彦作を返りみて、

「中国の絵図をもて」

目の前に広げさせ、絵図を見ながら説明を始めた。

「良いの、毛利に気づかれぬように一度播磨の利神城に入り、細作（隠密）に見つかっても丹波に帰ると思わせるのじゃ。山間の間道を抜け荒神山城（因幡）へ毛利に見つからぬように秘かに入るのじゃ。

　そこで休養を取らせその夜の夜半にできるだけ軽装にして…。鎧や槍、旗も馬の背で良い、出来るだけ身軽とし一気に吉川が居城の富田城に攻め入るのじゃ。さすれば大きな戦とならずに城を落とすことも可能となろう。小さな砦などは無視してもよいぞ後詰に任せよ、そちはできるだけ戦を避け赤間関に急ぐことにある。降る者は許し、抵抗せねば無視といたせ。支城など毛利方をできるだけ相手にいたすな良いの。忠三郎もここが肝心じゃぞ」

「心得ました、明智様の下知に従いできるだけ速く赤間関に到着いたしまする」

「上様のご命令に従い、ただ今より出陣いたす。吉報をお待ちくだされ」

「そなたの名は惟任日向じゃ九州の名ぞ、山陰道を疾くと押し渡れ、早よう九州を見てまいれ。毛利は余がここで引き付けておく、もし毛利が動けば追撃しようぞ、一気に踏み潰してくれる。安心いたせ、後詰も次々に出すことにいたそう」

「有り難きお言葉、われらも心強うござる」

「そなたの手にある軍勢を率いて、早速出陣いたせ」

「はっ、……上様、光秀今上のお別れになるやもいたしかねませぬ、ぜひお耳に入れておきたきことがござります。お人払いをお願いしとうござります」

「うん、ほかの者はしばし外せ」


ほかの者が席を外したことを確認すると、信長の正面ににじり寄って、

「今より話しますことは、一族の者やほかの誰にも洩らしてはおりませぬ。上様のご賢察、お気づきのことと推察いたしておりまするが、去る天正十年六月本能寺より御出陣のおりのことにござります。…徳川様が安土、京に参りましたおりのことでござる。


堺の商人茶屋四郎次郎を通して徳川様より内密の話がござった、手前と徳川殿が密約を結び上様を亡き者とし天下を二分する計略にござります。手前が美濃より西を、徳川殿が東を押さえる策でござった。

ほかにも、公家達や京、堺の商人達からも執拗な誘いがありもうした。なかには手前が謀反を企てており、上様に謀反が知れて成敗をされると、わざわざ亀山の城まで密使を送り込む念の入れようであった。手前も上様よりの追及とのことで正直迷いもうした、間違いが起こらず安堵いたしております。

徳川殿は上様にとっても大事な方、軽くは口にできぬことでございます。今までは胸に収めておりましたが、明日より上様のお側を遠く離れお伝えすることも困難となり候うゆえ、大事になる前にお伝えしておかねばなりませぬ。讒言と取られかねないと考えまするが、是非お耳に入れておかねばなりませぬ。胸中の苦哀をご理解下され、…行く末を考え申し出ました次第にござりまする」

光秀は手を突き、深々と頭を垂れた。

「家康がの、在りうることかも知れぬ。信玄に遠江の浜松城が攻められたおり、援軍が遅いと、武田の先陣となり岐阜に攻め寄せると脅しおった。そなたにも手が伸びておったとは…」

信長の面にも、戸惑いの表情は隠せなかった。謀反を働き掛けられていた光秀を罰すべきか許すべきか苦渋に満ちた決断を迫られた。咄嗟に怒りの気持ちを飲み込み、冷静な表情を取り戻した。

光秀も覚悟しての話とはいえ、冷静に信長の顔色を見続けることは困難であった。意を決して言葉をつないだ。

「徳川殿は戦に強い方でござる、敵となれば容易ならざることと相成りましょう」

「余を除けば誰が対抗できるかの、滝川一益は領国が落ち着かず一溜まりもあるまい、信忠では未だ荷が勝ち過ぎる、勝家は歳をとったうえに上杉がおり身動きできまい、しかも家康には勝てるかの。秀吉も毛利に背中を見せる訳にいかぬとすれば、わしがおらねば織田家は解《ほど》かれる…もありうるか、のう…」

「出来《しゅったい》しかねない芽を摘み、危険を避ける為に手を打たねばなるまい…充分に用心をなされるが肝要かと…」

「そなたの気持ち深く受けとめた。次を狙う者が隠れていたのう、…十分心いたそうぞ」

二人にとって、苦哀に満ちた一刻であった。本来なら遠征を前にして、晴れやかで名誉な出陣の場であるはずであった。

危険な階《きざはし》を登り始めたような、心許無い刻限が経っていった。

「上様、お体をご自愛くださりまするよう。…これより戦に参ります、良き報せをお待ち下され」

話を切り上げるように、頭を下げた。

「うん！　吉報を待っているぞ。…だが無理するでないぞ、確かに赤間関に着いてくれよ。其方の力を見せる刻ぞ。この采配を使うようにいたせ。では行け！」

「は！　これより出陣いたす」

再び、戦に奮い立った一同が揃った席で、総大将に明智光秀はじめ、この度の戦に従う、武将達の名前が呼ばれた。

名前を呼ばれた面々は顔が紅潮し、勇気と興奮に溢れていた。

信長からは激励の言葉が、一同からは覚悟と勇気に満ちた言葉が発せられた、いや増す興奮が場を支配した。

出陣前はお互いに勝ち戦を述べ、負け戦や死の不安を抑えにかかる、さらなる気持ちの高ぶりを図るのであった
戦場に赴く者はこれ等の段取りを通して、死の恐怖に立ち向かう覚悟を固めていく。

「これより出陣いたす。御免！」

光秀は全てを振り払うように勢いよく立ち上がると、信長の面前より退出した。

その日の午後、光秀の陣屋に一族、主だった家臣、蒲生忠三郎と永田正貞、毛利良勝そして細川藤孝、筒井順慶、池田恒興、中川清秀、高山右近など丹波、丹後、山城、近江、摂津、大和衆の主だったところが集まり軍議を開いた。

「…今もうしたとおり、上様は月山富田城を押さえること以外は降伏か無抵抗であれば捨て置けとのご意向じゃ、一刻も速く赤間関に到達し陸路で九州までの通り路の確保をご希望しておられる。皆も存じおろうが、石見の周布《すふ》城まで達すればその先は目立った城は見られぬ。

また毛利方は、援軍を送り出すにも山深い地を通るゆえ、備中や郡山城から素早く届くのも困難であろうし、われらにとり毛利の援軍を山地で防ぐも容易であろう。山陽路などから毛利の軍勢が到達する前にわれらが先に石見に入り得るかが、この度の出陣の成否を分けるものと心得ていただきたい。では何か聞きたきことがあれば、承りたい」

筒井順慶が尋ねた。

「敵が出張ってきたり、城や砦より攻撃あるときは如何いたしましょうぞ」

「適当な押さえの手勢を派遣するだけで良い！　本隊は無視して先に進め、後詰に任せよ。今までの戦と此のたびの戦は異なるのじゃ。矢玉や銭、兵糧も当座の必要なものだけで良いぞ。筑前殿、九鬼殿の水軍と丹後の水軍が山陰路にて、荷を運び待っておる。われらはできるだけ身軽とし、敵が動くよりも先に通り抜けるのじゃ。われらが軍勢だけで戦をするのではないぞ、後詰が次々と続くのじゃ、備中にある正面の敵にも上様、筑前殿が圧力をかけるので毛利の大軍は動かせぬはずじゃ」

細川藤孝が発言した。

「小荷駄隊も連れていかぬともうされるのか」

「そのとおり。毛利方の予想を超えて速く進むことが肝心と心得てくだされ。御存知とは思うが、わが織田家と異なり毛利の領国には素早く動けるための広く真っ直ぐな道はござらぬ。細く曲がり荒れた道で、多数の小荷駄隊がおれば、余りに遅くなる。狙いの日時に到底届くことは叶わぬこととなろう。それではこの度の戦は無為となり、負け戦ともなりかねぬ。よって遅れることだけは許されぬと心得られよ。池田恒興殿には上様をお守りして、留守居をお願いいたしたい。いざという時には後詰もお願いもうす」

「手前は留守役にござるか、手前は先手を合い勤めたき所存にござる。是非先陣をご命じ下され」

「池田殿のお気持ちは有り難き申し出なれど、本陣を守るは一番の大事、是非ともお願いいたしたい。特に池田殿は幼き頃より上様のお側に在りし経緯もござる、池田殿にお願いすれば上様もご安心でござろう。われらが出陣すれば尾張や美濃の衆も少なくなり、上様のお側が手薄になりもうす、戦の手練《てだ》れにお願いいたしたい」

「わかりもうした、留守居といざというときの後詰となりましょうぞ。必ず勝って下されよ、戦勝をお祈りもうす」

「ではお願いいたしますぞ。次に刻限、隊列、使番、連絡法などの進行段取りや必要な事は書状にして用意してある。これを、皆に配るようにいたせ」

後ろを振り向き小姓に命じた。

「そうじゃ、まだ寒い時期ゆえ寒さを防ぐ物も準備いたし、風邪には十分用心いたすように気をつけられよ」

光秀は、席に列している諸将が書状に目を通し終わるまで待って、駄目押しとも思われる程に確認をした。

「間違いのなきように、皆の者にもしっかり伝えて下され」

光秀は緊張感がみなぎる列席の武将の顔を、ゆっくりと見渡した。

「いざご用意を、刻限に城外にて整列いたせ。出陣ぞ！」

第七章　赤間関へ

夜半にはいり、慌ただしく城外に明智光秀の畿内軍団は整列した。出陣を前にして居並ぶ者みなが興奮を隠せなかった、ようやくその時が来たと、武者震いが出るような昂りを感じていた。指示の声も自然と大きくなり、応ずる声もまた弾むように答えている。

信長自らも馬に乗って出陣の激励にあらわれた。出陣前の華やぎと興奮が一層盛り上がった。その場には城に詰める主だった武将達も顔を揃え遠征の勝利を祈願し、出陣の将兵には酒が振る舞われた。

ここに残る兵達も見送りに詰めかけてきて、遠回りに遠征の軍を見守っていた。顔見知りを見つけると食料や身の回りのものなど手渡し、激励と無事を願い別れを惜しんだ。

信長は手にした土器《かわらけ》を叩き割ると、

「いざ出陣ぞ、武運長久を祈る。勝って皆で赤間関へ行け！」

光秀はこたえて、

「一刻も速く、九州を見て勝利の知らせをいたしますぞ！　これにて御免」

光秀は馬に乗り、素早く陣頭に走り出ると、

「いざ出陣ぞ！　進めー！」

貰い受けた采配をさっと打ち振った。

「わぁーー」と大歓声が期せずして、沸き上がった。見送る者達は大きく手を振った。


明智の軍団は暗いなか一度播磨に退き、千種川に沿って中国山地に入った。軍勢は上月城、福原城などの陰になり目立たぬ駒山城、来田城、長谷高山城を経て夜明け前に利神城につき食事を取り眠りについた。既に荒れた道は均《なら》され、歩み易くなっていた。

すでに光秀は兵糧などの蓄えを用意し、作戦の概要は周知させていたので、隠密な行動は順調に進んだ。

昼のあいだに山越えの準備もなされ行程について再度確かめ、情報も集められ、確

認と万全が期された。

夜に入るとふたたび行動が起こされた、馬の嘶く声を抑える為の口輪をはめ徒歩だちになり細作などにも気取られぬように充分用心をした。土地の者を案内に立て、明かりもほとんど使わず、軍勢は目立たぬよう隠密行動で山地にある美作の竹山城をへて、千米級の山間を終夜行軍し、朝方には因幡の淀山城に入った。昼は眠りを取り、兵らには十分休憩を与えた。

辺りが薄暗くなると、山深い地にある景石城を経て千代川に沿って山を下り日本海を間近に見るところまで来て、夜も白むころ苦労のすえ鳥取城に入った。城方は夜を徹して受け入れ準備をして待ち受けていた。

利神、淀山城のときと同様に昼間は眠りにつき十分休養をとった。午後には起きだし、干飯焼飯など必要なものを調え、準備を怠らなかった。

翌くる日も、同じく夜の暗やみを利用し山陰《やまかげ》に隠れ、湖山池の南を通り荒神山城に入った。平らな地とはいえ、足元は不確かで緊張も重なり疲労も溜まっていた。連日十里近い山行きの強行は従うものみな手足は擦り傷だらけとなり、体は綿《わた》のように疲れていた。

光秀は伯耆侵入前の、将達が一堂に顔を合わせる最後の軍議を開いた。新しい報せを確認し再度絵図を用いて進行路と押さえにでる街道、間道や城、砦の類、毛利側の軍勢の配置などを確かめた。光秀は次の如く、再びくどい程に語った。

「こたびの戦陣は戦うことにあらず、一刻も速く長門の国に達することが肝要である。この日向が先陣として降伏、和睦を決めて行こうぞ。今までの戦と異なり、戦をせず先を急ぐので殿軍《しんがり》が攻められる危険が大である。さすれば戦に慣れた、戦手練《てだれ》に務めて頂きたい」

　忠三郎が急いで発言をした。

「大事な殿軍と心得る、某《それがし》が殿軍を相務めましょう。ぜひ某に命じてくだされ」

「蒲生殿は大事なお方、もしものことがあれば上様や信忠様にも相済まぬことになりもうす。二陣として出陣なされ。三陣は細川藤孝殿」次々と読み上げられ、

「殿軍には筒井順慶殿」

「お待ちくだされ、それではわざわざ某が明智の軍勢として参加する謂《いわれ》がありませぬ。ぜひとも困難な殿軍をお申し付けくだされ、お願い申す」

「いや、蒲生殿はそれがしの後陣についてくだされ」

「それでは手前の面目が立ちませぬ。ぜひお聞き届けを！」

　藤孝があいだに入って、

「危険な殿軍ではあるが、蒲生殿のたっての御所望認めてあげては如何かな。この藤孝が殿軍の前に進み明智様と蒲生殿との連絡や調整をいたす所存でござる。いざとなれば手前が蒲生殿と一緒に支えまするのでご安心のほどを」

「細川殿、蒲生殿のお気持ち、光秀有り難くお受けもうす。蒲生殿難しい役目であるがよろしく頼みますぞ、細川殿につねに殿軍の様子を知らせ一体として危険に当たってくだされ。危険なる役割なれど重要な役目、心して勤められい！」

「は！　確かに、身命《しんみょう》に替えても相務めまする」


話は前年に戻り、毛利家は高松城の危機を清水宗治より知らされていた。

毛利輝元は吉川元春、小早川隆景、桂元忠、福原貞俊、志道広良、児玉就忠、天野隆綱、平賀広相、来島通康、村上武吉など主だった一族、普代、外様、水軍を安芸の郡山城に集め評定を開いた。

この頃になると、毛利は秀吉軍の攻撃により窮地に陥っていた。外様や他国衆に特に動揺が著しかった、寝返り降伏も相次ぎ、豪族達への不信感さえ募りつつあった。

このような状況では、輝元自ら出陣し秀吉の進出を防ぎ動揺を抑えねばならなかった。

元春が若い輝元に代わり発言した。

「みなの者今日の出仕御苦労であった、みなも知っておる通り毛利家にとって由々しき事態である。忌憚《きたん》のない意見を述べて頂きたい、良き案があればお聞かせ願いたい」

輝元も口添えした。

「吉川殿がもうされるとおりじゃ、忌憚のない考えを話してくれ」

普代の福原貞俊は周りの雰囲気を慮《おもんばか》りながら。

「毛利の全軍勢を催し高松城を救援することにある、さすれば我が軍勢の気勢も上がり盛り返すことも可能となりましょう」

外様の平賀広相も負けずに強気の弁を述べはじめた。

「ここで毛利の力を見せねば、ますます強引なる要求をしてくることになりましょう。一度秀吉を叩かねばなりますまい、さすれば豪族達の動揺も収まりましょうぞ」

席にあるほかの者もおおむね強気の弁が多かった。それぞれの不安感が強気の発言となって出ているようであった。

隆景は評定の推移を見守っていたが、ここで考えを述べた。

「信長殿が陣頭にでてくるのかを、見極めねばなるまい。もし出てくるとすれば何処を戦場と考えているのかにより対応を工夫せねばなるまい。先ずは高松城の城攻めを続けることが定石であろうが。今や水軍も圧迫を受け身動きもままならぬ、この状況では備中で釘付けになりかねない。全ての軍勢を動員するは危ういのではなかろうか」

元春は次いで発言した。

「そのとおりじゃ、備中に過ぎて集中いたせば美作、伯耆が手薄になる。もしそちらに主力をもってきたら何とする、背後を一気に崩される危険が大きすぎる。わが軍勢をもって伯耆、美作の山地で織田軍を食い止めることが肝要と考える。如何哉《かな》」

隆景は用心深く反論を行なった。

「秀吉は鳥取城攻めなどもあるが、概して山陽路を戦場に選んでおります。このたびも高松城の救援が成るか成らぬかが一番の問題である、もしここを突破されたら安芸の国まで目立った自然の要害もござらぬ。安芸を守るためにも備中に集中させるのが順当な作戦かと思われるが。水軍を用いるにも瀬戸内が好都合でござる」

数日間の評定も同じことの繰り返しに、はまっていった。

輝元もようやく意を決して、

「みなの意見尤もである、意見も出尽くしたようなのでまとめたいと思うが如何」

両川はじめ座を見やりながら言葉を続けた。

「元春殿のご懸念尤もである、しかし此度の戦は高松城の救援にある。しかも羽柴軍はわれらの軍勢に負けぬ数の手勢を率いておる、全力をもってことに当たらねばならぬ。兵力を備中に集中させたいと思う。もし伯耆にことが起これればすぐ軍勢を差し向けることとして、当面は高松城を救うことに当たることで如何であろうか」

輝元の発言もあり元春も折れて、隆景から備中、美作の山地にも押さえを配置し、美作からも攻める気概を見せることで評定も決した。

小早川隆景は備後の三原城より素早く備中に向けて出発した、九鬼の水軍も活動しているため船団を組み水陸両方で気を配りながら進んだ。あとに続く本軍の安全を確保せねばならない立場だった。

吉川元春は出雲の月山富田城より大山の脇を抜け、道々美作の地にも立ちより、城や砦にも備えを指示しつつ人も住まぬ山地を備中の高松城へ急いだ。

毛利輝元は安芸の吉田郡山城より毛利の領国や勢力圏の国々に軍勢をだすよう使者を送った。軍勢が一万五千ほど集まると堂々と出陣をしてきた、途中で追いついてくる軍勢もありまもなく二万の人数となった。

先着していた隆景は右翼の日差山に、元春は左翼の庚申山（各地に同名の山がある、岩崎山）に、輝元は後方の猿掛山城に入り布陣した。これより秀吉と長い睨み合いに入った。


天正十年五月、信長が本能寺に泊まることになるほぼ一ヶ月前の動きである。

軍勢は四万に達していた、だがこの軍勢にしても秀吉方の兵数に比べ劣勢であった。すでに高松城は水の中に一部が顔をのぞかせる状態で水中城となり、浮かんでいるさまが遠目にも確認された。しかも巨大な池と化した辺り一面の水には手の下しようもなかった。秀吉軍の囲みの厳重さに毛利方は手出しもできず手をこまねいているばかりで、見守るより他に打つ手も見出せなかった。

秀吉の使いからは、和睦の条件として備中、美作、伯耆等の割譲と清水宗治の切腹の条件がだされていた。すでに揺らぎ始めた毛利は領国の割譲は認める心積もりであったが、宗治の犠牲により和睦をなすことを渋っていた。

そこに信長の出陣が伝えられ、大軍来襲の噂が立つと共にますます動揺が広がった。宗治の死と引き換えに和睦やむなしと、毛利側が決断したころ奇妙なくらいに総ての動きが止まった。戦も無く使者の交換も絶えてしまったのである、奇妙な和平状態であった。

信長がいつにも似ずゆったりとした進軍であることが伝えられ、信長の来着待ちであると理解された。信長到着でどんな難題が持ち出されるかで、再度評定が持たれ議論が繰り返された。信長が戦の前線に本陣を進めず、富田松山城に入り城を全面的に造り直し拡張していることが細作より伝えられても、信長からは何の音沙汰もなかった。

落ち着かない平穏状態が始まった。夏も過ぎ秋となるも信長に動きは見られなかった。迅速な解決を図る信長にしては、常とは異なり奇妙であった。

毛利側からすれば高松城が落ちぬ限り引き上げるもならず、まして目前に大軍がいるかぎり退却すれば大敗を喫することは目に見えており動けない状況に陥った。

秀吉に反応を探ろうとしても、梨のつぶてとなり、いたって今にも攻撃にでるかの噂が流れてくるばかりであった。細作の報告では織田軍全体が長期の在陣に備えて陣を固めている様子が、詳しく伝えられるばかりであった。

毛利側もふたたび長期戦に備えて、弓矢玉薬を補充し兵糧を集め、土を盛り守りを固くして、織田軍の圧力に抗さねばならなかった。この頃になると農業、商業、交易、租税など経済力の差が一段と明らかになってきた、特に経済的負担の大きい水軍に於ては、その格差は顕著になっていた。

さらに、織田との戦に勢力を集中させねばならず。九州に築いていた勢力圏も手放し、経済力のもとをなす博多の外国貿易の利益と玉薬原料の入手策をうしなった。博多は対立し戦っていた龍造寺の手に落ちた。

織田の水軍が大安宅船を次々と進水させ、大軍にて毛利の水軍を駆逐し始めていた、最早毛利水軍の敗色は濃厚となってきつつあった。

瀬戸内にある水軍城は次々と落とされ、圧力に負けて能島、因島など名だたる毛利の水軍も織田側へ寝返り始めていた。制海権を失い始めた毛利側に憂色が広がってきた。

備中では、焦りから戦を仕掛けるも織田方は相手にせず、小競り合いだけに留まっていた。

年が明けて、信長は安土に戻っていることが判明しても、前面に秀吉、後方に光秀と大軍が陣を構え動かぬ以上、毛利は自由を取り戻せなかった。

元春は再々開かれる軍議で、焦慮も加わり陣替えを主張した。

「このまま弁々としてときを過ごしておることは許されぬ、もし織田の大軍が秀吉を先鋒にして美作、伯耆へ雪崩れ込んできたとすれば防ぐことは叶わぬことに相成りましょう。そのときは何といたしましょうぞ、戦場もここまで膠着いたせし上はわれらから先手を取り敵の人数の手薄な因幡、但馬へ打って出て、局面の打開をはかるのが上策と考えるが如何哉」

　隆景は常に慎重論を展開した。

「兄者のお考えはわかりもうすが、何せ目の前に大軍が控えておりますほどに寡勢のわが軍を分けるのは危険な策と考えます。織田方にも動きが見えませぬ、彼らも又備前、備中に兵力を集中させております。この事実は細作や色々の情報にて御存じのことと思われるが、何れにしても正面突破されることだけは塞がねばなりますまい」

「そのように申していて、もし織田側に伯耆攻めが企まれていたら手遅れになる。一部の手勢でも城に入れ守りを固めるべきではないか」

「いわれる主意は心得ておりまするが、しかしいま軍勢を動かすことは動揺を招きまする。対峙を続けつつ和睦を図ることが最善と考えまする。一度はまとまりかけたではございませぬか」

「いまは何の交渉もないではないか、じり貧に陥るは火を見るより明らかである」

　この度も評定は何の進展ももたらさなかった。結局、各地にわずかに残された手勢を呼び寄せて守りを固めることに落ち着いた。

　一方この頃、徳川家では家康を中心に密談が繰り返されていた。鳥居元忠、石川数正、酒井忠次、本多忠勝、榊原康政、大久保忠世などが集まり、近習も遠ざけ深刻な表情で議論が繰り返された。

一番の問題は徳川に戦うべき敵が消えたことにあった。西は尾張で織田の本拠であり信忠が支配し、北には美濃があり信忠が岐阜城で東国をにらむ総大将役を果たしていた。信濃には毛利秀頼が配され、甲斐には河尻秀隆が任ぜられ岐阜の軍団を構成していた。

東には北条がおり今は領主自ら大軍を率いて備前に援軍を送っている、徳川が少数しか援軍を送らずにいるのに比べ、今や織田と北条は親しい同盟関係を構築している。徳川といえども下手に北条に手出しができぬ状況にある。

もし徳川が北条を攻撃しても織田の後ろ盾を失い、氏政が健在のいま簡単に打ち破ることは困難である。まして信長が調停に乗り出してくることは明らかであり、ことによっては難題が降り被ってくるやもしれぬ。現状を打破する出口を見出せぬ苦境にあった。

何れにしても徳川は三方というより大部分を織田方に取り囲まれた地勢ゆえに、表立って織田家に楯突くことは困難であった。

北条を陥れるために、北条と境を接し領国内の安定していない甲斐の秀隆と剛気であるだけに反応しやすい上野の滝川一益との間で揉めごとを画策するのが最善と意見の一致を見た。北条が備前に援軍を出す前に、一益が武蔵と上野の国境のことで信長に訴えたこともこの際色々と参考となった。

織田の求めに応じ、駿河口より甲斐の武田を攻めた時、寝返った多くの武田の家臣を、今は徳川が召し抱えていた。

秘かに武田の残党に連絡がとられ、織田家に召し抱えられなかった不満分子にも働きかけられた。甲斐や上野の国と北条家の相模や武蔵との国境で不穏な動きを起こす手筈《てはず》を整えた。

家康は謀議の終わりに当たり、繰り返しだめ押しした。

「よいか、この計略は外に漏れると大変な事となる、口外いたすな！」

「は！　心得てござる」

「織田家には、特に漏れぬように配慮をせねばならぬぞ。ここにおりし者以外には、妻子といえども語ってはならぬ。

織田家とは懇意であるゆえ至って伝わり易い、くれぐれも堅く申し付けるぞ」

上杉景勝の領国は越中の松倉城、金山谷城など一部を除くと越後一国に逆戻りした状態にあり、盛んな謙信の時代と大きく異なっていた。加賀と能登（石川県）、越中（富山県）の領国はもはや失われ、織田の北陸軍団の支配下に飲み込まれていた。西と南からの柴田軍団の攻撃の前に気息奄奄《えんえん》という状態にあり、南下して柴田の軍勢を攻める実力はすでに喪失していた。

国境にある山城の天害堅固を頼み、ひたすら防御に専心している有様にあった。時代の勢いに大きく翻弄《ほんろう》されていた。

直江山城守兼続ら謙信以来の股肱《ここう》の臣といえども現状を打破するには如何とも為しがたかった。

毛利も徳川も上杉も出口のない状況に陥っていた。むしろ、北条が東関東に進出できる余地を残している状況にあったともいえる。

信長は日の出の勢いにあった、ここ中国の戦場でも毛利は圧倒的に不利な状況にあった。

光秀の手の者は陽が暮れるとともに起きだし、鎧や旗指物も馬の背に乗せ、全員軽装で荒神山城の城門より光秀を先頭に走りだした。天神川流域の低地に下り、南条元続の迎えを受け伯耆の羽衣石城《うえし》に立ち寄りしばしの休憩、食事、矢玉などの補給を受け情報を確認した。

「何か変化を示す知らせはあるか」

「敵に動きはありませぬ、荒神山城へお知らせした内容と同じでござる」

「八橋城、江美城への押さえの手配は万全であるか、船の手配りはよいか」

「指図の通り手配してございます」

光秀は進軍の状況を把握すると共に、連絡を密にし遅れぬよう固く指示をした。準備が整うと再び進軍を命じた。

「敵に悟られぬよう静かにせよ、物音をたてるな、遅れるな。できるだけ戦を避けつつ前に進め。いざ出陣！」

再び羽衣石城から走りだした明智の軍は夜半に目立たぬよう、間近になった敵に注意しつつ堤城にはいった。疲れを残さないためこの日は五里ほどの道程に抑えていた。毛利方に気取られぬようにするため、炊《かし》ぎをせず身に携えた兵糧を用いて食事を終えると、動きを抑え静かに軍勢のみなは眠りに入った。昼過ぎに起きだすと、用意された食事を取り、武具の点検をした。毛利方の動静を探ったが、動きを示す知らせがないことを確かめると繰り返し命令を伝えた。いよいよ毛利の地へ突入である。陽が暮れると光秀は諸将と共に神仏に勝利を祈ったあと先頭に立ち、堤城から大山の北に向けて、海に程近い街道をひた走りに走った。

目標は遠く十一里ほど先にある、吉川元春の居城として高名な出雲の月山富田城（かつて尼子の居城）であった。

明智の軍が出る数刻前に敵と向かい合う堤城の城兵は毛利方に属する伯耆の八橋大江城の押さえに走った。落城させることが目的ではなく明智軍の行動を後方の毛利軍に知らせることを防ぐことにある。狙いは街道や間道を中心に海上も含め遠巻きにして孤立させることにある。羽衣石城の南条元続は光秀に従って、軍勢の道案内に立っていた。

山手にある岩倉城の将兵は大山の南を秘かに迂回し、伯耆にあって蜂塚氏の居城であった江美城に迫っていた。八橋大江城と同様に落とすことが目的ではなく、外部との連絡を断ち孤立させることにあった。

光秀は両城からの支援を得て一気に毛利方に属する伯耆の地に攻め入った。次の城は大山の西にある尾高城であるがすでに内応の手筈が調えられており、城将は道案内として先頭にたった。

「織田が将、惟任日向守である。…御苦労であった、知行は安堵いたす。恩賞は後ほどになろうが、一働きを頼みますぞ」

「は、早速、案内仕ります」

急ぐ道すがら、街道筋の岡の上にある小さな砦よりばらばらと矢玉が飛んできた。軍使が尾高城の将兵を伴いすぐ砦に向かった。光秀は旗本に兵を与え砦の押さえとして送った。

「進軍の邪魔さえなければそのままで良いぞ、後詰が着き次第すぐに追い付くようにいたせ」

「は！　あしらうだけといたしまする」

現下の問題は月山富田城の前面に位置する出雲の国境に近い伯耆の米子城であった、すぐ側にある出雲の十神山城と共にほかと連絡を取らせぬように先遣隊を送り、街道や間道を遮断した。同時に水軍を送り海上からの連絡も封じた。そうしておいて尾高城の城将を軍使として和睦の交渉に送った。同じ毛利軍に属していた為、面識もあり懇意な関係にもあったことが交渉を手早く済ませることになった。

しかし米子城の城将は富田城を守る位置の城を任されているだけあって剛気に降伏を拒んだ。城将は状況を説明され事態を理解するに及び攻撃、抵抗はしないことだけは誓った。光秀からはそれで十分である。城兵を安堵するとの書状がだされ、もし希望するなら毛利軍と一緒になるまで安全を保証するとの申し出もだされた。

城方は籠り敢えて攻撃には出ぬとのみ誓った、ほかの条件は断ってきた。

米子城と交渉しているあいだも、光秀は富田城を囲む街道、間道、海上、ほかの城との連絡を断つようにいくつもの小勢を早め早めに送りだしていた。

軍団の進む速さも変わらず、光秀自身も足を止めることはなかった。

富田城の本丸は百九十二米の頂上にあり、毛利に滅ぼされた尼子義久の居城であった。山裾には飯梨川が流れ、急な山肌が守りを堅くし、狭い道が大軍では攻めづらい堅固な城であった。

翌日となる早暁暗いなか、月山富田城と外部との連絡を遮断する手配りを終えると、城内に気づかれぬよう秘かに間道伝いに街道を外れて近づいて行った、声もださず物音もたてず門や各種の出入り口に迫った。攻め手の者は小声で口々に、

「声をだすな」

「物音をたてるな」といい交わし、目と目で確認しあった。

戸締まりのされていない木戸や乗り越えられる塀などをみつけ、暗やみに紛れて寄せ手は城内に入り内側から門を開いた。城内の兵はほとんど気づかぬままに次々と光秀の軍勢が城内に押し入った。富田城は山城のため各曲輪や本丸、二の丸、三の丸、

山腹に位置する出先丸とは夫々独立している。そのため個々に占領されたり侵入されて、相互の連絡がとめられ孤立してしまった。各々の曲輪では状況が掴めないため混乱はより大きくなり収拾できず個々に降伏していった。

一部の曲輪では変事を知り、守りを固め反撃にでる者もいたが、寄せ手は無理な攻撃をしなかった。

夜間の攻撃であり守り手には状況を知る術がなかった、しかもこのたびは屈強な兵の大部分は遠く備中に出陣しており城内には留守居役が少数残されているだけであった。残された者も老人や若者が多く実戦の経験もまた少なかった、夜間に思いもかけぬ攻撃であっただけに組織だった対応は不可能であった。

光秀の意を受けた明智左馬助は抵抗する者、降伏する者、逃げ惑う者など混乱の続く山中御殿平に入った、整然と寄せ手を引かせまとめると共に出入り口を押さえた。

「明智光秀が家臣、明智左馬助ともうす。この郭の大将にお会いしたい、殺生はいたさぬゆえ安心してお出ましなされ、皆に落ち着くように知らせたい」と大声で呼びかけた。声に応じて老齢の武者が一人でてきた。松田某《なにがし》であった。

「拙者がここの将でござる、明智左馬助殿でござるな。ここは見らるる通り老人と子供だけで固めております。お手向かいはいたしませせぬゆえ、老人はいざ知らず子供達だけでもお助けくださるようにお頼み申す。われら老人は自刃いたしお詫びいたすゆえお許し願いたい」

「お間違いなさるな、城方の者共に危害を加える気持ちはござらぬ。ここ富田城はすでに落ちたも同然無用な殺生は望まぬところ、ぜひ其方《そなた》から城中に詰めている将兵達にお知らせ願いたい。このままでは、恐怖から要らぬ殺し合いも起こりまする。城兵の御命は約束いたすゆえ降伏いたされよ、説得をお願いいたしますぞ。…誰ぞ、一緒に同行いたせ！

主人明智光秀の意向でござるので違背はござりませぬ、早急にご返事をお聞かせ願いたい」

「有り難きお言葉痛み入ります、明智殿のご意向早速伝え混乱を収めるよう話しますゆえ、しばしお待ちを。……明智殿のお気持ち確かに伝えます、畏《かしこ》まって伝えまする。では御免」

三の丸、二の丸、本丸と山中御殿平の武将松田は左馬助の意向を伝えて歩いた、しかし夫々の郭は混乱の極にあった。

外部から封鎖されていることだけはわかったが、事情がわからず組織だった抵抗もできず、混乱と恐怖のなかで身を潜めている状況は山中御殿平と同様であった。

一気に攻めこまれずにいることに不思議さを感じつつも、疑心暗鬼の気持ちで自棄の気持ちになり攻め手に打ちかける者もおり、老将達が押さえるのに苦労をしていた。

戦場を数多《あまた》駆け経験豊富な老人だけが、力攻めに落城を強行していないことだけは薄々感じていた。

そこへ下の郭から明智方の意向が伝えられ、ほっとした空気も流れた。明智の軍は遠巻きにしているだけでそこから鉄砲や弓矢による攻撃や突入を図らない事実を目にしていたからであった。

各郭の守将は本丸に集まり留守役の吉川一族の老将のもとで評議に入った。

松田は一座の者に、見聞きしたことと左馬助から聞いたことを語った。

「…明智殿の和議の条件は以上のごとくでござる、如何様に答えをいたしましょうぞ」

吉川は皆の表情をみながら、

「ことはここ迄きたのじゃ、如何にいたすべきか包み隠さず本心を聞かせてくだされ」

松田は次いで語り始めた。

「明智殿は真摯な態度であり信頼できるお方とお見受けいたした、明智家の一門でもあり御重役と聞いておる。山中御殿平まできておりますので、ひとつ吉川殿がお会いなされたら如何かと考えまする」

二の丸の城将が反対した。

「吉川元春様はじめ一門、普代、家臣のほとんどが備中で織田家との戦の最中でござるぞ。ここは無勢とはいえ一戦に及ぶが武門の誉れ、幸い富田のお城は無傷で残っておる。城を枕に討ち死にといたそう、元春様になんと申し開きができましょうぞ」

評定がまとまらずにいるとき、三の丸より武将が一人転がるように入ってきた。

「申し上げます。明智左馬助、三の丸の城門を開かせ整然と侵入いたしております。われらは抵抗もできず見守るばかり、乱暴狼藉はありませぬが一刻も早くお知らせせねばと急ぎまいりました」

座が一段と騒然としてきたが右往左往するばかりで、一致した意見のでる雰囲気ではなかった。時間ばかりが当て所《ど》も無く過ぎていった。そこへ二の丸の武将が左馬助からの書状を手に走り込んできた……。

吉川家の老将が決断を迫られた。

老将は三の丸に出向き、左馬助に、自分の命と引き換えに、他の老人や子供の命を助けるように申し入れた。

「お命を求めはせぬ。これは織田信長様のご意向であり、明智日向守様のご命令じゃ。手向かいさえせねば、無事を保証いたす。何れかの廓で、暮らすが良い」

「最早なき命と、覚悟して居りました。皆に代わり、御礼申し上げまする」

大きな関門を突破した左馬助は城外で待つ、光秀のもとに、急ぎ知らせに出向いた。首尾を聞き、光秀も安堵した。

混乱を収め、吉川の老将が光秀に挨拶を申し出た時には、既に出立しており、守りに着いた筒井の将より「礼には及ばぬ」と告げられた。

第八章　山陰進攻

　光秀は月山富田の城に軍勢より先んじて着き、城下で出雲の状況を確認しつつ城攻めの様子を見極めていた。ここ迄は順調に進んだ。予想もできぬほど順調であった、やっと一息付ける。光秀は後方の部隊を待ちつつ先陣を務める部隊に陣形を崩さず休養を与えた、兵達は夜中の強行軍に疲れ空腹であった。彼らに食事を取らせ暫時の眠りをとらせねばと考えた。

「次の行軍に備えしばし休養を与え、眠りも与えよ。旗本達は休憩の準備と次の進発に備え準備に取りかかれ、その者達は本隊が出たのち休憩といたせ」

　明智の軍団の一部は米子城と尾高城の中間に位置し美保湾の日野川河口で軍船から荷を陸揚げするために海岸で用意が始まった。

　桔梗の旗を掲げた一艘の早舟が、沖の丹後の水軍に近付いた。気づいた細川の船が向きを変え、河口に近付いた。

明智の軍は素早く海上の水軍より荷揚げし、物資の補給を受けた。此処までは、かねて手筈通りの作戦が成功した。

富田城にいる兵らに必要な矢玉や兵糧を与え、次の行軍に備えた。旗本、馬廻衆は休憩の場所割りから食料の配布、追いついてくる軍勢の受け入れと目の回るような忙しさであった。光秀はこの間にも先行の隊をだし、明智軍の動向を毛利側に知られることを防ぎ、進軍を容易にするために凡《あら》ゆる手が打たれていた。

降人の中より選ばれた伯耆衆が先行する部隊と同行し、軍使としても交渉に参加していた。先行する部隊が城、砦毎にだされ、それらを遠巻きに囲み外部と遮断し孤立させながら、降伏の申し入れも手早く始められた。

光秀の命令で交渉は威圧的な態度は取られず和睦、様子見、退去と何れかで選ばせた。何れにしても反抗し攻めかからねば放置し様子を見ることとした。

城方を追い込んで反攻に出たり、籠城に入られることだけは避けたいと、最大限の配慮がなされた。

手配りを終わると、光秀もしばしの眠りについた。寝所に入る前、小姓に細川藤孝、蒲生忠三郎など後方の軍勢が着いたときは起こせと命じた。

二刻ほど経って、光秀は眠りから覚めた。

「今から軍議を開く、諸将を集めよ」と命じた。小姓はすぐ応じた。

「すでにお集まりになっております」

「うん、ではすぐまいる」

光秀が幕の裾を揚げて内に入ると、諸将は床几に腰を下ろし各自夫々の姿で休憩をしていた。光秀の姿を見ると急いで居住《いずま》いを正した。光秀は慌てて、

「そのままそのまま、お疲れであろう。楽にしてくだされ。もう一働きして貰わねばならぬ、体を労られよ。今までのところ策戦通り、上首尾に進んでおる。みなの助力に感謝いたしておる」と頭を下げた。

「これからは異変に気づいた毛利方、特に吉川元春の追撃が考えられる、容易ならぬ敵将じゃ。十分心してかからねばならぬ、備中からの大返しとわれらの出雲進出と何れが早く到達するかが勝敗の分かれ目となろう。これからは城砦も多く、夜陰に紛れての奇襲も困難である。敵の待ち伏せや籠城と難しき戦となろう。予てからの手筈通りできるだけ戦を避けて早く前進をはかるようお願いいたす」

光秀は後ろを振り返り小姓に向かい、

「絵図面を持て、川勝を呼べ」

使番や情報を管理している旗本を呼んだ。

「お呼びでござりましょうか」

「新しき知らせや、調べしことを話せ」

絵図面が出され、現在の軍勢の配置と敵方の城や砦、城将の名前と詰めている人数、守りの堅さや毛利との繋がりの強さなど、降伏した者から聞きだした情報も合わせて伝えられた。

武将達は、伯耆の国に入りしこの方の、あれやこれや見聞き体験したことなどを話し、お互いの苦労話もあり、即席の情報交換の場ともなった。

携行している戦陣食を開いて一息ついた後、現在の状況と今後の見通しについて真剣で鋭い、軍議の場に変身していった。

これまでは予想外に順調に進めたが、これよりはいかなる困難が起こるか予想もつかず、十分用心をすべき点で一致を見た。

光秀は皆の意見を十分聞き、座の意見をまとめるとともに、これからについて考えを述べた。

「この富田城は筒井順慶殿に守りをお願いしたい。後詰の軍勢がきて交代したときは、速やかに手前に追いついて貰いたい。他の部隊はそのままの陣立てといたす、ここからは特に殿軍の役目が大事となる、蒲生殿覚悟はよろしいかな。再度確認いたす、戦するより一刻も早く赤間関に辿り着くことじゃ。まずは無事に出雲の岩山城で会おうぞ」

休養を取った明智の本軍は光秀を先頭にふたたび走りだした、五里先にある出雲宍道湖の東端にある湯ノ城と荒隈城の間を無事に抜けることが最初の関門であった。湯ノ城は小高い山に囲まれ守りが主体の城郭であり、出て戦うには人数が不足しており、誘いにのって和睦に応じた。

降伏するよう掛け合いに来た明智の軍使に対し、荒隈城は宍道湖のほとりにあり前は中海に通ずる水路が守りをなし、背後には満願寺、白鹿の二城で支えられていることもあって拒否の意志を鮮明に出してきた。近くのほかの二城にも人を走らせ人数を集め抵抗する構えを示し、明智の軍使を追い返した。

「誰ぞ、荒隈の手勢をあしらえる者はおらぬか。精々集めても三百と思われるが先手の押さえの兵と共に動きを封じよ。もし手に余るようなれば筒井殿に応援を求めよ。戦に勝ち手柄を挙ぐることが大事ではないぞ、敵の反撃の気勢をはぐらかせば良いのじゃ。さあ、行け！」

光秀は一群の旗本や馬廻衆の部隊を率いて先頭を走り続けていた。指示は馬上で歩みを遅くするだけで下され、報告も馬上で慌ただしく聞いた、しばしば歩みを止めると馬上で絵図面を広げ確認した。

旗本達と話し合うのも、飲み食いも馬の上であった、主従とも疲れていた。光秀は、

「徒歩《かち》にて走りくる者より恵まれておるのじゃ、気を許してはならぬ」

光秀は弱音を口にする旗本達を叱咤した。

明智の軍はなおも走り続けた、誰もが疲れ振り落とされそうになり、馬の背にしがみついていた。みなで励まし助け合い、水を分け合い、心を合わせ走り続けていた。

五里ほど進み宍道湖の西に近づく頃、西の端にある高瀬城、平田城、鳶ケ巣城の動向が報されてきた。

「お報せいたす、敵の高瀬など三城は城門を閉めたままでわれらの呼びかけに応答がありませぬ。外より見たところ、城内は混乱している様子であるが向背については判然といたしませぬ」

「人数はどの程度だ、百ずつ応援にだせ。勝手に動かぬように押さえるだけで良いぞ」

続いて、さらに二、三里西と南にある神西城、戸倉城、三刀屋城方面より使番が戻

り報告をした。

「三刀屋久扶《ひさすけ》は和睦に応じ先陣を努めたいと申し出て参りましたぞ。しかし神西城からは銃を撃ちかけて、軍使は追い払われました。山手の戸倉城は門を閉め籠ったままで反応がありませぬ」

「街道沿いだけに厄介なことに成りそうじゃの。そうじゃ、三刀屋に神西城へ降伏の使節として、早速働いて貰いたいと申し送れ。戸倉は捨て置け三刀屋が降った以上すぐにも三刀屋を通して申し出てくるであろう。我等はこのまま前進する」

「は！　三刀屋殿にお伝えします」

混乱しながら進むなか、次々と新しい報せがもたらされた。

宍道湖の北で海沿いの方面に出してあった手勢より、使番が戻った。海に浮かぶ織田の大船を見た湯原は覚悟を決めた。

「報告！　槍ケ山城の湯原春綱が降伏したいと申し出てきましたぞ」

「なに、湯原が降伏したいと！　よし本領安堵いたすゆえ高瀬、平田、鳶ケ巣の降伏を図れ、何れの城将も責任は問わぬ、安堵いたす。我等に協力いたさば恩賞もあろうと伝えよ」

突如小高い岡から銃声が上がった。高瀬城の方向を振り返ってみた光秀は周りを見

ながら、

「小城じゃ鉄砲隊三十程連れて、追い散らせ」

「は！　それがしが参りましょう」

旗本一名が鉄砲隊を連れて岡に向けて走った。

「神西城との小競り合いがあるやも知れぬ、備えをいたす。鉄砲隊前へ！」

しばらく進んだとき、光秀は急ぎ馬廻衆を呼んだ。

「石見の鰐走城、要害山城、岩山城に軍使と押さえの手勢をだせ。神西を過ぎるときは用心いたせ。吉川経安のいる福光城にわれらのことを知られることを防げ、早く進出いたせ」

そのとき高瀬城の辺りで轟然と鉄砲の一斉射撃の音が響き渡った。

光秀は未だ宍道湖の脇を抜けられずにいた。出雲の国の道半ばであった。

光秀は使番を呼んだ。

「筒井殿へ使いいたせ。備中より伯耆、出雲にでる街道で、この海沿いの街道にでる手前の城や要害の地で毛利の進出を防ぐよう手勢の配置をお願いしたいと申せ、合わせてこれまでの様子を知らせよ」

「守りの手配と敵味方の事、仰せの旨確かに伝えまする。では御免」

使番は馬に飛び乗り富田城に向かった、城を目指して疾駆する道々先を見ると、前方からは軽装で身軽にした軍勢が整然として走りくる様子が手に取るようにみえた。

軍兵の甲冑には破れたり血が滲んだりした様子はなく、ほっと安堵した。作戦が成功している様子に、気持ちの大きな昂ぶりを感じた。山陰侵攻が順調に進んでいることを示しているからである。

何事もなく、軍勢の横を抜け富田城の御子守口に着いた。

「明智の使番じゃ！　筒井殿にお会いしたい」

「そのまま通られよ」

城を背にして筒井順慶は守りを崩さずにいた。使番はすぐ順慶の前に案内された。

「報告いたします。明智日向守様より、備中から海沿いの街道に出る手前の城や要害の地にて、毛利の進出に備えるよう手勢の配置をお願いいたしたいとのお言葉でござりました」

「お役目御苦労でござった、すぐ手配いたす。よし江美城、法勝寺城、高麻城へ急ぎ五百ずつ軍勢をだせ」と、後ろに控えている旗本に命じた。再び、使番の方を見てから、

「日向殿を危険に遭わせては相済まぬからな。所でいま何処まで進んでおるのか」

「神西城へ迫っているものと思われます」

「ほかに押さえし城は何処じゃ」

「降った三刀屋の城が、最も山手にありまする」

「三刀屋城にも軍勢五百を急ぎ出せ。して日向守殿の様子はどうじゃ、街道の様子も話せ」

話を聞きながら、一方では命令を発する慌ただしさであった。

斎藤利三は街道筋で軍勢の走り進むのを統制していた。そこへこの戦が初陣の甥が話しかけてきた。

「叔父上」

「おおそなたは初陣だったの、家の子郎党は如何いたした。よいか戦の心得を話して聞かせる、心して聞けよ。戦いの場でも前に出て戦うな、一族の者と一緒に行動し背後におるようにいたせよ、戦っている一族郎党の背後を守れ良いか！　三度の戦に生き延びよ、戦場でどう生き延びるか心得てから戦こうても遅くはないぞ。戦うときは優勢なときのみじゃ、一気に押し包んで討ち取れ、不利なときは手出しいたすな。死ぬなよ！　生きていればこそわれらが優勢で敵に勝ちうるのじゃ。さあ一族の者のもとへ戻れ」

「わかり申した、肝に銘じておきます。叔父上も武運長久を」

「よいか忘れるでないぞ」

「一族のもとに戻ります、お別れいたしまする」

そのころ信長は、明智軍団の成り行きを期待と不安のない混ぜになった眼で見守っていた。

使番が富田松山城に転がり込むようにして飛び込んできた。

「明智の使番でござる。上様に目通りを！」

門に詰めている武将は応じて、

「そのまま参られよ」

使番は本陣まで馬を進め、ずり落ちるように馬を下りるとよろめくようにしてすぐ御座所に入った。

信長は首を長くして待ち望んでいた様子で、

「待っていたぞ、で首尾はどうじゃ」

「日向守様はすでに大山を抜け米子城に迫っております。米子城の城将は降伏いたしませぬが、抵抗はせぬともうしている由にございます。今の所、戦らしい戦はございませぬ。皆軽装にて全力で駆け続けております。殿軍に至るまで、真っ先に駆ける日向守様に遅れまいと全力で進んでおります」

「日向よりの言葉は」

「今までの様子をお知らせせよ、とのご命令でござる」

「うん！　御苦労であったの、下がって休め」

「はっ、それがしはすぐ戦場に戻りとうございます。日向守様にお伝えするお言葉がございましたなら、お聞かせ願いとうございます」

「見事な戦ぶり、天下無双じゃ。後詰はすでに送りだしておる安心いたせ。これからも次々と送りだすつもりじゃ。毛利は備中表で引き付けておくぞ、もし動けば一気に蹴散らす手立ては用意してある。間違いのう無事な顔を見せてくれ待っているぞ、と伝えよ」

「は！　主が聞けば喜ぶと思いまする、一刻も早く立ち返り聞かせとうござる、では御免」

「気をつけて参れ、…誰か同道させよう」

「はっ、有り難きことなれど、お断りもうす」

「うん！　では気をつけて戻れ」

信長は山陰攻めが始まると、見違えるほどに元気を取り戻していた。事に当たりてきぱきと判断し、決断も早かった。気が向けば好んだ乗馬で、城砦や陣巡りにさえ出掛けるときもあった。

前田利家は能登から呼び寄せられ、北陸の船を主体にした水軍を利用しすでに伯耆の堤城に入った。

天神川に船を泊め、戦の支度を調え、情報を集め検討した。南条一族の宗勝を道案内とし、先陣に据えて早くも国境を越えて八橋大江城に迫っていた。

前田利家に次いで後詰として続くのは北条氏直であった。今は美作の山中を明智の軍勢が通った道筋を北上していた。関東から遠く離れ道案内にも暗く、氏直も若いため、前田利家の陰に置き安全に配慮したものである。

利家は明智の将兵より状況の説明を受け、持ち場を引き継いだ。

「…以上がわれわれが知っている総てでござります。前田様が後詰とあらばわれらも安心して先を急げまする、今のところ目立った戦はござりませぬが油断は出来ませぬ、ではこれにて失礼いたす！」

押さえに残っていた明智軍は引き継ぎが終わると挨拶もそこそこに、すぐ本軍を追って西に走り去った。

利家は明智軍のあとに前田の軍勢を配置し、地理や城の状況を確認すると八橋大江城の城下まで迫った。南条氏の一族が同行しており、地理的にも近く予てよりの顔見知りを配慮して、軍使として降伏するよう説得に送ることを考慮した。

「南条殿、八橋大江城とは予てよりお見知りおきと思われるが、一つお骨折り願えませぬか。本領を安堵いたすゆえ即刻降伏せよと掛け合って頂きたい」

「わかりもうした、八橋大江の連中は孤立しているゆえ状況がわからず渋るかもいたしかねませぬ。良く説明し戦を避けとうござる、長い懇意な間柄ゆえ是非説得いたしたい」

「よろしくお願いしたい。付け加えておくが、すぐにも攻撃にかかれるよう準備も調えておる。返事如何では即刻攻撃にかかり申す」

「最早一刻も待てぬ火急にあることを伝え、話をまとめまする」

南条は八橋大江城に乗り込んだ。

「城方に申す、手前は南条宗勝である、話したきことあり、城門を開けて下され」

「何の用か、そなたは織田方に寝返った者、話すことはない。早々に立ち返れ」

城将は素気なかった。南条とてこのまま引き下がる訳にはいかなかった。

「城方は明智の手勢に囲まれておられたゆえ外の様子を御存じないはず、もう無用の戦をいたしてはならぬ。われらは敵味方に分かれても、毛利の下でも助け合った仲ではないか。無用な戦であたら無駄に命を落としてはならじと、昔の誼《よしみ》で参ったのじゃ、じっくり膝を交えて話そうではないか」

「よし、南条殿だけならお入りなされ」

「かたじけない！　…其方達はここで待て」供の者を待たせ城内に入った。

「久し振りじゃのう、元気であったか」城内に入ると、城将は城門の上での話し振りとは態度が急変した。

「おう元気じゃ、家族も恙ないか」

「皆元気じゃ、織田のもとに入ってどうじゃ」

「その点がご心配じゃろ、心配ないぞ、わしもこうして本領も安堵され引き立てられてある」

　城将が、安堵でほっと溜息を洩らした。

　そのとき城門の上より注進がきた。

「大軍が現れました！　ゆっくり近づいて参りますぞ。明智の軍勢ではありませぬ」

「なに！　すぐ行く」

「お待ちなされ、前田利家殿の軍勢でござる。いざご決断を」

「何を決断せよと、いわれるのか」

「包まず申し上げる。降伏じゃ、わしからも取りなすゆえご安心なされ。先手としてご活躍なされ。明智殿ははや神西城へ向こうておる、最早ここは戦の場ではない…。前田殿は後詰でしかないのじゃ、戦場はすでに遠く離れておる」

　利家は城門の前にきて、馬を止めると大音声に呼びかけた。

「即刻返事を聞こう。降伏か刃向かうか二つに一つじゃ、刃向かうなら一揉みに踏み潰すぞ」

　強面《こわおもて》の一面を出して恫喝《どうかつ》した。城将は飛び上がる思いであった。

「門を開けい、整列いたせ。お迎えするのじゃ。勝手な真似はいたすでないぞ」

　城将は挨拶に門外に出た。

「ここでよい、降伏したからには本領安堵いたす。早速、先手を務めよ。城の受取は北条氏直殿がいたす」

「え！　北条氏直殿となﾠ…」

城将にとってはなじみのない、思いがけぬ名であった。

「北条氏直殿は関東、小田原の城主である」

「え！　小田原の…小田原の城主がここに来られるのか、信じられぬ」

利家は城にも入らず、そのまま米子城に向けすぐ出立した。

氏直には八橋大江城の受取りと赤崎の港の守りを依頼すべく使番を送りだした。

利家は大山の裾野を回り尾高城に入り、守りを確認し明智の手勢を送りだすと備中からの街道の押さえとして人数をいれた。

大山の南に在り山中の江美城には、美作から伸びている街道筋に在るだけに、早く支配下に置くために軍使と共に土地の豪族を付けて先に送り込んだ。その上で信長の姫を奥方に迎えた一人である、子息の前田利長を大将に兵千を派遣した。同じく旗本を八橋大江の城将と一緒に軍使として、本軍に先立ち米子の城へも派遣した。

利家は明智の手勢より米子城が降伏せず単に抵抗せずとして勢力を温存しているこ

とを知らされていた。それだけに吉川勢が出雲に戻るまえに、早く占拠しようと急ぎ米子城に馬を走らせた。

利家は道の側に佇み、強行軍に疲れた兵達の様子を見ながら、激励の言葉をかけていた。

「もう一息じゃ、頑張ってくれよ」

米子城に着くと、すぐさま明智勢より地形、城構え、守りの堅さを聞き取った。

梅鉢の紋が雪崩込み、桔梗の紋が整然と走り出ていく。

城内からは持ち場が入れ替わる様が手に取るように見て取れた、しかも巨大に膨れ上がる様を…。

城を前に明智の軍勢より様子を聞くのももどかしく、明智勢に替わり前田の軍を攻撃態勢につかせると、いきなり大将自ら城のそばにきて大声で呼びかけた。

「城手の大将にもうす、われは織田が家臣前田利家である。即刻降伏いたされよ。降伏せぬとあらば直ちに総攻めに移るぞ、心して返答いたせ。猶予はならん」

城方は一瞬しんとした、予想外の出来事に戸惑った。利家は委細構わず、

「総攻撃態勢に入れー、鉄砲隊前へー！」

前田の軍は、攻撃のために多くの隊に分かれ整然として陣を構え、次々と配置に着

いていく。

「これよりそちらに参る、攻撃をお控え下され」

城将は堪らず叫んだ、大軍を前にして寡勢の城方はとても勝つ見込みはなかった、孤立しているため状況もわからずにいた。明智の軍が抑えていたのに、北陸にいたはずの前田軍が突然現れ攻撃にでてくるとは、すでに織田の軍勢が毛利家の領内深く入っていることを城兵は得心させられた。

利家は米子城を開城させると、休養を取るのももどかしく米子の手勢を先手に加え先に進むこととした。あとには北条氏直の軍が入ることを米子の将兵に告げた。


此処より南で山中にある富田城の筒井順慶に早馬を出し、前田の軍勢は宍道湖沿いに進み、替わりに北条の軍勢を富田城の後詰に入れることを伝えた。

米子城が降伏したことを知ると、十神山城は堪らず開城し降伏を申しでてきた。

伯耆の国から毛利の勢力はほぼ駆逐され、織田の戦闘集団が動きだした。

この頃、信長の命を受け柴田勝家の与力を務める越前の金森長近、不破光治も出雲出陣に向けて、若狭を抜け山城に移動を始めていた、越前の港では兵糧や物資は陸続と船に積み込まれていた。

涯もない黒い海が押し寄せ、大山からは山陰の暗い空が覆い始めた。

第九章　吉川の反撃

その頃ようやく毛利の本陣に異変が伝えられた。月山富田城の東にあり、米子より二里半南の山手にある伯耆の法勝寺城から早馬がきた、しかし要領を得ない内容であった。

「富田城と連絡が取れませぬ。米子方面から誰も来ず、こちらより探索の者を出しても途中で遮られ戻るか、戻らぬ者もおります。何か異変が起きているやにとれまする。守りを固めると共に付近の城に使番を出し異変を知らせ、何が起こっているか確かめているところでござります」

吉川元春は舌打ちしながら聞いた。

「知らせはそれだけか、謀反かそれとも織田が攻め入ったのか、それもわからぬと申すのか。誰も何も知らぬと言うのか」

「御意、何もわかり申さぬ。斯様《かよう》なことは初めてでござる。周到に手配りされ外に漏れぬように成されているものと思われまする」

小早川隆景がいいだした。

「容易ならん事態になったようだの。各地に早馬を出し分かりし事情を知らせ、早く詳《つまび》らかな状況を掴まねばならぬ」

吉川元春は、

「富田城は遠いすぐ進発せねば間に合うまい、わが手勢を引き連れて目にもの見せてくれん」

毛利輝元が叫んだ。

「待たれい！　富田面《おもて》の状況がわからぬうちは軽挙盲動はしまいぞ。吉川家の手勢が抜ければ陣形が崩れる、敵の思う壺となる。お気持ちはわかるが敵の手に乗ってはならぬ」

「何《ど》うなされいとおっしゃるのか、危急を要す、手遅れにならねば良いが」

隆景が割り込んできた。

「先ずは正面の羽柴軍の動きをどう止めるのか、何千の兵を割くのか、陣形陣立てをどのように組み直すのかを決めねばなりますまい。敵に知られぬよう陣替えするは至難の業、特に今は我らの動きを、目を皿のようにして見ているであろうしのう」

「一部を以てしても亀山城（備後）の彼方に送り、敵の状況がわかり次第横腹へ突いてでるなり、追撃して殲滅してくれん。羽柴が動いておらぬ以上、地理を知らぬ者が攻め入っておるのじゃ付入る隙もあろう。速く、決断を！」元春は決断を迫った。

詳しい情勢は備前、備中に放っている細作より入ってきた。すでに明智の軍勢は神西城に迫っており、月山富田城はじめ海沿いに在る主な城は次々と降伏し開城しつつある。後詰の兵も陸続として伯耆に入っている、という噂が流れているとの内容であった。

座が色めき立った、信じられないことであった。

「そんな筈はない」

「ほんの昨日まで、織田の軍勢が攻め込んでいるとの、知らせは無かったではないか」

「われらを惑わすための噂にしか過ぎない」などと強弁する者もいて、再び評定は紛糾した。

皆に不安と動揺が湧き上がってきた。突然の事態急変は、素早い対応が要求される。

「事実は不明なれど、放置はできぬ」

元春、隆景、両川の意見一致と輝元の了承で、元春は出雲に引き返すことが決まった。

五千の軍勢を引き連れた元春は陽が暮れると共に動きだした。小荷駄隊は連れず、騎馬武者を主体とした、このほうが移動が早いからである。

五千の内訳は騎馬武者一騎に、複数の徒歩立ちの武者そして足軽の槍持ち、弓鉄砲持ち、旗持ちなどが従う。騎馬武者の実数は五百と一割程度にしかならない、足軽だけで出来ている槍隊、弓隊、鉄砲隊のように、総ての者が戦うのではなく、戦える者は限られている。騎馬武者だけの軍勢は存在しない、むしろ騎馬は少数である。しかし付き従うものに支えられた五百の騎馬武者は非常に強力であった。

この地に残された毛利軍も、一斉に陣替えに動きだした。ここを狙われて攻撃されると大敗を喫する、秘かにしかも迅速に行なわねばならない。

輝元は主だった武将達を前にして、

「夕暮れが迫った刻限に、陣替えをいたす。敵に悟られぬよう、目立たず、素早く行なうようにいたせ。では新しき陣に移れ」

と下知をした。

毛利の軍にとり、危険な一瞬である。

薄暮の見通しの悪さを利用し、松明など明かりも使わず暗い中で急ぎ陣替えが行なわれた。

出雲に向かった元春は先頭に立ち真っ先駆けた。辺りが暗くなるも、羽柴軍から松明の火で知られぬように、足元の暗さは馬の目を頼りに我慢し、明かりを使わず先を急いだ。吉川の軍は高松城の地より凡そ三里離れてから、わずかの松明を点け難渋しながら中国の山道を登った。道は高梁川《たかはし》に沿って山間を遡って行く、暗くても道に迷うことはない。むしろ、松明による毛利方軍勢の長蛇の列を、織田方の細作（探索者）に発見されることを恐れたのである。元春はしばしば励ましの言葉をかけつつ先を急いだ。主従は、街道の抑えの役をなしすでに山深くなった備中の鶴首城で休憩し、その後にもたらされた知らせを聞いた。庚申山の陣を立ってから、十里の夜道を駆け抜けてきた、人馬共に深く疲れていた。一息つくと再び中国山脈の真っ只中を松明を多数掲げて火を頼りに進んだ、東の空が白む頃ようやく備後に入ってまもなくの五品嶽城に難行の末たどり着いた。川沿いの道は分かりやすいが、疲れた体を馬の背に揺さぶられ不安の気持ちを昂らせながら、やっとの思いで十里の山道を歩んだ。

城将の出迎えを受けた元春は緊迫した雰囲気を感じ取った。

「御苦労様にございます。お聞き及びのことと存ずるが、織田の手勢が出雲深くまで進出している由にござる。困ったことになりもうした。詳しい事情がわからぬので困惑いたしております」

「心配をかけたの、織田側での噂では湯ノ城を過ぎて、神西城まで迫っているとのことじゃ」

「では富田城は如何なりましたか」

「開城、降伏したと聞いておる」

「ご家族、奥方、留守居の者達は…」

「詳しい事はわからぬが、無事らしい」

「近くのここでさえ、報せはありませぬ。未だ伯耆の法勝寺、出雲の布部、三笠山、三沢城には敵の手は伸びておりませぬ。これらの北が敵の手に抑えられている可能性がありますぞ」

「御苦労であった、これからもよろしく頼むぞ。済まぬが軍勢に食事と休憩をとらせてくれぬか」

「既に用意がしてござります。どうぞこちらへ」

短い眠りを取り早い昼食ののち、隊列を整えると二里半先にある備後の亀山城に向け馬を走らせた。

見送る城将の胸には暗い予感が広がるのを抑えることができなかった。

織田の領国と異なり、毛利は攻められた刻《とき》を慮《おもんばか》り、道路の拡張や整備を怠った。そのため、道は狭く折れ曲がり、凹凸の激しい道は急ぐ夜の移動を妨《さまた》げた。特に、山中は人も少なく道は荒れていた、木の根が剝《む》き出しとなり足を痛め躓《つまず》いた、張り出した枝はしばしば顔を叩いた、道を作らなかった酬いが来ていた元春は唇を噛んだ。

疲れ果てた軍兵は崩れ落ち荒れた道で、落馬したり転ぶものも多く、川に転落したり武器を取り落とす者も数知れなかった。

心は急き、周りの景色を楽しむ者は一人もいなかった。

元春の軍は苦労の末、夕刻に亀山城に着き、温かい夕食を食べ休憩を取った。各地からの知らせも確かめ、おぼろげながら情勢も掴めてきた。毛利方の情報網もようやく動き始め各種の情報も伝わり始めていた。早馬なども相互に出して守りの体制も調え始めた。

深い山に囲まれ寂しい地が続くが、出雲は自らの領国である、ほっとした気分も出てきた。元春は夜のあいだも進み、翌日にはさらに十里先、出雲の三沢城に入ることにした。

近くの大富山城に依る豪族の宮氏も駆けつけ、甲山城の山内氏や付近の城からも応援の手勢を集め、人数も一万に手が届くほどに膨らんだ。備後は安芸とならんで毛利の中核をなす地である、備後の地を通る間に多数の援兵が集まった。

参集した勢力を加えた吉川の軍は意気も上がり、松明の列も延々と連なって、夜じゅう三沢城に向け山道を急いだ。暗いなか人数を増した軍勢は、足元も悪くなかなか道は捗《はかど》らなかった。

吉川の軍は翌日の昼前に、三沢為清の居城に入った。ようやく明智の軍にも手が届く所に辿り着いた。元春は、戦を前にして兵に休息をとらせ、併せて眠りもとらせることにした。彼我の軍が近づいたことを感じ始め、兵は奮い立った。

四方に物見が出され、状況を確かめると共に軍議も開かれた。だが困難な状況に口を開く者もいなかった。

「忌憚のない話をしてくれ、良き案が在れば誰でもよい話せ」

武将達はお互い目を見交わすばかりであった。誰しも積極的に発言するのもためらわれた。居並ぶ者も状況がよく分からぬために、気持ちも重くなるばかりであった。

三日前に戻り、光秀は出雲の西にある神西城を前にしていた、しかし水軍との共同作戦による兵糧の補給が頓挫していた。

「水軍が何れに食料を荷揚げしたのか、まだわからぬのか」

「は、分かりませぬ。探索いたしているところでございます」

「確かに、陸に揚げたのじゃな」

「それもはっきりいたしませぬ」

苛々して光秀が怒るが、海上との連絡手段もなく旗本や使番は途方に暮れるばかりであった。この辺りは宍道湖に遮られ、海に面した地を抑えることが出来ずにいた。神西城を押さえれば、海からの補給も可能となる。

先へと気は焦るが、兵糧米調達の目途もなく走り続けたとすれば、空腹の余り兵は暴徒と化し略奪にも走るであろう。明智の軍団は混乱の中で神西城やその先にある石見の鰐走城で吉川の強力な反撃に遭えば、甚大な損害を被ることにもなりかねない。

「三刀屋はまだ戻らぬか、何をいたしておる」

流石の光秀も冷静さを失い、周りに当たった。しかし神西城に向け走り続けることは止めなかった。

光秀は軍勢の進行を邪魔せぬ地点を選び、旗本達の一団と道端に佇んでいた。前を通る兵に、

「疲れたであろう、もう少しじゃ。もう少し先にて休むとしようぞ、がんばってくれ」

ほかの兵には、

「何ぞ、要り用なものはないか」

と声をかけた。

「水、水を一杯！」

「誰ぞ、水を与えよ。…もう少しじゃ、がんばれ」

そのころ殿軍にある蒲生忠三郎は、明智の手勢が後方より追いついてきたときは前方へ先に送り出し、抑えに置かれた明智の手勢に替わり蒲生の手勢を出し、明智が配置した手勢を探しつつ前後左右の敵にも目を光らせて備えていた。

降伏せず頑張っている城に対しては落とすか和睦し協力せねばならず、放置すれば殿軍がいつ襲われるかわからない。そのうえ細川の軍に遅れることもできず大混乱の中にあった。

忠三郎の下知もしばしば喰い違い、道脇にて織田家からの旗本や主立った武将と馬を下り確かめあった。忠三郎は絵図面を広げ確認し、命令を出し直したり、経験豊富な者に尋ねることも多かった。

「このようなるときは、如何いたしたらよいのか」

「われらも斯様《かよう》なる戦は初めてでござる。戦うより陣替えの連続みたいなものでござるな」

「宍道湖の手前にある湯ノ城、荒隈城、白鹿城、満願寺城だけは決着を付けて進まねばならぬ。どうなっているのか」

「湯ノ城は明智の手勢が入っております。すでに湯原春綱が降伏し荒隈、白鹿、満願寺は孤立してるゆえ、降伏を勧め味方とし後顧の憂いを断つのがよいでありましょう」

「誰を使いとするが良かろうか」

「それがしが参りましょう」と信長からの旗本永田正貞が述べた。

正貞は軍使として早速出かけた、荒隈の城下に着くと湯ノ城の手の者を通して交渉の段取りをはかった。

「吉川家への義理は果たされたと考える。現在の状況を考えてみてくだされ富田城は降り、湯原殿も降伏を申し出ておられる、この三城は孤立しておられる。われらとしても無駄な殺生はいたしたくはない。本領を安堵いたすゆえ、是非われらの先手としてお働き願いたい。毛利家との和睦も間もないでありましょう。さすれば、ここで抵抗しても犬死にとなる。無駄な死だけはお避けくだされ」

「落城となり城将に自刃などを求めぬといわれるのじゃな。先陣の働きをなせば城兵も安堵といわれるのか」

「いわれるとおりでござる」

「このように、蒲生殿の書状も持参してござる。ご披見を」

一読して、

「しばしお待ち願えませぬか。それがしから三城での対応を働きかけいたしたい。取り残される者も苦しい立場となりもうす。後ほど忠山城への働きかけもいたそうほどに、ここにいたればじたばたいたし申さぬ」

「お任せいたす。早く決断をお出し願いたい、遅れると全面攻撃にもなりかねませぬ」

「わかりもうした、お任せを」

殿軍の蒲生軍はようやく進み始めた。

蒲生軍が動きだしたことを知った光秀は先を急ぐこととし、一部の手勢で神西城の動きを押さえ、明智の本軍は遠回りするだけで通り過ぎることとした。

光秀は湯原春綱の水軍を用い、日野川筋の東にある尾高城に陸揚げした兵糧を進軍路の浜に移した、再度陸に揚げると共に織田の水軍との接触を図った。

だが湯原の水軍は小規模であり、量に限りがあった。湯原の槍ケ山城に蓄えられた兵糧も急ぎ運び出された。しかし、これも船で運ばねばならなかった、調達できた量はわずかであった。

山陰にいる織田の水軍は、北陸よりの船、丹後や但馬からの船、九鬼の水軍ありと統制が取れず混乱し右往左往していた。

もはや将も兵も疲れ果てた状態にあり休みを取らせねばならなかった。疲労困憊している兵らの姿を見た光秀は急遽軍を止めることとした。


明智の軍は神西湖を横にして前方を守り、中軍の中川清秀、高山右近に神西城を囲ませ陣を構えつつ休憩とした。ここなら水に窮することもない、城方の動きを抑えるのも容易である。

三刀屋はようやく神西三左衛門を説得して、降伏を受け入れさせた。攻囲の城中より三左衛門を伴って出てきた。

神西はぴりぴりとしており緊張の極にあった。光秀の前にて二人で挨拶のときにも未だほぐれず、外目《そとめ》にも明らかに見て取れた。

「神西殿何か気になることでもお在りかな」

「いや、何もござりませぬ」

「落ち着かぬようす、命を取ろうとは思ってはおらぬ。安心召され」

「はあ、かたじけのうござる」

光秀の語りかけにも、上の空であった。春綱の方を見て、

「如何いたしたのじゃ、それにしても遅かったの。心配いたしておったぞ」

春綱は三左衛門を見ながら、

「話してよいの」と小声で話しかけた。三左衛門は俯いているのみであった。

「実は、手前も危なく命を落とすところでござった。城内は覚悟の籠城と決まり危うく切られるところで、三左衛門殿が抑えて牢入りとなっていた次第、遅くなりもうした」

「それは危ういところ、よう務めを果たされた」

「三左衛門殿も、城内の将士を救わんものと覚悟を召されここに参ったものでござる」

「三左衛門殿、それでそのような硬い顔をなされておられるのか。よいよい問うまい、今後は織田家のために働くように、本領は安堵いたす。心いたして励んでくれ」

「有難うございます。もはやなき命と覚悟をいたして出てまいった。お許し願えて何とお礼を述べてよいやら、言葉も見つかりませせぬ」

「では、早速一働きいたしてもらおうか。先ずは軍兵が疲れておる、食事と寝る場所を用意いたして貰おうか。それとここの地は鰐走城とも近い、三城の備えや人数、城将の人柄などを話して貰えぬか。できうれば戦を避けたい、何か良き工夫はおありかな」

「吉川経安殿が後方より督促いたして守りを固めている筈、抵抗は示しまするが同じ国人衆として誼《よしみ》もあり、また毛利には不満もありまする。われらがことをわけて話せば降るやもしれませせぬ」

「危険な働きながら一働きいたしてくれぬか」

「は！　城兵の命に代えて、働きかけてみまする」

「三刀屋殿、湯原殿にももう一働きお願いしたい」


明智の軍団は久しぶりにゆっくり眠った、温かい食事も取れ、疲れも出たので泥のように眠りこけた。翌日も一日将兵らの休憩に宛てた、陣の周りは洗濯物で一杯になった。走りづめに走り、強行軍であったので着ているものは汗塗《まみ》れになりこれ以上は着続けられない状態になっていた。兵らの寛ぎを横目に見て、光秀はじめ将達は情報の検討と軍議に費やした。

当地で二晩過ごしたことにより、軍団も再び生気を取り戻した。

後詰の前田軍も宍道湖の脇を進んでいる、後方については安心感も持ててきた。明智の軍団は朝早く神西城をたって石見の鰐走城に向かった。使者を送った三城から降伏の知らせはまだなかった。経安からの援軍も入っているため、交渉の段取りに手間がかかっているためであった。

侵入当初のように秘かに近づき一気に占領するやり方は、明智軍団の存在がもはや毛利方に知れ渡っている今は、もはや不可能であった。

光秀は今度こそ力攻めが必要かと覚悟をしながら道を急いだ。元春の動きが掴めないことが不安として胸をよぎった。

毛利家の居城、安芸の郡山城から短い距離にあり、日本海に沿って伸びる街道が足下を経て石見へ続いていた。郡山城から反撃があるとすれば危ない時期である。光秀は用心しなければと頻《しき》りに気になった。

「使番こちらへ、全軍に知らせろ。毛利の反撃が近い、一層用心いたせ。後詰の前田殿にもお知らせせよ」

そこへ早馬が飛び込んできた。

「申し上げます。吉川元春が出雲の三沢城に入ったやに知らせがござりました、約一万の軍勢を引き連れて反撃に出てきたようでござる」

「わかった、ほかにないか」

続いて石見の岩山城（鰐走城、要害山城の西、海沿いの街道にあり）から早馬がきた。

「申し上げます。岩山城から降伏するとの申し出がありました。ほかの二城からはまだ何の返事もありませぬ」

「うん！　わかった。良くやった、御苦労であった」

岩山城が味方することとなり、光秀は考え込んだ。元春はどうでてくるか、先に鰐走城に入られてはこちらが先に進めなくなる、斯くなるうえは敵よりわれらが先に通り抜けねばなるまい。

「よし、全軍に知らせろ。岩山城まで駆け抜ける、攻撃されても相手をいたすな。全力で駆け抜けろ」

ふたたび全力で走りだした。昼ごろ鰐走城に着いた、明智の抑えの手勢が城の遠くから街道や間道を抑えていた。城の東南にあたる横合いを全力で駆け抜けた、それと見た城の兵は鉄砲や弓で撃ちかけてきた。

「ドドーン」

明智の軍勢は走りながら一斉に城の方を振り向いた。予測していたこととはいえ、動揺が走った。

「鉄砲隊！　敵の鉄砲を抑えよ！　ほかの者は委細構わず走り抜けろ。その方五百程引き連れ、城からの突撃があれば防ぐようにいたせ」と丹波衆の片岡に命じた。

混乱の最中、鰐走城では吉川経安からの援軍が城を捨て海上から撤退を始めていた。

「ドドドーン、ドドドーン、ドドドーン……」

連続して起こる、天地も揺るがすような大音響が鳴り響いた。

城の外からは明智勢の鉄砲多数による反撃があり、城方の鉄砲は沈黙を守らねばならなかった。

城内から明智の大軍が目前を通り過ぎるの見た石見の国人である城将の出羽《いずは》祐盛《すけもり》は

抵抗を諦め降伏を申し入れてきた。

いまは山手にある要害山城だけが帰趨も明らかにならず、送り込んだ神西の安否も気づかわれた。

郡山城からの街道筋を抜けたことで、早々に岩山城で陣を立て直さねばならない。もし混乱の最中に、吉川元春に突入されたら大敗を喫する、さすれば今までの苦労が水の泡になる。それより全滅の恐れさえでてくる。

岩山城に入ると、細川藤孝に使番を送った。

「明智の殿より細川殿に、至急要害山城に向かい吉川元春の進出を喰い止めて頂きますように、とのご指示でござります」

「わかりもうした、早速要害山へ押しだしましょうぞ。お引き受けもうしたとお伝えくだされ」

使番を送りだすと、

「わが細川家に属するものに伝えよ。これより戦いの陣構えにて要害山城に向かう、吉川の軍といつ遭遇するやも知れぬ用心して進め」

藤孝は命令を下すと、真っ先に飛び出した。

細川の軍勢は要害山城を先に押さえることができるか、敵が先に押さえるかが大勢に及ぼす影響の大きさを理解していた。一刻も早く押さえねばならない、もし城攻めの最中に敵が押し寄せたら一溜まりもない。軍勢の誰もがわかっているゆえ、自然と皆の足が速くなっていた。

要害山城に近づいたとき、物見の騎馬武者から吉川の軍勢二、三千が迫っていることを伝えられた。

藤孝は城については明智の手勢に抑えを依頼し、自らは城の近くに陣をひいた。そのうえ三百の兵を間道づたいに伏兵として送りだした。

待ち伏せの一隊は先へ進み小高い岡の上に身を潜めた。

吉川元春は三沢城より西に山深い道で六里程の三瓶山を過ぎ海岸に近づいた頃、主立った武将を集め道端で馬上のまま軍議を開いた。

「このまま進めば、明智の軍勢とぶつかることになろう。どのように攻めるが良いか誰か良い策はあるか」

この地を支配する佐波隆秀が、

「この地はわれらが良く承知しております。間道を使い横腹より一気に突き崩すが良かろうと考えます。敵は鰐走城などの抵抗で難渋いたしておりましょう。さすれば横合いから攻めることができまする。敵は長蛇の状態にあり、守るのは困難でありましょう」

「良くもうした、もう少し詳しく話せ」

「は！　一隊は岩山城の西に出る間道があり、もう一隊は別の間道によりこの街道の東に出る。この街道と三ヶ所から攻めて挟み撃ちにすれば打ち破ることもできましょう」

「よし、この策に異議のあるものはおるか、なければこの策戦で行くぞ。本隊五千はわしが率い岩山城の先に出て、明智の本隊を迎え撃ち叩く。一隊はこのまま進め二千五百とする、佐波隆秀が率いよ。もう一隊の二千五百はこの街道の東に出よ、宮と山内の二人が率いよ。三隊で明智の軍勢を挟み撃ちにして殲滅してくれるわ」

吉川の軍勢は三隊に分かれ、夫々の目的地に向かうべく、先を急いだ。

そのまま街道を進んだ一隊が先に物見の者に発見された部隊であった。

この部隊が明智の軍と最初に衝突することになった。

第十章　出雲の合戦

街道を進んでいた佐波隆秀の部隊が細川の手勢が待ち伏せをしている岡の前に差しかかったとき、突如轟音が上がった。

佐波の部隊がたじろいだ、列が乱れ兵達は逃げ惑った。

「鉄砲隊応戦せよ、槍隊！　突っ込め！」

佐波の将兵の反応も早かった。

鉄砲、弓を打ち込むが反撃の早さを見た藤孝の子息昌興も、長居は無用と早々に撤退した。小競り合いといったところで細川の軍が機先を制したのであった。

態勢を立て直し細川の伏兵を追ったが、佐波はこのまま進むと、待ち受けている細川の軍に当たらねばならない。さいわい、城には佐波の一族が城将として詰めている、一計を案じて間道を使い要害山城の裏から城に入り、城を背後にして高所より細川の軍に攻撃をかけることとした。

地理に明るい土地の者が案内して、秘かに近づいた為に、明智の手勢には見つからずに城の間近まで到達した。

要害山城を遠巻きにしていた明智の隊は突然背後から攻撃を受け動転した。明智の隊は外部との連絡を遮断するのが目的で、城を落とす程の人数はおらず、佐波の背後からの攻撃には一溜まりもなかった。

細川軍は今や遅しと吉川軍の現れるのを待っていた、遅いとじりじりし始めた矢先であった。そこへ要害山城の背後で大歓声が上がった。鉄砲の発射音も連続し戦が始まっていることをあらわしていた。

「しまった。敵に裏をかかれた、城に向かって陣替えをいたせ！」

藤孝は焦って叫んだ。

陣替えももどかしく、陣構えを方向転換すると、

「城に向かって進め！」

細い川を押し渡り、騎馬達を先頭にして城を目指して殺到した。

細川の軍が慌てて城に迫ったときは、すでに佐波の軍も城の前に急行し待ち受けていた。

ここに両軍は正面衝突をした、細川の軍が倍近い人数とはいえ、佐波が率いる吉川

の軍は敵愾心に燃え猛烈な攻撃態勢を取った。

両軍入り乱れての乱戦となった、突撃し退いて再び突撃する白兵戦を繰り返した。

城を背後に持つ吉川軍が高所から攻め入り優勢となった、細川軍は川を越えて退き態勢を立て直した。

両軍は再び前進し白兵戦を繰り返すが勝敗はなかなかつかなかった。

夕刻となり、両軍は兵を引き夫々陣を固め睨み合いに入った。


一方岩山城の西にでた吉川の本隊は向きを東に変え、岩山城に向けて押し寄せた。だがこのことはすぐ光秀の知るところとなり、光秀は岩山城を背に高所に布陣を終えて待ち受けていた。

元春は勢いに乗って明智の軍に突入した、明智の先陣には降伏した伯耆、出雲の諸豪族が居た。そこへそれまでの主人が真正面から突っ込んできた、豪族達の手勢が怯《ひる》んだ隙に吉川勢はどんどん攻め込んだ。

明智勢は崩れたち混乱が目立ってきた、一陣、二陣と打ち破られ三陣がようやく吉川軍を支えている状態にあった。

すぐ乱戦となり鉄砲などを十分に活かす間もなく、騎馬と槍隊による接近戦になっていった。

阿鼻叫喚が渦巻き、敵味方入り乱れ組んずほぐれつ、傷つき討たれる者も数知れずという状態となった。

織田の軍制は近代化されており、作戦、戦法も個人の手柄よりも組織だって戦うことに慣れていた。この差がでて、場に踏み留まっていた。

そこに中川清秀、高山右近が鰐走城より救援に駆けつけてきた、両軍が左右から吉川軍の横合いに襲いかかった。

今度は吉川軍が押され二、三町退いた、光秀は深追いを止めて軍を引いた。

「引け、追わずともよい。深入りいたすな、陣形を立て直せ！」

殿軍にある蒲生勢は城砦、街道、間道、港、町、村など各所に新たな押さえを配置し、すでに守りに着いていた明智の手勢と交代し守りについた。忠三郎は殿軍にいる蒲生勢や後詰の軍と交代して前線に戻る明智の手勢をまとめ、毛利方が紛れ込むことを防ぎつつ、前方にいる明智の本軍に送り出した。そのうえ四方に注意を払いながらも困難な進軍を続けていた。

いまだ攻撃されておらぬとはいえ、緊張は大変なものであった。

前を進む細川軍が要害山城へ攻撃に向かったことを知らされた忠三郎は街道筋を確保するため街道の交差する地点に陣を構えた。ようやく伯耆に侵入して以来の休憩が取れるようになった。警戒を強めつつも交代で休養を取らせることにした。この先いつ十分な眠りを取れるか分からないからである。

「今のうちに、交代して眠りをとれ。この後いつ休めるか分からぬぞ」

兵達は思い思いに腰から取りだした干飯や焼き飯を口にし水を流し込んだ、腹が満ちてくると疲れも出て眠たくなってきた。

思い思いに武器を手にしながら、地面に座り込み目を閉じた。

忠三郎には落ち着く間もなく、細川軍苦戦の知らせが使番からもたらされてきた。

「蒲生様にお知らせいたします。要害山城を吉川の手勢に押さえられ、数度攻撃するも押し返され睨み合いの状況でござる。敵の人数はおよそ二千五百」

「ご苦労であった、細川殿より援兵の話は無かったのじゃな」

旗本のなかから声があった。

「殿、細川殿にいかほど援軍を送りましょうぞ」

「よい、細川殿は戦に慣れた御方、心配要らぬ。われらの後方より敵が近づいているとすれば何とする。ここを破られぬことが先じゃ、もしもわれら殿軍が崩れたなら明智の軍団全部が敵中に孤立することになる。そうなれば周りが総て敵となろう。生きて帰ることは叶わぬと思え、よいか」

「は！　配慮が至りませなんだ」

「そなたの心配り、間違いではないぞ。吉川の動きがわかってから救援に送っても遅くはない。…細川殿の人数が多い、滅多なことでは負けはせぬ」

同じころ吉川のもう一隊、宮と山内が率いる手勢は蒲生軍の後ろにでた、街道にでると西に転じ蒲生の軍勢を後方より追う形になった。

宮と山内の隊は蒲生軍を追って勇躍進軍を始めた。双方がほぼ同時に相手の所在位置を確認した。

蒲生の軍は疲れがでたところであり、吉川の軍はようやく敵を確認出来たことで意気が上がった。

双方の心理状態に大きな差があった、蒲生軍は一度緩んだ気持ちと体を引き締めるのに手間取っていた、吉川軍は意気込んでいる状態で当たることになり火と燃えた。

「かかれ！　一気に打ち破るのだ」

「うおー、うわー」と、吉川軍は刀槍を振り上げ、面を下げ全面攻撃の態勢を取った。鉄砲弓などを一斉に討ちかけると、蒲生軍が陣を構えているところへ、一気に突っ込んでいった。

　地形は、一方が海他方は小高い丘が海岸近くまで迫っている。街道を挟んだ細長い地で戦われることになった。

　蒲生勢は鉄砲隊を前面に立て、一斉に発射した。吉川の軍を食い止めようとしたが、宮と山内に率いられ勢いは強く真っ黒になって押しだしてくる。

　蒲生軍は瞬時に崩れ立った、忠三郎も乱戦のなか槍を取り戦わねばならぬくらいに押しまくられた。押されに押されて海岸より街道に沿って内陸方向に五町ほど下がった、そこでようやく吉川軍の進撃を喰い止め陣を立て直した。

「皆もよう戦っているが、今少しじゃ。頑張って吉川を押し戻さねばならぬ。ここで陣を立て直す。鉄砲隊を前へ、弓隊を次に置け。その後に槍隊を置く。騎馬武者は後方に控えよ」

　信長からの旗本毛利良勝がそばに馬を寄せてきて、

「鰐走城まで引きまするか、それとも援軍を求めまするか。止まってここを守ろうとすれば敵も必死ゆえ押されますぞ」

「おう、承知いたしておる。敵の疲れを待ち、一気に追い散らすまでじゃ」

　蒲生がようやく立て直した陣へ再び吉川の軍が殺到してきた。

今度は蒲生の軍も鉄砲の威力を発揮して、三段射ちを繰り返し吉川の軍の接近を押し止めた。

吉川の軍は倒れるものも多くなり、消耗してきた。自国とはいえ敵中にありしかも味方の後詰がない所から、一気の勝利以外には、ほかに手は見出せなかった。

吉川の軍勢はなおも力攻めを繰り返した。

吉川の攻撃の手が鈍るのが見て取れた頃、忠三郎は、

「総攻撃ぞ！　一気にけ散らせ」と反撃に移った。

今度は吉川軍が押されて、ずるずると下がった。

蒲生軍が息を吹き返し、勢いづいて吉川の軍を追った。

先に陣を構えた場所から十町程追い返して間もなく、忠三郎は、

「引け！　これ以上深追いするな。もう良い、戻れ陣を固める」

「殿のご命令じゃ、引けー、引けー！」

と旗本は怒鳴った。ほかの旗本達も軍勢を止めるために馬を走らせて、命令を伝えて回った。

岩山城では、明智の本軍は救援により態勢を挽回し、吉川の軍を押し返し始めた。

吉川の軍も勇戦し再び盛り返すなど激戦が繰り返された。吉川元春にとりここで破れることは全面的な敗北にも繋がりかねず必死であった。

「皆のもの、苦しい戦なれど負けるわけにはまいらぬ戦じゃ。勇を鼓して戦え！」

数刻の激戦が続いたが、勝敗は決まらなかった。

人数の少ない吉川軍は何れの激突においても、勇敢に戦った。だが奇襲や待ち伏せなどができなかっただけに、寡勢の吉川軍には辛くきつい戦いであった。

やがて両軍は共に兵を退いて、戦は終わった。吉川元春は兵をまとめると福光城へ退いた。


一方筒井順慶は月山富田城の守備を北条氏直に任せ、城を引き継ぐと光秀を追って進んできた。

途中前田利家の軍勢に追いつき、早く明智の軍に追い付くために、狭い道の横合いを先に進んだ。

馬上にて、利家と順慶は旧交を温めしばし話し込んだ。

「しばらくでござるな、恙無きようす何よりじゃ」

「遠く北陸からの出兵ご苦労でござるな」

「いや何の何の、水軍を用いればすぐじゃよ。海が荒れてのそちらが大変じゃった、われらのような陸育ちには海は苦手じゃ。それよりも今のところ大きな抵抗もなく拍子抜けでござるよ」

「毛利が相手じゃ、今のところ奇襲が成功しているがいつ反撃に出てくるかわからぬ。用心したがよいぞ、このまま終わるとは思えぬからの」

「おう、上杉が強いか毛利が手強《てごわ》いかようく見極めようて」

「明智殿に一刻も早く追い付かねばならぬゆえ、これにて御免。充分用心為されよ、安土で会おう」

順慶は道を急いだ、馬上で神西城からの使番より吉川軍と蒲生軍との合戦の模様をきいた。

「鰐走城東方の街道筋で数度の激しい合戦がありもうした。吉川の軍勢が引いたようであるが詳しいことはわかりませぬ。吉川は間道を使い街道に現れたようでございます」

吉川の軍勢が前方にいることがわかり、順慶はすぐ対応することにした。

「すでに吉川の軍が街道筋に現れておる。左右にも用心いたせ、戦闘隊形を組め」

筒井の軍が先を急ぐと宮と山内に率いられた軍と遭遇した、筒井軍は予想して進んでいたため戦闘態勢に入るのが早かった。

鉄砲隊が即応してすぐ射ちだした。後続の部隊もすぐ備えにつき、射ちだす鉄砲の数も次第に多くなった。続く弓隊からも一斉に矢が放たれた。後方より攻められる形となった陣形の整わぬ吉川の軍勢は押され、反撃も思い通りできぬままにやがて崩れた。

吉川の軍は巧みに下がりつつも反撃し、間道を用い山岳部へと退いていった。

筒井軍も暫く追ったが、待ち伏せにあったり反撃で思わぬ損害をだし、やがて間道より兵を引いた。

順慶は軍をまとめると、間道筋へ抑えの軍勢を残しことの次第を光秀の軍団や利家らに知らせるべく使番を出した。

蒲生、筒井の軍と衝突した吉川の部隊は間道づたいに進み、翌朝早く要害山城のそばに出た、目の前には細川軍がこちらの存在に気づかずにいた。

要害山城の様子を見ると佐波の率いる吉川軍が、細川軍と対峙している状況が見てとれた。

細川軍に気づかれぬように近づき、戦闘隊形を取って散開し、森の中から一気に攻め込んだ。

吉川の軍勢が飛びだしてきて初めて気づいた細川軍は慌てた、横合いから攻め立てられ横への防御がなかったために防げず、陣形の変更に手間取りまごまごしているうちに陣内深く攻め込まれてしまった。

細川軍が布陣する方向で銃声や喚声、馬の疾走する音などが突然湧き上がった。要害山城の前で陣を敷いていた佐波の軍もそれと解ると、急遽軍を出して細川の軍に襲いかかった。

急変した情勢に於て、細川の軍は人数の有利さを失っていた。

細川軍は思いがけず挟み撃ちの形となり、形勢不利となった。支え戦うも戦況を回復できず、街道をじりじり下がり始めた。

今は損害を少なくするため街道を引き返しながらも、中途で食い止めるべく、戦いつつ態勢を立て直す必要があった。負け戦となれば、戦場でまごまごしていれば全滅の憂き目に遭いかねない。

「そなた、殿軍を努めよ。これより一度退いて立て直すゆえ、ここに残り防げ」

丹後から引き連れてきている武将の一人革島一宣に殿軍を命じると、藤孝は真っ先に街道にで、川に沿って走りだした。

細川軍は一気に崩れ立ち、揉み合って街道を逃げ出した。

藤孝は海が見える所まで走りきて止まり、戦場を離れつき従う軍をまとめた。味方の逃れるのを助けるため、二つの川の流れを用いて防ぐべく鉄砲隊や伏兵を次々と繰り出した。戦場を脱した軍勢は三々五々と戻ってきた。軍兵をまとめ陣を敷き、できるかぎり兵を安全に取り戻すためにも、吉川の進軍を押し留めることが大事であった。

戦場では吉川の二つの軍は合流し、鬨の声を発し凱歌をあげた。絶えて久しかった歓びの爆発であった。

二つの吉川の軍は轡を連ね城に入った。

城将の佐波や兵達も大喜びで出迎えた。

移動してきた宮と山内の手勢が要害山城に入り城の守備につき、城にいた兵と佐波の軍勢は吉川元春の軍と合流すべく先に進むこととなり間道を利用し西に向かった。

元春のもとには吉川経安からの加勢が加わっていたが数は僅かであった。そこに二千を超える軍勢が戻ったので、お互いぶじを喜びあった。

「よう無事で帰ってきたの、良かった良かった」

「お前も無事であったか」

「怪我はないか、大変な戦であったの」

「おう、酷《ひど》い戦であった」

数を増したとはいえ吉川軍は小勢、伏兵と奇襲によって大勢を挽回しようと策を練った。

一方明智の軍は攻撃態勢を保ったまま慎重に用心深く進んだ、各地に物見の者を出し街道、間道に抑えの人数を出し、待ち伏せによる攻撃を避ける方法を採った。

光秀は筒井順慶が追いつき行軍のなかに加わったことを知らされた、同時に細川の軍が要害山城で押され鰐走城に退いて城を守っていることを知った。一連の戦についても逐一内容が知らされていた。


出雲路での決戦が近づいていた。

光秀からすれば、元春に籠城されることが最も困ることであった。籠城戦になると大軍が必要でありかつ長期間かかるため、敵国深く入っての戦は困難を伴う。

元春にとっても光秀軍団が自国深く存在し続けることは寝返りする者が増え、支配、統制が困難になる。自らの領国と城が失われた状況が常態化することは是非避けねばならぬことであった。

籠城には後詰が前提になる、援軍がこなければじり貧に陥り、兵糧や矢玉など補充が利かないことから段々と戦えなくなるのである。ましてや準備して籠城するのならまだしも、突然大軍が籠城するのであれば兵糧米など蓄えもないので無理な策である。

光秀は尚も慎重に進んだ、湯原春綱に再び石見の山吹城（温泉津、大森にある石見銀山を支配）へ調略を命じた。ここは海の近くまで山が迫り、通り抜けるに困難な地でもあった。山吹城の将兵には毛利による城主本城常光一族誅殺のわだかまりを残していた。

家臣団の反乱により毛利からきていた城将が追われ、光秀側に寝返った。光秀には足掛かりをつかんだことになるが、元春に取っては手痛い出来事になった。

山吹城を手に入れた光秀は早速城中で軍議を開いた。ここより福光城までは開けた地が広がっていた。光秀にとって次の課題は石見中部の海沿いにある鵜丸城、福光城、今井城をいかにして通り抜けるかが問題であった。

議論の末考えられることは、三城を落とすことと間道を利用して迂回することの二案であった。しかし攻城戦には多くの人数と長い期間、大量の物資がいる、迂回策では狭い海側の地を長蛇の列で通らねばならない、何れの方法も困難であった。

何れの案も採択をためらわれた。そこで第三の案が浮上してきた。

鵜丸城と山吹城の間で野戦による正面からの決戦である。

光秀は山吹城を出て半里程進み、鵜丸城との中間辺りに陣を構え元春の出陣を待った。中央突破されるのを防ぐために、明智の軍団を粗方《あらかた》集め、何段にも厚い陣を敷いた。蒲生の軍だけは後方にいて周りを睨む場所に陣を構えた。

元春もまた福光城を出て、集められるだけの人数を集め陣を張った。

一日睨み合いの後、機が熟してきた。

光秀は陣内にいて、吉川からの攻撃を誘った。

吉川軍は鐘太鼓を鳴らすと弓鉄砲を射ちながら錐のように、明智軍の正面に突っ込んできた。

吉川軍は最初から全面攻撃に賭けてきた。

明智軍はその激しい勢いに負け、押された。

光秀は旗本を振り返り、

「中川清秀の軍勢を前へ！　左翼が押されている誰ぞ支えよ！」と命令を下し、必死に陣の崩れるのを防いだ。

元春は周りの者に、

「一気に勝負をつけるのじゃ。怯《ひる》むな！　前進いたせ」と声を嗄らして、叱咤《しった》していた。

光秀は吉川軍の勢力を弱めるのが目的であり、元春は短期の決戦を求めていた、このことが両者の戦い方に如実に現れていた。

大軍を率いる光秀に余裕があり、人数の少ない元春が一気の攻めで打ち破ろうとした。戦い方に差がみられたのである。

緒戦は吉川方が一方的に攻めて追いまくった、槍隊が前進しそばを騎馬隊が突撃を繰り返した。間隙を縫って抜刀隊が突進した。

明智の軍は鉄砲隊を前面に立て進撃を食い止めるのに必死であった。騎馬の突撃には騎馬隊が応じ、槍隊には槍隊を出しぶつかる。

勝敗の帰趨はなかなか明らかにならなかった。朝から始まった合戦は昼前になっても決着は付かなかった。

両軍は軍勢を引き、戦場には不思議な程の静寂が訪れた。

一息を入れると両軍は再び激突した、両軍ともに槍隊を前面に押し立てその後ろに騎馬隊が続いた。総攻撃態勢に入ったものである。

双方の槍隊が前進し間近まで迫ると、両軍とも足が止まった、死を堵して槍襖のなかを一番槍、二番槍と飛び出す者に皆が付いて、恐怖を押さえ誰もが前に出る。槍の戦いから、全面での戦いに広がっていった。

両軍入り乱れての乱戦となり、あちこちで組んずほぐれつの白兵戦となった。喚声がこだまし、刀槍の打ち合う音に悲痛な声も交じり阿鼻叫喚の巷と化した。

吉川軍の攻勢が止まるとともに明智の軍団は新手を繰り出し、流れが変わり始めた。

「使番これへ、高山右近殿へ使いいたせ。右翼に進出せよ、攻め太鼓を鳴らせと伝えよ。攻撃に出るに及ばぬぞ」

「はっ、高山様に伝えます」

「待て、筒井順慶殿へも伝えよ。左翼に進出し攻め太鼓を鳴らせ、鳴らすだけで良いぞ。突撃はするな、それだけでよい。吉川に大いに矢玉を費《つい》えさせるのじゃ」

使番は二手に分かれ、それぞれの陣場に向かった。

「日向守様からのご命令です。高山様は右翼に進出せよ、攻撃は不要とのことでござりまするが、攻め太鼓を鳴らせとのご指示でございます」

「なに、攻め太鼓のみで攻撃は不要とな。何ゆえじゃ」

「吉川に大いに矢玉を費えさせるお考えとか」

「矢玉を使わす、面白い遣ってみよう。うん！　備中より急行している軍勢ゆえ矢玉が不足していよう」

　同じ頃、順慶も同じ疑問を尋ねていた。

「矢玉を費えさせる……。うむ、そういえば小荷駄隊を見かけぬの。さすれば矢玉、兵糧などの補充に苦労しているじゃろう。そのうえここで矢玉を失えば戦は続けられまい」

　両軍は吉川の軍を挟むように進出し、盾で身を隠しながら、これ見よがしに攻め太鼓を叩いた。太鼓の下腹に鳴り響く音に、挟まれた吉川の軍はたじろぎ、動揺し、恐怖を感じた。

　挟まれたと思い込んだ吉川の将兵は左右の軍勢に向かって、あらん限りの弓鉄砲で矢玉を浴びせかけた。

　元春の元には玉薬の要求が、悲痛な面持《おももち》で催促してきた。

「矢玉がありませぬ、これ以上の戦は出来申さぬ。殿お引きなされ、汐時ですぞ」

「よし、法螺貝を吹け、退却いたす。全軍に伝えよ、速やかに戦場を離脱し福光城に入れ」

吉川軍が崩れたち退却を始めた、崩れた軍勢は悲惨である。後ろより追撃を受け次々と倒れる、傷つき戦場に取り残された者には死が待っている。

光秀は命令を下した。

「もう良い、引き上げよ。戦を止めい！」

吉川元春は福光城に入るとすぐに思い切った決断を下した。元春は城将の吉川経安に対し、後の処理を任せることにした。

「鵜丸に千、福光に二千、今井に五百の軍勢をいれる、籠城をいたせ。明智の軍勢をここで喰い止めるようにいたせ、全ての軍勢では矢玉や食料が足りぬであろう。松山城に残りの三千を残すことにいたす。わしは予《かね》て郡山城に矢玉、兵糧を送るよう頼んである、受け取りにまいる。すぐ引き返して参るゆえしっかり守っていてくれ。すぐ出発いたす、明智が気づかぬうちに動かねばならぬ、後を頼むぞ」

「誰ぞ、使いを立てられたら良いのでは…」

「他の者では難しかろう。自ら出向かねば叶うまい」

旗本五十騎ばかりを連れ、元春は疲れた体に鞭打ち福光城をでた。

凡そ四里山手で江ノ川に面して建つ松山城で休み、後からくる三千の軍勢の受け入れと、間道を用い待ち伏せと夜襲により明智の進軍をできるだけ遅らすようにと元春はいい置いた。

光秀は戦場の後始末を終えると、予想に反し吉川方の城に攻め掛からず、山吹城に引き上げた。

城に入れば奇襲や夜襲を避けられる、光秀は城に入るとすぐ全軍に眠りを取らせた。命令を聞いた者はわが耳を疑った、首を捻ったが戦に疲れた兵達は食事を終え、見張りの兵を立てると眠りについた。

光秀は夜半に全軍を起こすと、軽装で山吹城よりふたたび走りでた。筒井順慶の軍が秘かに先行し、鵜丸城、福光城に抑えの兵を手配りしていた。

吉川の軍勢は明智軍の勢いに乗った城攻めに備えて緊張していたが、明智軍が山吹城に入り動きがなくなったとの情報もあり、昼間の合戦で負け戦の疲れも加わり緊張も切れ寝入る者も多くなった。

その時を待つように、明智の軍勢は音もなく城の脇をすり抜けていった。

城方が気づき応戦しようとしたときには、すでに大軍が続々と通り過ぎている様子が目に入ってきた。

鵜丸城ではもはや抵抗の意志は捨てられた、戦うには心身ともに疲れ過ぎていた。城将が見たものは、座ったまま腰もあげずに見守る兵達の姿であった。

福光城は少し様子が異なり、吉川経安が城の守備に残してあった新手の軍勢を率いて城外に討って出た、しかし余りにも人数が少なすぎた。

明智軍が海沿いを遠回りに駆け抜けていくところを横合いから襲おうとしたが、抑えの筒井勢に発見され手酷《てひど》い反撃を受け城内に引き返した。

鵜丸、福光の二城を無事すり抜けた光秀はここで一転して小城の今井城に全力で襲いかかった、今井城では一気に明智軍が襲ってくるとは夢にも思わなかった。

福光城に比べ小城しかも背後にあったため油断していたことが命取りとなった。一気の攻めで落城し、城兵は逃げ散った。

乾坤一擲をかけた一戦は、兵力と経済力の差で帰趨が決まっていった。

第十一章　水軍の時代へ

そのころ信長は光秀が送り出した、神西城からの使番を迎えていた。

「そうか神西城も降伏、開城いたしたか。日向もなかなか遣るの」

「三刀屋殿が危ういときもござりましたが、神西殿を説得されて降らせました。大きな戦もなく、毛利の反撃もございませぬ。押さえた城砦も北条殿が守りについております、前田殿も後詰として残された城を降らせ順調に宍道湖の辺りまでに到達いたしております。日向守様からはそろそろ毛利の反撃もあるやも知れぬ、これより山場にかかり申すと、お伝えしてくれとのお言葉でござりました」

「うむ！　御苦労であった。下がって休め」

信長は使番から、水軍での兵糧などの補給が思い通りに行かなかったことも知った。

「九鬼を呼べ、池田恒興も呼べ」と小姓の種田亀に命じた。

池田恒興が先にきた。

「そのほう、これより後詰として出雲に行ってくれぬか」

「は！　早速出立いたします」

「まて、どのようにして行くつもりか」

「因幡に入り大山の南を通り、江美城を経て米子城に急ぎ入るつもりでござる」

「待て、九鬼がくるまで待て」

そこへ九鬼が入ってきた。

「お呼びとのことで、参りました」

「おぉ！　きたか、明智の軍に兵糧や矢玉の補給が旨くいってないようじゃの」

「は、陸揚げの地が決まりませんと船の手配や陸揚げの人夫の調達も難しいことに相いなりまして」

「よいよい、そなたらしくもない言い訳はよい」

「済みませぬ」

「今日呼んだはそなたを詰問するが用ではない。大安宅船は何隻動かせるか」

「は、八隻ほどでござる。ほかの船は出帆いたしております る」

「そなたは池田恒興とその軍勢を乗せ、出雲の神西城まで運べ。明智の後詰となる地に下ろせ、ついでに明智日向に銭、矢玉、兵糧を送り届けよ。そうじゃ明智の軍に荷物を下ろすに池田の手勢を使えばよい。その後、そなたが山陰沖で明智の戦を支えよ」

恒興には、

「軍船に積み込みの手伝いもいたせ、海の上では九鬼に頼らねばなるまい。二人協力して進めよ」と命じた。

二人は頭を下げると、急ぎ退出した。

この策は天正四年木津川口の海戦で毛利の水軍が大量の軍船を用い織田の水軍を完膚なきまでに叩きのめし、大坂の石山本願寺に大量の兵糧を運び込んだ将《まさ》に同じ方法を発展させたものである。

同じ頃、秀吉は毎日の恒例となった示威行動を繰り返していた。

朝、軍勢を引き連れ陣所をでると毛利側が注目していることを意識しながら、あたかも攻撃に出るかのように毛利の陣に向けて進んだ。

一定の距離を進むと反転し、横に進み、戻ったり、前に出たりと見る者を迷わせるものであった。

毛利方とすれば、秀吉が大軍を引き連れ動けば、対応できるように準備し応じねばならなかった。寡勢の毛利とすれば全軍で防御の態勢を取らねばならない、もしそのまま秀吉が攻撃に移れば一方的な結果となる。

脅しではと半信半疑であっても、毎日全軍で対応せねばならず苦痛となり始めていた。

秀吉軍が示威行動であちこち歩いたのち、陣所に引き上げたのを見ると、毛利の軍からは失笑が漏れた。

翌日、同じように秀吉の示威行動が始まると、再び毛利側は大急ぎで持ち場につき、緊張が走った。

毛利軍の中に苛々する焦燥感が蔓延してきた、同時に持ち場についても真面目に取らぬ風潮も現れてきた。長期の滞陣に倦《う》んできたものである、毛利の首脳としてはゆるがせにできない問題であった。

毛利の軍勢は毎日の対応のために、食事を大量に炊きだしたり火縄銃に火薬、玉を詰めたり火を点じたりと出費も馬鹿に出来ぬ額になり始めてきた。

すでに毛利は、水軍の力が衰え国内貿易、国外貿易の利益を失い、必要な物資さえ手に入らなくなっていた。

火薬の材料の一部は外国貿易により入手していたからである。当時の火薬は気温や湿度により調合せねばならない、一度調合の終えた火薬は条件の異なる他日には用いることは出来ぬのである。

秀吉の示威行動の結果、毛利には負担がますます大きくなっていった。

外目には順風満帆にみえる秀吉であったが、内心では鬱々としたものを抱えていた。

長宗我部元親との交渉役である明智光秀の四国の地に、三好康長と組んで横槍を入れ邪魔し四国征伐の役目が光秀に行くことを阻もうと画策した、それ故か神戸信孝が総大将に任ぜられた。あわよくば自分にと望んだが、それは叶わなかった。

次いで常に出世で先を行く、目障《めざわ》りな光秀の失脚を狙い公家や僧侶、商人達を使って裏で工作をした。信長に殺されるも良し、追い込まれて謀反を起こすも良し、もし万が一信長、信忠が死ねば弔い合戦の名目が付こう。そうすれば毛利攻めのこの織田の軍団が使える、小早川隆景はわしの気持ちを薄々気づいているようじゃが、取引は可能であろうと踏んでいた。

事が何れに転んでもよいように、密かに策が色々練られていた。だが総ては無為に帰してしまった、今は秘密が信長に露見せぬように薄氷を踏む思いの毎日であった。

秀吉は備中の高松城を眼下に見下ろし、吉川元春や小早川隆景と向き合う石井山にある本陣の一室に、羽柴秀長、浅野長政、小寺（黒田）孝高ら少数の者が近習さえ遠ざけ、集まっていた。

秀吉が皆の顔を一回り見てから、やおら言い出した。

「思いもかけぬ方向に、事が進んでしまったの……今のところは、何処にも漏れてはおらぬようじゃ」

「上様はじめ、何処にもさしたる動きや、噂もござらぬ。まずは一安心でござる」

秀長がほっと胸を撫で下ろしたといった雰囲気を見せながら応じた。

「少将土御門道重殿からも、間違いなく漏れてはおらぬのじゃな、他の公家や商人町人、僧侶どもも口を拭っておるのかな」

「手前が接触いたしたところでは、亀のように首をすくめびくびくいたしておる様子でござる」

「孝高！　良い考えはないか」

「いまは諦めなされ。それが一番ですぞ」

秀吉は何も言わなかった。さらに孝高は、

「今を見なされ、目の前には毛利が大軍を率いて陣を構えておるのですぞ。後ろには上様が目を光らせておる、上様をここへ呼んだのは他ならぬ貴方様ではござらぬのか」

「ふぅー、思い通りにならぬものじゃな…ここに竹中重治（半兵衛）殿がご存命ならば、如何なる策を編み出したであろうな」

「兄者、我慢して待たねばなりませぬぞ。くれぐれも外に漏れぬよう用心をせねばなりませぬ。手前が京へ上り、固く口止めをしてまいります、ご安心の程を…」

「うん！　頼むぞ、様子も確かめ手抜かりのういたせよ。では皆も苦労かけるが頼むぞ！　嫌な話はこれまでじゃ、笹《ささ》（酒）でも飲もうぞ。誰かある、笹を持て！」

大声を出して、小姓を呼んだ。


毛利方の主だった者のなかでは和睦について真剣に検討がなされていた。しかし織田側からの反応の無さに困惑していた。

出雲、石見での戦の状況は、距離が短い分織田方よりも早く掴んでいた。救援の軍勢を送るためにじりじりして機会を窺うが、秀吉の示威行動は大きな邪魔となっていた。

安芸、石見、周防、長門などから出雲に援兵を送ろうとしたが、あらかた備中に軍勢を集めた後だけに、既に目ぼしい人数は存在しなかった。

軍評定を繰り返すも、有効な打つ手を見出せなかった。

毛利としては石見の浜田近辺にある三城を抜かれると、もはや赤間関まで防ぐことのできる大きな城郭はなかった。

明智の軍は無人の野を行くが如しとなり、毛利は見守るしか手はなくなる。

明智の軍勢は毛利の本拠である郡山城からも段々遠ざかり、毛利にとってますます押し留めることが困難になる。毛利方は焦るが、手詰まりの状況は好転しなかった。

一方光秀は兵糧の調達に窮していた。銭や矢玉に比べ大量の荷物となる、小荷駄隊を伴っていない欠陥がでてきたものである。

水軍による海上からの補充がうまく機能しなかったことで、裏目にでていた。いまや行軍の予定さえ目処が付かないことになっていた。

急遽今井城で軍議が開かれた。

米などが入手されたとしても、鍋釜など賄い道具、賄い人、物資の調達役さえも調っておらず混乱していた。

今までは携行した干飯や焼飯と途中の降伏した城の備蓄された米などを提供させ埋め合わせてきたが、それも限界にきていた。

軍議において、細川忠興より思いがけない方策の提起があった。

「米や味噌だけではございませぬ、道具や賄い人まで揃えることは困難でございます。ひとつここは米味噌などだけではなく、炊いた御飯や菜や魚などの副食も買い上げては如何でござりましょうか。道々に立て札を掲げて高く買い上げるといたせば、米などが隠されることもなくなり、わが軍勢に対する農民の考えも変わりましょう」

「炊いた御飯をの、…良いかも知れぬ。やってみる価値はあるかも知れぬ。よし制札を立てい！　…倍の銭を払ろうてやれ」光秀もすぐ決断した。

軍議が終わると、忠興が近づき話しかけてきた。

「義父上、珠より便りがありました。お体を心配いたしておりましたぞ」

「そうか、珠も恙ないか。そなたも怪我はないか」

「珠も変わりない様子、手前もこの通りでござる。義父上は難しいお役目が続きますゆえ、お体には気をつけてくだされ。敵地深く侵入しているいま、義父上に皆の命がかかっております。ご無理はなされませぬようお気をつけてくださりまするよう」

制札が出るとまもなく食べ物が集まりだした、隠れていた町民や農民も姿を現すようになった。

庶民が集まりだすと違った面でも効果がでてきた、吉川の軍や近辺の城などについても情報が集まるようになった。

情報が集まれば作戦も立てやすい、思わぬ効果であった。

光秀は避けて通った鵜丸城と福光城に、改めて軍使を送った。

鵜丸城は開城し、福光城に移ることで同意がなった。筒井の軍勢が並ぶ中を、鵜丸城の手勢は福光城へ進んだ。

一方、福光城の吉川経安は使者の出羽祐盛に対して降伏を拒否した。

「手前は吉川の一族でござる、たとえ不利な状況であれ、降伏いたす気持ちはございませぬ。城を枕に討死にいたす所存である、存分にお相手いたす」

「すでに十分に戦こうておられるのではありませぬか、毛利への忠誠は果たされております。ここで死んでも無駄死にとなりますぞ。もはや毛利の勝ち目はございませぬ、何れ和睦となりもうす。その時は毛利に再び戻ることもできるではありませぬか」

「出羽祐盛殿は国人衆なれば如何様にも動けまするが、手前はそうもいきませぬ。そのことはよう御存じのはず」

「手前も経安様のお気持ちは存じております、明智様にも申しておきましたぞ。明智様も良く御存じで経安様のお命を惜しみ、こうして手前を送り出されたのでござる」

「お気持ちは有り難いが、お引き取り願いたい」

「いま一つ、お願いの儀がござる。鶍丸に入りし手勢でござるが、城を開け福光城へ入りたしとの希望がござるが受け入れて貰えますまいか」

「鶍丸の手勢がこちらへ移りたいとな、それを明智殿はお認めになるのか」

「今日の役目の半分はこのことでござる。認めて頂ければ手前も肩の荷が下ります る」

「そういうことであれば引き受けた。武士の約束、途中で間違いなきようお願いいたす」

「お約束いたしまする」

福光城だけが筒井の軍勢に囲まれて、孤立し残されることとなった。

松山城の軍勢には今井城が押さえとなり、街道筋は一応安全は確保されることになった。

ことの成り行きは安芸を目前にした石見の藤掛城で休んでいた元春にももたらされ

た。

「今井城が落ち、鵜丸城は開城し手勢は福光城に入りましてございます。経安様は降伏の使いに来た出羽祐盛に対し、お断りをなされたとの報せでござります」

「なに福光城だけになったと…」

しばし無言になった。ややあって、

「ほかにはあるか…御苦労であった。十分に休め」

落胆を隠しながらも、それだけ話すのさえ大儀であった。心の内で、『そうじゃったな、今にして思えば明智の戦い方に腑に落ちぬ点があったわ。矢玉を使わそうといたしたたな。もしまだ矢玉があれば籠城も可能であった、さすれば明智も斯くの如く簡単に江の川《ごうのかわ》（石見の大河）まで出れなかったな。周布《すふ》辺りが最後の守りじゃろうが、支えられるかな』と自問するのであった。

「よし、出立いたす」

旗本が尋ねてきた。

「殿如何いたす所存かお聞かせ願いとうございます」

「矢玉、兵糧を受取し上は松山城まで戻り福光城を救わねばならぬ、郡山城をしかと護るのじゃ。この山岳地を利用して織田方の侵入を防ぐのじゃ」

「は！　至らぬことを聞きもうした」

郡山城ではまだ小荷駄の送り出しが始まっていなかった。

元春は傷心に鞭打って、叱咤激励して急ぎ小荷駄隊を編成して石見に取って返した。

もはや誰にも明智軍団の進行を止められぬことを、知りながら…。

殿軍を勤める忠三郎は山吹城を前にして後方の守りに追われていた。

いつ吉川が襲ってくるかも知れない中で、後方に陸揚げした兵糧米や矢玉を前方の軍に送り届け、後方から追い付いた兵を前方に送りだす、抑えとして残されていた兵を元の部隊に返し、蒲生の軍勢より交代の兵を送り込む。

この辺りは平らな地である、牛車や大八車に似た形をした車と農耕馬を在地領主の協力を得て、手に入れた。陸揚げされた大量の兵糧を、人力だけで輸送を賄うのは無理である。

情報を探り、安全を確かめる。前方の様子を知り、後方に伝え後方の様子を前線まで伝える中継所の役割も果たしていた。

合戦の時は緊張し、前線の軍勢が休んでいるときはその安全を維持するために常時緊張を強いられた。

蒲生の軍も山吹城に入ることになり、久しぶりに安心して眠れると誰もが心が和んできた。

一刻も早く城に着き、風呂にも入り、温かい飯にありつけると皆の足が速くなってきた。突然左側の岡より轟然と発射音がした。

隊列が乱れ皆が逃げ惑った、予測していたこととはいえ山吹城を間近に見て、ほっと気が緩んでいただけに衝撃は大きかった。

忠三郎は大声で叫んだ。

「落ち着け！　鉄砲隊！　速く射て。敵の人数は幾らじゃ」

「わかりませぬ！」

「敵の勢力を確かめよ」

吉川方の鉄砲が少ないことが知れると、ようやく落ち着きを取り戻した。味方の鉄砲からも追々発射音が増えてきた、態勢を立て直すと鉄砲隊を先頭に槍隊がついて反撃に出た。

森の中で激戦が始まった、大力の部隊を急ぎ投入した。

「残りの者は早く進め、早く城に走り込め」

忠三郎はその場に残り、督促してほかの手勢を城へ送りだした。

いつのまにか戦いの喧騒は止んでいた。

忠三郎は馬廻衆や旗本を率いてその場に佇んで待っていた。

「おう！　無事であったか、誰にも怪我はないか。敵は如何したか」

「立ち去ってござる。暫く追いましたが逃げ足が速いので追いつけませなんだ」

「御苦労であった、速く城に入ろう」


光秀は食料を入手できる方法が見つかったことで、愁眉を開いた。

翌日はこれからの作戦について諸将を集め軍議を開いた。

ここより五里先にある浜田近辺の三子山、小石見、周布の三城の攻略についてであった。

「最後の山場になるであろう、ここを突破すれば瀬戸内に出るまではもう立ちはだかる物はない」と光秀は皆を励ました。

疲れの見える兵達には一日の休息を与えた、戦場にある武将達にとっても久し振りにほっとして過ごす一刻であった。

光秀は降人の中より三城の将たる周布元兼などの親類、懇意の程度をみて軍使として派遣した。三城の様子を探ることと郡山城との連絡を絶つために、抑えを果たす先遣部隊はすでに先行して進発させていた。

同じ頃、三城の手前で山中にある音明城にも三刀屋久扶を軍使として送り込んだ、だが城将は頑迷に降伏を拒んでいた。抑えの軍勢を出して、押し通ることにした。


三城の間では周布城の周布元兼のもとに集まり日々対応について相談がもたれていた。明智の軍が遠くにあるうちは強気の意見が大勢を占めていたが、明智軍が次々に突破してくると重苦しい雰囲気が漂い始めてきた。

追い打ちをかけるように、かつては兵をだせ、矢銭をだせ、米を送れと矢の催促であったが、出す物がなくなった昨今は毛利から何の音沙汰もなくなった。

明智の軍勢が迫ってくる今になっても何の命令もなく、援兵を送られてくる気配もなかった。

郡山城に使いを送っても、はっきりした返答さえ得られなかった。主のいない城では何も効力のある手は打てなくなっていた。

郡山城にさえほかに割くだけの人数はいなかったのである。

周布元兼は冷静に三城の人数で守れるか、いま一度詳しく検討を加えてみた。

三つの城で千ほどの人数しかも老人や子供が多くを占めている、城外に出て戦えるか検討したが無理なことは明らかであった。次に城に籠って戦う方法について推考してみたが兵糧武具も持ち出され、戦力、戦法の何れでも不可能なことはすぐに分かった。

後の籠城策については考えるまでもなかった、籠城するには救援の軍勢がくることが前提になる。だが現在の状況では毛利の軍勢が備中より引き返し、石見のここまでくることは不可能であり絶望的であった。

「明智光秀という御仁が思いやりのある、物の分かった方であれば良いのだが」と独り言をいわざるを得なかった。

同じ頃、信長は九鬼の軍船で明智の後詰に出発する池田恒興を見送りに港にきていた。

壮大な鉄張り大安宅船が七隻、数百の安宅船など多数の大型軍船が浮かんでいた。

かつての水軍王国の毛利の水軍さえ玩具に思える程の大船隊であった。

九鬼嘉隆と池田恒興が揃《そろ》って出港の挨拶にきた。

「明智殿の後詰に参ります。矢玉と兵糧を先に届け、そのまま手助けいたしまする。前田殿とは後詰について打ち合わせて対応をする所存。上様には港まで見送りにきて頂きかたじけのうござります」

「池田殿をぶじに一刻も速く石見の地に運び、手前も明智殿を水軍にてお助けいたす。今後兵糧などで困るようなことにはいたしませぬ。ではこれにて御免」

「吉報をお待ちくだされ」

「うん！　頼むぞ、無事に戻るのじゃぞ！」

軍勢が乗り終えて、巨大な多数の軍船が港を出ていくのを、信長は供の一行と見送っていた。

妙に寒気がした、周りを見ても誰も寒そうにはしていない。誰もが出帆していく船を見ることに夢中であった、一人取り残されたような妙な気分だった。

誰もが興奮して船を見ているのをみると、信長も切り上げるとはいいだせなかった。

帰る頃にはどうしようもなく体が辛かった。誰もが気がついていない、そのままに平気な顔をしようと自分にいい聞かせ、我慢をした。

翌る日、信長は表座敷に顔を見せなかった。

小姓の伊藤彦作が様子をうかがいに、褥の側近く寄ってきた。

「上様、ご気分は如何でございましょうか。お食事を運びましょうか。……何か御用はございますするか。……表の者にどのように申しておきまするか」

「うん、明日には表座敷にでる。心配いたすなと伝えよ」

「は、申し伝えまする。……他に何なりとお申し付けくださりませ」

信長は再び体調を崩していた。


周布城の周布元兼のもとにも、明智からの軍使が訪れてきた。

周布は恐怖と不安、そしてわずかの期待の入り交じる複雑な心境で、軍使の出羽祐盛を迎え入れた。

出羽が予てより懇意な仲であることが、わずかに救いでもあった。

「出羽殿久し振りでござったな」

「周布殿もお元気なようす、何よりでござる。貴殿も苦しき立場、胸の内推察いたす」

「いや、武門に置く身なれば、同情は無用でござる」

「ご心痛判り申す。今日訪れし用件はほかでもない、明智様よりの依頼でござる」

出羽は一度言葉を切り周布の様子を確かめ、続いて言葉を選びながら話し始めた。

「明智様は無益な戦を避けたいとの思し召しでござる。わしとて鰐走城の戦で戦こうた経緯がござる、手前の方から鉄砲を打ちかけ抵抗いたしした。しかし吉川経安殿の手勢が福光城へ退くに及び降伏いたしたのじゃ、それでも切腹は愚かこのように活かして使うてくれるのじゃ。本領も安堵されて、安心いたしておる。湯原殿も三刀屋殿も手前と同じ気持ちじゃ。山陰に入っておる明智の軍と後詰の軍勢だけでも毛利の総ての軍勢を上回るほどじゃ、次々と後詰が続いており毛利の反撃はもはや無理な状況にある。

いち吉川だけでは如何に勇猛とはいえ、如何ともいたしがたい。備前、備中には毛利に倍する軍勢がおり、そのことが毛利を備中に釘付けにいたしておる。織田家の財力には目を見張るものがある、しかし毛利は水軍が圧迫を受けて衰えるばかりである。最早挽回は不可能と考える、この状況で明智様に対し、どのような秘策があって戦おうといたすのじゃ。意地だけで戦えば引っ込みつかなくなる、その時には手前とて庇えなくなると申すもの。…誘いを受けてくだされ」

「出羽殿のいいぶん尤もである、足りないながら理解いたしております。しかれども、小石見、三子山城の人数と行動を一緒にいたす予てよりの約束がござる。一度話し合うてから致して貰えまいか」

「わかりもうした、その二城にも使いが手前と共に参っておる。良く話し合いなされ」

　翌日、周布が出羽の宿所に出向き話しだした。

「出羽殿、お申し出をお受けいたすことに決しましたぞ。ご指示によりいつでも開城いたしまする。三城の将の連名にて認めました、御披見下され」

「確かに、これで手前も安心いたした。明智様にお心を確かに伝えまする、ご安心なされ」

　すでに三子山城の近くまで進出していた光秀は街道の傍らで出羽祐盛から顛末《てんまつ》を聞いた。

「よう困難な交渉をまとめられた。これからもまだお骨折り願うであろうが、まずは御苦労であった」

「周布も安心いたすでありましょう。手前はこれより取って帰し、伝えに参りとうござる。兵達も安心いたすでありましょう。通過に当たり粗相があってはいけませぬ、では御免」

光秀が暫く進むと出羽に率いられて、周布ら三将が挨拶にきた。紹介されて一通り挨拶が済むと周布が代表して礼を述べた。

「われらの希望をお聞き届けになりお礼を申し述べます。われら三名は城兵の命に代えてもと覚悟を決めておりました。将も兵達も喜んでおります。これからは明智様に忠誠を誓いまする」

「まーまて、上様にじゃ。備前にある富田松山城の上様にも良く伝えておくぞ」

「では、われらは間違いのなきよう皆のものに伝え、食事休息のための準備に当たります。城にてお待ちしておりまする」

三子山城も小石見城も大手門の前に、将兵が立ち並び歓迎の意を表していた。

光秀は周布城に入りほかの武将達も他の二城に入り、宿泊することにした。

それぞれの城ではささやかな歓迎がなされた、しかし城兵の多くは備中の戦場に出ている状況もあり極く控えめになされた。

周布城では軍議が開かれた。その場には周布らも招かれて後方に控えて見守っていた。

光秀から招かれて、これから進軍する街道にある石見の三隅城、七尾城へ、降伏を誘いに行くように要請された。

この二城は郡山城からも不便な地であり、毛利が侵入したこともなく国人領主であり誘えば明智側になびくことは十分予測された。

明智の軍団はようやく順調に進み始めた。

この時期、戦を続けていたのは蒲生軍のみであった、福光城の抑えとして鵜丸、今井の両城に筒井順慶が入り残ることになり蒲生の軍は明智軍を追って先に進むことになった。

本軍に遅れて孤立することは、殿軍も果たせず、敵の襲撃に晒《さら》されることになる。

筒井順慶はここで福光城と松山城の一万ほどの軍勢を引き受けることになった。

「敵の大軍が近くにおりまする、手前がここに残ればお手伝いができようものが。先に進まねばなりませぬ、十分お気をつけてくだされ」

「蒲生殿も殿軍で危険な役目である、心して進まれよ。ここは手前がお引き受けもうす」

蒲生の軍が今井城を離れ江の川を渡り始めたとき、松山城方面の森の中から突然銃声が起こった。矢が飛来し吉川勢が押し寄せてきた。

渡河中のことであり、蒲生軍は窮地に陥った。

忠三郎は叫んだ。

「鉄砲隊！　射て！　槍隊は鉄砲隊の背後につけ。対岸の者も鉄砲にて援助せよ。ほかの者は早く川を渡れ、急げ！」

対岸に渡った軍勢の中から鉄砲隊は岸辺に出て一斉に射ち出した。鉄砲の数と使われる玉薬の量の違いが次第にものをいって撃退した。奇襲にきた人数が少ないことに救われたのであった。

蒲生勢は浜田の手前で山中にある音明城の麓を通る際にも緊張し、山側を注意して進んでいた。

予想に反し、後方より物見の者が騎馬で走りきて吉川の軍が追撃してきていることを知らせてきた。

近くの街道が狭くなっている地形を利用して、急ぎ迎え撃つ用意がなされた。

「よいか、近くなるまで引きつけるのだぞ、そして一斉に鉄砲を放つのじゃ！」

待ち伏せを気づかぬ吉川勢は坂道を急ぎ足で追ってきた。

突然の射撃に吉川勢がたじろぎ下がったところで、槍隊が突撃し撃退した。

その間にほかの人数は先に進み陣を構えた、頃合いを見計らいさっと引き上げた。蒲生軍はふたつの人数に分け、吉川の攻撃を防ぎつつ交互に進んだ。吉川の軍も執拗に攻撃を繰り返し、双方に多数の犠牲者がでた。

蒲生軍が飛び道具が優れているとはいえ常に敵に背を見せねばならぬことは不利な状況であった。吉川軍には自分の望みの場所で襲うことができる有利さがあった。

かくて激戦が続いた、吉川に押されて混乱しあわやというときになって、三子山城に残っていた中川清秀が援軍を率いて駆けつけてきて、ようやく救われた。

「危ないところでござったな、早く知らせて下されば直ぐ救援に参ったものを」

「援軍、痛み入ります。危険なところを助けていただきました。御恩は忘れませぬ」

「早く城へ入り、怪我人の手当てを急ぎなされ。後は手前が引き受けまする」

「お言葉に甘え、先に入らせて貰いまする」

安心して眠りこんだ、一日城内で休養した蒲生軍は再び明智の軍を追って進んだ。窮地を脱するとともに、暫しのあいだ安全な進軍を貪った。

第十二章　信忠の時代

周布城を出る頃は疲れ緊張していた軍兵も、三隈城を無事過ぎて七尾城に辿り着いた時にはほっとして、表情も和らいできた。

国衆の益田一族も和を請うており、赤間関へ案内に立とうとしていた。

九鬼や他の水軍も、街道を進む明智勢との接触にも慣れ、陸に必要な兵糧や物資を送り届ける事ができ、さらに近くの海上にて守りと物見も行っていた。

明智の軍勢の進行を見て、先行して兵糧を陸揚げし、待機する程になっていた。今や七尾城と萩に至る港には船が入り明智の軍勢の到着を待っていた。装備も補充改め、近くより馬を雇い、新たに小規模ながら小荷駄隊さえ編成した。

毛利方のさしたる抵抗もなく、明智の軍団は順調に前進を重ねていた。

光秀は九州を望み観ることが出来る地、長門（山口県）の山中にある青景城、岡部城、荒滝城、信田丸城などにも軍使を早めに遣していた。周布ら近い地域から懇意、親類筋などを考慮して決められた者達である。

これらの城のある地も山岳部にあり国人領主達であり、歴史的に見ても大内氏に近かった地である。その後も陶氏が支配していた領国であったことから、毛利との結び付きは比較的に薄かった。

光秀には、この地に対する近年の支配の緩みから降伏の勧告は比較的に受け入れ易いと見なしていた。

ここは瀬戸内に近く情報も比較的に早く伝わる地方であり、最近の変化についての知識も入手していると考えられ、変化にも素早く対応するであろうと光秀も見透《みすか》していた。

光秀は旬日を経ずして長門の国中まで進出していた。周布城を出てからここ五日ばかりはさしたる戦もなく真夜中の強行軍もなく、山中を淡々とした進軍であった。だが歩みを遅くすることはなかった。

青景城からは捗々しい反応はなかったが、山中の孤立した城であり攻勢に出なければ、大勢に関係なしと捨て置くこととした。数日後には城主も慌てることとなろう。

信田丸、荒滝、岡部城の城将が本領安堵のお礼と挨拶に訪れたことを機会に、軍議が開かれた。光秀が評定で口火を切った。

「間もなく瀬戸内に出ることになる、再び毛利の反撃も考えられる。勝山城はじめ付近の守りの陣容をお聞かせ願いたい」

三城の将は交々に語った。

「勝山城は九州の抑えにしてかつ嶮岨な地にござります。城将も譜代の者にて簡単に降るとも思えませぬ、また人数も多数詰めております」

「瀬戸内の海に面した地には砦も多く、水軍城も数多ござります」

「赤間関を落としたいとあれば、一度玄海灘に出て三井館を落として進むが早いと思われます」

「この地の城は総て海からの攻めを防ぐためのものでござりますれば、背後より攻めるが容易と存ずる」

光秀は状況を把握するとともに、最後の決めをどうなすべきかについて考え込んだ。

この地は自らの手で支配せねばならぬ、けっして人手に渡したり、委ねてはならぬ。

なまじ手温《てぬる》く和を許せば、赤間関をしっかと押さえることはできぬ。この地だけは毛利の家人だった者に、委ねることは許されぬ。光秀はこれが、止めの総攻めになると心に決めた。赤間関だけは本領安堵とはゆかぬ地であると心に期していた。光秀は諸将を前に決意を語った。

「蒲生の手勢は瀬戸内に流れる木屋川筋に出よ、松屋城や周防方面からの毛利救援の接近を防ぐ守りに着け。

主力の部隊は一度玄海灘をみる海筋の道に出て、三井館を攻めるとみせて勝山城を攻めることとする。

高山右近殿は三井館を攻めてそのまま赤間関に入る。細川藤孝殿は戦に加わらず赤間関に先に行きその地を押さえること。赤間関に対する陣容が固まり次第、佐加利山城を背後より抑えてくだされ」

各武将の顔を一々見ながら、光秀は噛んで含めるように戦の手立てを伝えてゆく。

早朝に明智の軍団は出発し、陽が暮れるころ周防灘（瀬戸内海）をみる地にでた。勝山城の物見の者の目を意識して、明智の軍団は野営のための陣を敷いた。炊《かし》ぎの煙は大きく空を覆い、遠くから様子を窺う者に夕食の準備と映った。そのあいだにも、街道や間道を押さえるための人数が多数出されていた。勝山城や近くの砦に詰める者の目には、明智の軍勢の様子は段々と触れなくなっていた。城方の物見は捕らえられ、遮られ先に進めなくなっていた。瀬戸内海に面した街道筋を押さえれば、毛利方は玄界灘に向いた三角の狭い土地に押し込まれた。

次第々に、勝山城には明智の軍団の動きを知らせる者はいなくなった。

九鬼の水軍を中心にした、織田の大船団は長門の沖合、周防灘や玄海灘にも悠然と姿を現していた。明智の手勢が着く前に、すでに大量の兵糧や物資の陸揚げが始まっていた。陸の軍勢が着いた時には、野営の準備が整えられていた。船団の一部は北からの圧力に、筑前方面の押さえ、赤間関への牽制、瀬戸内方面の警戒と明智の軍と連係し素早く動いていた。既に海際の櫛崎城は織田水軍の圧力で身動き出来ぬように、押し込められていた。

明智の軍団は、頃合いを計り攻め手は夜半に起きだすと、秘かに勝山城へと向かった。

夜が白む頃、かつて毛利方にあった豪族達が先陣として道案内し、急激に膨らんでゆく大軍が静々と城を取り巻いた。

勝山城の城兵は、夜が明けて周りが見えたとき、肝を潰さんばかりに驚いた。見渡す限りの範囲で野も山も明智の軍団によって占められていたからである。

「大変でございます。明智軍が押し寄せてきております、それも大変な数ですぞ」

「なに、明智とな。すぐ参る」

城将の平佐就之は櫓に上がろうとして横目に見るだけで、すでに城のそばまで静かに近づきつつある、予想さえできなかった溢れ返る大軍が目に入った。城将は驚きのあまり目を見開いたまま見つめていた。

口籠りながら、命令を出した。

「持ち場につけ、鉄砲、弓の用意をいたせ……、あ！　待て待て、すぐ射ってはならぬ。射ってはならぬぞ！」

もう手遅れである、事態を見守るしかほかに打つ手はなかった。城将の予想を遥かに上回る人数の寄せ手であった。

城将は櫓に上がることを止め、急ぎ城門に走り、階段でつまずきながら門の上に登った。

明智の軍団は大手門の前までゆっくり近づいてきた、旗本の中から三騎門前まで駆けてきた。

「城方の者に申す。はやこれまででござる、城を開けて降伏なされ。毛利のもとへ退去いたしたければこれを許す、もし拒否をすれば一息に揉み潰すぞ。早速返事をなされい！」

城将も動転して、すぐいうべき言葉を見出せなかった。

そばにいる馬廻衆や旗本達は、驚愕のあまり明智の大軍を見つめるばかりであった。

将や兵らも城の守りに動くこともなく、唯立ち尽くすのみであった。明智軍団の圧力に呑まれて、戦う気概は失われていた。

最早戦いは不可能であった、残された手は降伏しかなかった。

「早く返事をなされ、返事がなければ拒絶と見なし攻撃にでますぞ」

平佐には遥か遠くからのいかずち（雷）の声のように聞こえていたが、我にかえると、

「これより降りていきもうす、お待ちくだされ」というだけが、やっとという有様であった。

城門を開けると橋を渡り、平佐は馬廻数騎を連れて城外にでた。

「城の将でござる、降伏のための条件いま一度お聞かせ願いたい」

「城を開け、退去いたせ。どちらへなとご自由になされい」

「手前の首を要求されぬのか」

「要求いたさぬ、只今より刀槍鉄砲、兵糧など総てのものを残し、身の回りの物のみ持ち退去いたすこと」

「わかりもうした、命令に従いまする。暫時お待ちを」

城将はすぐ城中に取って返し、城内の者総てを引き連れ城門を開け、ふたたび姿を現した。

「明智殿に挨拶を致したい」

「その分には及ばぬ。早く退去なされい！」

「明智殿によしなにお伝えくだされ、では御免」

明智の軍のあいだを丸腰となった敗残の兵が落ちていった。すでにこの城にも兵力は想像以上に少なくなっていた。

赤間関を背後より守る位置にある勝山城を無傷で手に入れることが出来た。

光秀に取っても、胸に込み上げるものがあった。左右を見回すと、見えるかぎり人馬で、野も山も埋め尽くされていた。丹波亀山の城を一族や家臣、一万三千の兵と出陣したとき謀反の疑いにさいなまれ、死さえ覚悟をせねばならなかった、逃れられぬ窮地に陥った心境にあった。だが今は、数え切れぬほどの軍勢がその命令に従っていた。光秀は、人知れずそっと目尻をさり気なく押さえた。

勝山城が落ちたことが伝わると、三井館も佐加利山城も次々と開城して城兵は退去した。

光秀はここに九州を目前にした赤間関に立った、周布城を出てから四十里近い行程であった。

明智の軍団は備前を出てから播磨、美作、因幡と移動し、伯耆に侵入してからも出雲、石見、長門と大遠征であった。

敵である毛利家が主力を残したままでの毛利領の横断であり、かつ短期間になされたことは驚くべきことであった。

明智の軍団は改めて、長門の国の完全制圧の為各地に兵を出して、残る城砦を次々と落としていった。力攻めに次ぐ力攻めであった。もはや本領安堵は認められなかった。

毛利方は、明智の軍が姿を現す前にあらかた逃げ散っており、わずかな人数が残っているだけで一揉みに押し潰されていった。

長門が終わると、次いで石見、出雲と迅速に兵を出し、後詰の軍勢と共に領国一円を押さえていった。

時間はしばらく戻り、能登の国持ち前田利家は神西城で細川藤孝が城攻めを失敗したことを知った。要害山城の地は鰐走城の地に近すぎる、街道筋の安全確保のためには城を落とさねばなるまいと腹に据えた。

急ぎ鰐走城に入り細川藤孝より数度の戦の模様を聞いた。吉川方の人数、城の様子、陣立て、付近の地形などに付いても細かく説明を受けた。

光秀を追うように藤孝を先に進ませ、利家は城の守備を引き継いだ。細川の軍は光秀を追って先を急いだ、藤孝が先頭にたち馬に激しく鞭をくれた。

鰐走城の守備を固めると、早速物見の者を四方に出し状況を探った。

要害山城の手勢は思ったほど多くはなく、守りを固めていることが判明してきた。

利家は事情がわかると、素早く兵を出した。

待ち伏せや間道からの奇襲だけには用心しつつ、要害山城に殺到した。

陽の高い明るい頃、大軍が小城の前に大きく広がり静かに近づいた。

城内の者は、ゆっくり近づき広く展開していく前田軍が一幅の絵のように軍装の美々しさと相俟って、夢を見ているかのように見入っていた。

すでに前田の軍に飲まれていた、もはや戦う気持ちは失われていた。

城門に近づくと利家は手を挙げ、軍を止めた。

「鉄砲隊前へ。…射て！」

轟然と大音響が山中に響き渡った、三度発射したのち。

「止め！」

城からの反応を待った、しんとして反撃はなかった。

馬廻衆を呼び、策を授けた。

馬廻が三騎、馬を走らせ城に近づいた。

「城方にもうす、抵抗は無益である。開城し降伏いたせ。毛利への退去は認めるぞ」

まだ城方より反応はなかった。利家は、

「鉄砲隊、三発射て！」と命令を下した。三回の轟音が再び山間にこだました。

やがて大門が開き、城将が出てきた。

「われらは申し出を受け、退去いたしまする。手持ちの武器は携行を許されるかお聞きしたい」

「安全な所まで手勢をつけるが、武器の持ち出しは許さぬ。槍と刀だけは認めよう」

「わかりもうした」

やがて、立ち並ぶ前田家軍勢の間を吉川の手勢が隊列を組んで城を後にした。

要害山城を落とし、人数を入れ城の守りにつき手を打ち終わると、鰐走城に凱旋した。一応これで毛利からの反撃に備える体制を整えた。

利家が鰐走城で一息ついていると、池田恒興が九鬼嘉隆の水軍にて、後詰として送り込まれてきた。

二人は旧交を温める間も無く、利家は鰐走城はじめ三城を恒興に任せると、福光城に向けて進発することにした。

恒興は光秀を追って先に進むことを望んだが、戦場に着いたばかりで地理にも暗く、状況を充分に把握していなかった。

利家は自らの後方で、鰐走城に入り岩山城と要害山城を守り、毛利に備えるように望んだ。

「手前の方がこの地の戦に慣れておりまする、恒興殿はまずは城に入り、戦の準備を十分調えて下され。手前が殿軍の蒲生の軍勢を追いまする。蒲生殿はお若い、さぞ難渋しておられるであろう、先に進み助けたい。池田の手勢は長の船旅お疲れでござろう、まずは休まれい」

「有り難き配慮痛み入りまする、手前の軍勢の多くは船酔いにてすぐには物の役に立ちませぬ、前田殿にお願い申す」

恒興は城の内外に手配りを終えると、一人座り込み、大安宅船での航海の様子を思い出していた。

港を出るとき将兵は盛んな見送りに感激し興奮していた、だが恒興は自らの船を持っているとはいえ、初めての長い航海に緊張と不安が胸をよぎっていた。

湾外に出ると、九鬼の水軍が護衛のために待ち受けていた、池田の軍勢や兵糧を積んだ船足の遅い船を囲むようにして船団を組んだ。

その勇壮さと華やかさに乗り込んだ将兵らは物珍しく興味深げに、のどかに見とれていた。しかし港外にある小豆島を過ぎる頃には、海に慣れない者は嘔吐を始めていた。下津井を過ぎる頃から水軍の兵や水夫達には緊張が漂い始めていた。水軍の兵らの動きが慌ただしくなってきた。警戒が一層厳重になり、船の間を詰めて守りやすくした。

大砲や長銃も用意され、何時でも撃てるように準備が為されていた。夜に入り船首や舷には炬火が吊るされ、暗い海上も警戒をしていた。

夜明け近く海がさらに荒れてきた、池田の兵らは船酔いで舷にでて嘔吐を繰り返していた。誰も食べ物が咽に通らなかった。

空は暗くますます荒れてきた九鬼の水軍は嵐の海と戦っていた、だが池田の軍兵は手助け所か足手纏になっていた。

水夫からは味方とは思えぬ悪口雑言を浴びせかけられ、陸では勇ましく許さぬ者達だが、返す言葉もなかった。

時に入江で難を避けたり、島陰で船を止めたときはわずかに食事も咽を通るが、一度錨を上げると嘔吐を始めた。舷にならんで嘔吐する様は壮観でさえあった。

船団は河野通直の伊予堀江の港に入り水などを補給ししばしの休養を取った。しかしここも前面には毛利の水軍が、後方の陸には長宗我部軍が迫っている油断はならなかった。

港を出ると一気に周防灘を突っ切ろうとした、途中には隠れる島もない、波も荒くなってきた。

船団は身を寄せ合うようにして壇ノ浦を見ながら狭い海峡に入り込んだ。赤間関に近づくと高い丘から鉄砲が打ち込まれた。緊張が走ったが、織田家の持つ大型の大砲は毛利方にはなく、陸の兵は応じて撃ちだす大砲の轟音と威力に目を剝《む》き驚いた。池田の兵の持つ鉄砲では届かぬ遠さであり、物陰から戦の様子を見守るだけであった。

ようやく危険な海峡を抜け、山陰に回り光秀の軍を見出した。浜田の港に兵糧を下ろす際も、池田の兵は波の荒い玄海灘にも揉まれ病人の如くで、水軍を除くと全く荷下ろしの力にならなかった。

「船の威力と海の大変さを味わったの、それにしても毛利と大きな水軍戦がなかったのが何よりじゃった」

すでに戦の方法に革新的変化が起こり始めていた、摂津兵庫を領し軍船を持っているだけでは、十分使いこなせていないその事実も噛みしめていた。

利家は翌日には、鵜丸城に入った。すぐに福光城の押さえの筒井順慶と状況について話し合われた。

吉川経安が城に籠ることになった経緯について聞いた。城に籠ってからは何の動きも示してはいなかった。

敗軍の中にあって、必死の覚悟は利家の心を打った。

次の日、利家は前田の手勢のみを率い、福光城の前に立った。

大手門の上に立派な身なりの武将が立った。

「前田の軍勢と見ゆるが、いかなる用か！」

「経安殿か、前田利家である。話したい降りてこられぬか！」

「軍勢を引かれい、出ていこう」

　前田の軍勢が引いたあと、二人の将は馬上で顔を合わせた。

「前田利家でござる、初めてお目にかかる」

「吉川経安でござる」

「吉川殿が城へ籠った経緯についてはお聞きいたしました。見上げた覚悟感服いたした、あたら命を落とさせてはならじと出てまいった。どうか開城し、和睦に応じてくださされ」

「前田殿のお気持ちは分かるが、毛利の武士にも最後まで戦って城を枕に討ち死にする者もいてもよかろう」

「吉川殿はすでにお気づきのことと思われるが、この度の戦は毛利家に勝ち目はござらぬ。まもなく上様と毛利輝元殿とのあいだで和睦ができるであろう。そのときは最後まで戦っておれば処遇が難しくなりまする。毛利家のために戦っていることで一人責を負い、犬死にもなりかねませぬ。ここは思案の仕所でござりますぞ」

「手前が戦っているうちに戦が終われば、手前の立場がいたって悪くなるとな」

「その通り、ご家族、ご一族、兵に至るまで累が及ぶやも知れませぬ。今降伏なされば、手前も口添えし悪いようにはいたしませぬ。身柄も手前が預かり、毛利との戦の場には出しませぬ。覚悟は今ですぞ」

「うーむ、毛利家との戦に出さぬと誓われるのか。兵達にも害はないのじゃな」

「お約束いたす。毛利家に戻れぬときには、ぜひわが前田家にきて下され」

「前田殿を信じ城を開け、降伏いたそう」

福光城を降し、手に入れた利家はまずはほっとした。筒井順慶を浜田にある周布城など三城の守りに送り出せる、これで郡山城と結ぶ街道を押さえることが出来た。毛利の居城からの反撃に対し守りを固めることが出来たと、胸を撫で下ろした。

鵜丸城より順慶を送りだし明智の軍を追わせると、利家は福光城に入った。

山吹城から今井城までの四城を支配下に置き、利家は守りに着いた。


光秀が赤間関に着いた四日後には、信長の元へ水軍を用いた使いにより、赤間関到着の様子が知らされていた。

「そうか、日向が赤間関に着いたか、…よかったのう、ようやった、ようやった」

「鰐走城や要害山城での戦、特に福光城の前後で行われた戦が激しいものでございました。明智日向守様はじめ将兵が良く戦い、首尾良くしのげました。細川様、蒲生様が危うい場面もございましたが、お怪我もなく無事たどり着きました」

「皆も苦労したの。いや、良くやった。早速祝いの品を送らねばならぬな。いや、良くやった」

この日はいつにもなく元気で、光秀からの使者とも気分良く、いつまでも話し込んでいた。

光秀が赤間関に早くも辿り着いたとの噂はぱっと広がった。

噂は秀吉の耳にも入ってきた。毛利と和睦をする汐時と考える秀吉は早速信長に会いにきた。

「上様、おめでとうございます。日向殿もやりましたな。いやー流石に日向殿、織田家随一の功臣だけのことがございますな。まことにあやかりたい」

「筑前、何をいいにきたのか。そなたは毛利のお相手をいたしておれ」

「上様、毛利との和睦をどういたしまするか。…条件をいかにいたしましょうか」

「うん、考えておく」

「毛利も焦っております、手前も和睦をまとめるに、良き機会と考えまするが。これ以上放置いたしますと冷静に対応できず、全面攻撃に出たり抑えの利かぬ恐れも出てまいりますぞ」

「わかっておる、もう良い」

と言い残すと、信長はぷいと奥に消えてしまった。

秀吉は旗本の多賀常則を見るとつかつかと近づいた。

「上様は如何いたしたのじゃ」

「あ、これは筑前守様、われらも困っておりまする。来客の対応やら訴訟の決済、そのほか文書への裁可なども滞っております」

「そうか、体調は良くないのじゃな。医師はきておるのか」

「なかなか従いませぬようで」

「では、明日もう一度まいる」


翌日、秀吉は再度信長の前に現れた。

「上様、御機嫌うるわしゅう」

「何をいいたいのか、早く申せ」

「聞き及びますところ、上様には、お体がすぐれぬ様子…」

秀吉は改めてまじまじと信長を正面から凝視した。

あの強健だった信長が気弱に感じられ、音を立て崩れていく予感がした。

秀吉は瞬時に対応を変えた。

「藤吉郎めが、清洲の殿にお願い申し上げます！　安土に戻られませ、さすれば柴田様も丹羽様もおいでになります。安土、岐阜には信忠様もおられます。この地におられるお役目はもう済みましたぞ。ごゆっくりなされませ…。毛利のことは明智殿と手前が相談の上、処理いたします。ご安心の程を」

「そちも、そのように見るのか」

「是非もありませぬ、口に苦くても誰かが言わねばなりませぬ。さすれば手前がその役目、安土にお帰りくだされ。

毛利との和睦は伯耆、出雲、石見、長門、美作、備中の地を押さえることで良ろしゅうござりまするか。毛利には周防、安芸、備後の三ケ国といたします。領国が少なくなるとはいえ、本来の地が残される故まとまるであろうと思われまする。

明智殿の御苦労により山陰の地はすでに我が方に属しております。ほかに付け加えることがあれば、ご指示くだされ」

「そなたと日向に任す」

「心得ました。日向守殿と良く相談のうえ交渉を進めまする」

「頼むぞ、安土に戻る」

「それが、良ろしゅうございます」

秀吉は一度失いかけた毛利との戦における主役の立場を取り戻すべく焦っていた。秀吉には恰好の機会でもあった。

信長は安土に戻る前に四国攻めについて神戸信孝や四国にある将達に報告を求めた。

「毛利との和睦が成立次第、本格的に四国攻めを始める。それまでは無理をいたすな」

指示を与えると、水軍に守られ大坂へ戻っていった。

岡山城と長門の勝山城との間で水軍を利用して数度の使者や手紙のやり取りがあって、毛利と本格的な交渉が始まった。

毛利側の交渉相手になる毛利輝元や小早川隆景は猿掛城とその近くにおり、秀吉と対峙を続けていた。

地理的問題もあり光秀は山陰地方で、未だ織田勢の手が及んでいない地の平定と占拠した地の安定のために多忙であり、その地を空けて備中の地で交渉に臨むことはできなかった。

秀吉は以前にも毛利との和睦の交渉でまとまりかけたこともあり、光秀の代理の明智治右衛門が同席していたとはいえ、今回も秀吉が表舞台に立ち交渉の主導権を握った。

毛利家はすでにぎりぎりまで追い詰められていた、和睦の交渉にはすぐ応じてきた。

毛利側も、再び小早川隆景が交渉役として就いた。

秀吉からは信長に了解を得た条件を、当初から率直に提示した。

「駆け引きしている暇はありませぬ、それは毛利家も同じではござりませぬか。この条件なら両家とも飲める内容で…ござろうと思案いたすが」

「毛利家に取り辛い条件ではありますが、山陰の地で負け戦もあり、この条件で飲まざるを得ないと考えまする。一度この案を持ち帰り、皆で検討いたしましょうぞ」

数度の交渉で和睦は成立した。

大部分の時間は細かい点の打ち合わせに費やされたものである。

仮に取り決められた内容は、使者が文書を持って光秀のもとに送られ、光秀の了承を得た。二人の同意が確認された後、信長のもとに二人からの使者が文書を携え報告に訪れた。

安土では、和睦案の文書を巡り信長、信忠、勝家、長秀を中心に検討がなされた。

しかし収拾の段階でもあり、特に異論は出されなかった。

返答が光秀と秀吉のもとに届いた。

小早川隆景と秀吉が備中の富山城にて、和睦の文書を取り交わし、和睦が成った。和睦が成立すると毛利方は即日領国に引き上げた。それだけ毛利の領内は動揺を来たしていたのである。もはや毛利には戦を継続する能力も意志も存在しなかった。対峙が続いたのは、信長の作戦上引き伸ばされたものであった。これ以上長引けば毛利は内部から崩れかねない、危険な状況に追い込まれていたのである。

形は和睦であっても、実体は降伏に近いものであった。

秀吉は戦の後処理を済ますと、ゆったりと余裕を見せて岡山城に戻った。

急ぎ領国に戻った毛利家では織田と戦い逃れた者や、毛利家に忠誠を尽くそうとする者を受け入れるために多忙であった。

だが一挙に半分以下と狭くなった領土は、受け入れを困難にしていた。織田との戦いに手柄を立てた者に配慮もせねばならず、傷つき、死んだ者の家族には捨て扶持《ぶち》を与えねばならぬ。全ての禄高は大きく減らされ城持ちさえ旗本に逆戻りと不満も高まった、知行は細分され一層小さくなっていった。

報いるに何も手元にはなかった、だが協力を求め、耐えていかねばならない。みなに公平で納得できる裁量を行い不満を残さぬようにしなければならない。さもなければ内側から乱も起こりかねない。

同じ頃、長門では蒲生忠三郎が、信長から安土に戻るよう指示をうけていた。別れの挨拶のために、忠三郎は光秀の陣所を訪れた。

「日向守様、長い間お世話になり申した。上様よりお呼びの指示があり、お別れの挨拶にまかり越しました、色々と教えられるところの多い毎日でござりました」

光秀は挨拶に答えて、

「上様より手前も知らせをうけてござる。長い間御苦労でござった。とくに、殿軍を務め危ういところも通られたの。これよりは信忠様のお側にあって織田家の行く末を支えて下され。戦場での立派な働き、もう何処に出しても恥ずかしくない堂々たる大将でござる」

「勿体ないお言葉、身に余る光栄でござる」

「戦場での手元不如意ゆえ何もないが、これを差し上げたい。手前の気持ちである」

と腰のものを外して手渡した。

ほかの武将達も思い思いに祝いの品を差しだした。それぞれ慌てふためきながら、それぞれ祝いの品を作りだす様は外目には滑稽にさえみえた。

思わぬ出来事に、忠三郎も目頭が熱くなった。

「それがしの為にこのように温かき扱い、忘れませぬ」

蒲生の軍勢をまとめると、水軍の迎えをうけて忠三郎は瀬戸内を大坂に向けて帰っていった。


中国の地における輝ける巨星は潰えさった。徐々に時代の変化と世代交代が始まっていた。


岐阜城にいて、東国の経略に当たっていた信忠は、信長の要請で岐阜の軍団を率いて、琵琶湖に面した信忠邸に近い二の丸に入った。これで信忠は織田家当主として織田家全軍を率いる形となった。

信長の病が回復しない現状と畿内の軍団が遠く長門の赤間関や山陰の地にあり、軍勢の空白地帯となっていた問題を解消する為でもあるが、信忠は着々と地歩を築いていた。

織田信長、織田信忠より二つの使者が中国の地に送り出された。

秀吉の元には、織田信包を正使、柴田勝豊が副使として、訪れた。船にはもう一人の正使、木曽義昌と副使の蒲生氏郷（忠三郎）も乗船していた。


信包は信忠からの文書に加え、信長の添え状も持参した。

織田一族の重鎮である信包は秀吉の前に立ち、文書を読み上げた。

主意は秀吉の下にある六万の軍勢の内、三万は明智光秀の下に移動させ、その配下に置くこと。さらに一万の軍勢は四国攻めの加勢として伊予の国に送り、織田信孝の軍団に属すこととされた。

向後、秀吉が支配する軍勢は二万とし、秀吉のこれからの役目は、毛利の監視と抑え、瀬戸内の海運の安全と四国攻めの軍勢を側面より支えること。

命令を聞く秀吉は、予測していたとはいえ、身震いが止まらなかった。それを見た信包は、

「羽柴殿、どうなされましたか」

高い場所から訊ねた。とっさに秀吉は、

「この頃、時に震えがござって、…ご心配ござらぬ、先に進めてくだされ」

表情を読まれぬように、深く深く頭を垂れた。

「上様、信忠様はじめ皆の方達にも良しなに、申し伝えて下され。秀吉、ご命令は確かに承りました。ご命令通りに致します」

と言上すると再び深く頭を下げた。

背後に居並ぶ織田の諸将に、何故と戸惑いの雰囲気が漂った。

気を使う信包は秀吉に、

「上様、信忠様も此度の戦には、いたくお喜びになっておられましての…」

急ぎ、口添えをした。副使の柴田勝豊は終始無言で、事の推移を見守っていた。

歓迎の宴には、

「体調が悪く、お相手が出来ぬゆえ、御無礼をお許し下され。御命令は確かに承りました。上様、信忠様には良しなにお伝えくだされ」

との伝言があり、宴の席に秀吉の姿はなかった。ただ、羽柴に属する者達には、上使に対して宴を一段と盛り上げるよう、指示が出されていた。

信包もまた秀吉に配慮し、気を使った。信包は型通り、状況を確認すると、そそくさと帰り支度に取り掛かった。帰りの船を待つだけであった。

他方、木曽義昌は九州の地がこれほど近いとはと、驚きを隠せなかった、狭い水道を抜け港に入った。

使番は使者の来着を知らせに、光秀の元に馬を走らせた。

信忠の正使木曽義昌が上座に立ち、蒲生氏郷が脇にどっかと腰を下ろし、笑みを浮かべながら一同を見ると軽く一礼をした。直ぐに座は和らぎ、喜びの雰囲気に包まれた。

主意は、信忠より長門の支配を認める書状、勝ち戦の祝と労りの篭った内容であった。次いで信長からの添え状も読み上げられた。さらに秀吉の下から三万の軍勢を支配下に加えることも知らされた。

「信忠様も大変お喜びになり〝天晴れな戦振り、天下無双〟とのお言葉がございました。上様もご愛用の差料を外し、祝の品に添えられましたぞ。〝惟任日向守、存分の戦振り、充分心得居るぞ〟との、お言葉でござりましたぞ。この喜びの場に、使い出来て手前も本望でござる」

さらに主な武将には加増の知らせと祝の品が添えられた。

背後に控える、織田の将は一斉に深く頭を垂れた。

宴は皆が寛ぎ、和やかであった。

木曽義昌は山国信濃の武将である、見慣れぬ水軍城や大小様々な軍船に大いに興味を引かれた。光秀の誘いもあり光秀の将の案内で、長門、石見、出雲辺りまで、船より陸揚げや水軍の働きを、帰りには博多湾を遠く見る海の道を進み、九州に大いに興味を持った。

視察を終えると、遠く西国に来ている諸将を労い、別れを惜しみ、信包の待つ港へ旅立った。

秀吉は信長、信忠、一族衆、重臣にも豪華な贈り物を用意し、上使が乗船の時には、いつもと変わらぬ、陽気で磊落に振る舞い、恭順の意を示していた。船上の上使、木曽義昌、蒲生氏郷にも挨拶に出向いた。

秀吉は表座敷を避け、寝所に黒田孝高、浅野長政、宮部継潤など少数を集め、他は遠ざけ、密談が始まった。

今、秀吉の立場は西に毛利、北と東は畿内の軍団に囲まれていた。六万の軍勢は二万となり、その実態は織田家の軍勢を預かっているだけであり、秀吉の家人は僅かな数である。

深刻な表情で密談を繰り返すも良き知恵や策も見出せず、秀吉は何時になく寡黙であった。

弟の羽柴秀長は、

「罷免、追放、切腹を申しつけられぬだけでも良かったではござらぬか。今、我等の状況は二方面を光秀殿に抑えられ、背後には信忠様がござる。叛くは不可能でござる。……もし戦うとなれば、毛利が背後より攻め寄せるは必定。京への道には大名や多くの城がござる。手間取っている間に、岐阜や各地の軍勢が安土に集まり、信忠様のご気性から先頭に立ち、押し寄せて参りましょう。今、我等に従っている国衆、他国衆、豪族は織田家に従いし者達！　何時叛くか知れたものではござらぬ、さらに明智殿が軍勢をまとめ攻め寄せなば、大軍に囲まれ、籠城も、野戦もかないますまい。…叛くは屍を晒すのみ！　…おやめなされ。望外の織田家の重臣ではござらぬか。…危険を冒すは良い策とは思われませぬ。…孝高殿、其処もとの考えを聞こう、良い案はござりますますかな。知恵者のそなたが編み出せぬとあらば……」

孝高は顎をさすりながら、

「殿のお気持ちは充分、分かっておりまするが、今は時機が悪すぎる。知恵や謀で勝てる状況ではござりませぬな。…手前もあせって死ぬつもりもござらぬ。……我等の家人だけで…織田が攻め寄せれば、何人が残るかの……」

長政は、

「無理な考えはお止めなされ」

継潤もまた、

「しばし、情勢が変わるのを待つべきと存ずる」

孝高は、

「どうしてもとあらば、致し方ありませぬな、……手前が何処で消えても…旗を取り替えるやもしれませせぬ」と突き放した言い方をした。

第十三章　四国征伐

四国は南北の平野と海岸部を除くと石鎚山など山塊が深く連なる。吉野川の上流にある、三国峠が伊予（愛媛県）、讃岐（香川県）、阿波（徳島県）と土佐（高知県）を結ぶ、内陸唯一の山深く長く険しい山岳路であった。

讃岐勝瑞城主十河存保《まさやす》と伊予の河野通直の救援依頼に始まった四国問題への干渉は、信長と対立し戦った三好一族は衰え、今は家臣となっている三好康長が一族達と阿波、讃岐を勢力範囲としていた。此のことで救援と旧領回復がない交《ま》ぜになり複雑な様相を呈していた。

かつて信長が強力な旧体制側の勢力として三好一族と畿内で争った。三好一族の弱体化は信長の希望であった。利害が一致する長宗我部元親はかつて信長から切り取り自由との言質を与えられていた、この約束を盾に信長の干渉を嫌っていた。

状況は変わり、信長にとって厄介な存在だった三好一族の勢力は衰え、一族の一人康長は四国を離れ臣下している。

一方元親は土佐で力を蓄え三好の阿波、讃岐の領国を侵すまでに勢力を拡大していた。

十河存保は三好一族であり元親に対抗し、康長の実子康俊は長宗我部元親に降伏しており、より複雑さを増してもいた。

四国の地は小豪族が割拠し、一方が誰かと誼《よしみ》を通じると他方は反対側につき、複雑に合衡連衡を繰り返していた。讃岐は平野とはいえ、小高い山が散在し、纏まり難い地形である。

元親は讃岐の中、西部にあって信長に誼を通じていた香西氏や香川氏を侵略し、信長勢力圏の十河存保を圧迫し始めていた。伊予では中伊予の河野通直、南部の豪族御荘氏、西園寺氏を除く地域をほぼ帰属せしめ、今や河野の領国も元親に蚕食され始めていた。

信長は元親に土佐一国と阿波の半分を与え他の地を返させることで、元親と河野道直、三好一族の調停を計ろうとしたが、元親は拒絶した。ここに信長と元親の全面対決に入った。

三好康長は信長の命令の下に、讃岐に上陸し阿波吉野川中流域にある岩倉城に入り、阿波全土の回復を図った。

康長は元親に服属する子の三好康俊を語らい、十河存保や三好の旧臣を集め阿波奪還の戦を始めた。阿波平野部の中心にある勝瑞城に進み十河存保を入れ、足掛かりとした。すでに高齢に達している康長の動きは目配り駆け引きなどそつがなく、元親も油断がならなかった。不利な戦いとはいえ存保も長きにわたり三好一族を率い、元親と戦いを交えていた。

同時に康長は神戸信孝、丹羽長秀らの四国征伐軍の先陣の役割も担っていた。天正九年三月に始まった、四国攻めの経緯である。

急遽編制された四国征伐軍は、六月には三千程の人数を先鋒の一部として、阿波の地に送り込み康長を助け守りを固めていた。天正十年六月の前の年であった。

元親は、三好康長が東讃岐に上陸し十河存保を伴い中富川に面した四国随一の城下町を持つ勝瑞城《しょうずい》に入ったことは、逐一報告を受けていた。元親は重臣城持衆などを集め策を練った。

「今は時期が悪い、しかし放置しておくのも後々禍根を残すな。よし、白地城（阿波吉野川上流で山岳部、土佐より阿波、讃岐、伊予への出口）より手勢をだせ、吉野川沿いの城からも応援を求めよ。岩倉城を攻めるぞ、但し城を落とすことが目的ではないぞ、岩倉城と対陣し刻《とき》を稼ぐのじゃ」

元親の他国との交渉や合戦で常に補佐する実の弟、香宗我部親泰が次を催促するようにいいだした。

「岩倉城だけでよろしいのですかな」

「しれたこと、勝瑞城に対しても攻撃を加えるつもりじゃ。康長の肝を冷やしてくれるわ！　ここも今は脅すだけで良いぞ、焦るな」

「いつ本格的な攻撃に出るとしましょうか」

「田植えが済み次第となろう、できるだけ早く済ますように急がせてくれ。彼奴《きゃつ》が予想するより早く済ませて、急襲すれば慌てようぞ」

「二手に分けて進むのですかな」

「安芸（郡・室戸）を通る道（東海岸線）は遠く、秘密も守りがたい。さすれば山越えで白地城に出ようぞ、そのためにも岩倉城に押し出しておく必要があるのじゃ。白地城の谷忠澄に直ちに伝えよ、近辺の手勢を集め岩倉城へ押し出せ。そなたも麻殖、名西、名東、勝浦郡（阿波の東海岸で平野部で吉野川の河口）の手勢を集め徳島城に入り勝瑞城に対抗せよ」

元親は阿波だけの軍勢を催した、阿波だけの軍勢を集めるのは康長方の切り崩しを防ぐ意味合いが大である。味方の陣に参加する諸豪族は離反しないからである。もし参陣しなければ康長方に寝返る可能性があると見做《みな》される。

「よいか、出兵のこと違背あるまじくきびしく要求いたせ」

「心得てござる」親泰が応じた。

親泰は那賀郡海部城より兵を出し、阿波中南部の豪族、篠原氏、一宮氏、野田氏らを引き連れ、矢三《やそ》城、夷山《えびすやま》城などにも人を入れ、自らは徳島城に入った。

元親は吉野川沿いの手配を終えると、農作業を早急に終えるように触れを出した。

その間にも四国山地で土佐に近い阿波三好郡の田尾城と川崎城、南の山深く吉野川沿いの地で土佐長岡郡の豊永城で人の行き来を制限し土佐の動きを外部に漏れぬようにした。同様に紀伊の国と向かい合う阿波那賀郡牛岐《うしき》城と仁宇《にう》城の線、海部《かいふ》城、土佐の野根城、崎浜城と海岸沿いに何重もの制限を加え、人の出入りを抑えた。

田植えなど農作業を終える頃を見通し陣触れを出し、宿毛、十市、桑名、光留、津野、久武、馬場、吉良、江村、姫倉、吉田、山川、大西、中内氏を集結させた。さらに讃岐の香川、長尾、羽床、新名、伊予（愛媛）の妻鳥、馬立、新居、曽我部、金子、石川氏らには戦の支度を秘かに命じていた。元親は家中の者に向かい、大きな目を一段とみひらき、角ばった顔と頑丈な体一杯に闘志をみなぎらせながら、

「信長が約束に違背しての二枚舌、目に物見せてくれようぞ。土佐者の意地をみせ懲らしめてくれよう」と鼓吹した。

六月の下旬に入るとすぐに大軍を動員し、岩倉城を目指し十五里先の白地城に向けて四国の険阻な山地を川沿いに攻めのぼった。川筋で見晴らしが利く場所では、対岸の高い急坂にへばり付くように何段にも、家が建っている。山深く見通しも悪い、谷筋の道は周りから木々が覆いかぶさる、困難で狭い間道並みであった。

一方阿波に侵入した康長は旧家臣達を三好方に再度服属させることに腐心していた。四方八方に密使を送りつつ、各地の情報の収集に邁進した。

康長の調略活動は長宗我部側を牽制しつつ地歩を固め、神戸、丹羽軍の上陸侵入を容易にするためでもあり、地侍や豪族、旧臣達に執拗に繰り返された。

「われら三好一族は故郷を離れ畿内のことのみに集中いたせし間、皆に迷惑を掛けた。これよりは阿波、讃岐のことに専一するつもりゆえ三好の下に戻るように」と働

き掛けた。しかし康長の思惑とは別に国人達には簡単に動けない理由もあった。

一度長宗我部に降伏した者にとって、息子、娘、家族、一族、重臣などが人質に取られておりて働きかけられてもおいそれとは動けない事情を抱えていた。

三好の旧臣を巡ってせめぎあいが展開されたが、双方に挟まれた形になる在地の豪族にとって懊悩の日々が続いた。

阿波の豪族にとり四国では長宗我部が圧倒的に優勢だが、一方信長が本格的に進出してくるとなれば事情が異なってくる。四国を除くと織田の勢力が断然勝れていた。

在地の豪族達にとって、大多数の思いは、

「われら国人領主達にとっては、かの強大だった毛利さえ圧迫を受けて後退を余儀なくされている。その様子は海を挟んで間近に見せつけられている。さて何れにすべきか」といった言葉が漏れ、諸豪族の内情も複雑に揺れていた。

康長は兵農分離の進んでいない土佐からの攻勢は遅れると読んで、農繁期が終わり元親が出陣をしてからでも十分対応できると踏んでいた。

「元親を甘く見ることは許されませぬぞ。用心に用心をなされるように」四国の豪族達からの懸念の言葉に対し、

「田植えの時期じゃ、大きくは動けまいて」

康長は意に介しなかった。

堺にいて四国上陸を準備している神戸信孝、丹羽長秀らは土佐の長宗我部に対し、田舎大名との蔑視が抜けきらなかった。

「一領具足（農民兵への表現、普段は農業に携わっているが、戦の時は武器を持って主人の下に参陣する。各地で類似の制度があった）の軍勢では、これから田植え時期動けはしまい」と、高を括っていた。

九鬼嘉隆の軍船が信長の備前入りでそちらに回ることとなった。その間も航路の安全のために監視や毛利の水軍と水軍戦、そのうえ土佐の水軍との小競り合い、救援を求めてきたはずの河野通直に属する能島村上水軍とも戦わねばならず、神戸信孝勢の四国上陸にまで手が回りかねていた。

毛利に属する因島村上水軍に対する活動など水軍同士の調略も九鬼嘉隆が引き受けねばならず、てんてこ舞いの状況にあった。

天正十年も深まり、紀州や伊勢から十隻の安宅船が調達されていた、とはいえ渡海の安全を保ちながら多くの兵を運び込むには足りなかった。

信長の備中攻めと、大安宅船など多数の軍船の建造やおまけに大坂の地に巨大水軍城の築造の件など九鬼には課題が多かった。九鬼の水軍のみでは、総ての要望に応じるには軍船、水夫の調達から搭載する大砲や銃器の入手、訓練まですることが多すぎた。

事情がわかるだけに、手筈どおりと無理強いもできず、神戸、丹羽軍は手を拱《こまね》いていた。今動いているのは蜂屋頼隆の領国、和泉の浜から淡路島に渡り、歩いて島を横断し、目前にある阿波北東部の港に細々と兵を送り込んでいた。淡路の西は鳴門海峡で渦潮が速く困難な海である。

各種の困難で本格的に渡海できぬことから、四国遠征軍では安易に流されてもいた。

元親は三好康長方の予想に反して、迅速に行動へ移った。四国山脈を越え白地城に出た、山岳部を利用して情報を遮断していたために、事前に行動は三好方に漏れなかった。

元親は白地城で谷忠澄と、康長勢の動きや諸豪族の動向などの情勢を検討した。

「殿、康長勢はこちらの動きを掴んではおらぬようす、一気に攻めるには良い機会にございますぞ」

「よし、敵に気づかれぬ前に攻めようぞ。出陣いたす！」

元親は谷忠澄を案内に土佐から粗方集めた兵とともに、白地城から吉野川沿いに、七里半の道を一気に駆け下った。


吉野川中流域の北（讃岐）側、山が川に迫っている地にある岩倉城で、なんの知らせもなく油断していた三好康俊は仰天した。激流と山地の城の攻めにくさを頼みとし、慌てふためき籠城に入った。多くの城兵は城外に取り残され、城内の将兵は少なく初めから守勢に立たされた。

不意を突かれたことで、受け身にたった城内では動揺が収まらず、初めから守りに不安があった。

一度は城外に討って出て一戦を交えての籠城であれば結束が固まるのであるが、康俊はすでに負けて服属した経緯もあり、最初から気持ちで押されてしまい気勢が上がらなかった。

元親に一気に城下まで押し寄せられ、城外の家々には火をかけられ、激しく攻めたてられた。

一度は押し返したが、元親もあっさりと兵を引き収めた。おかげでその場を凌《しの》いだが守り続けることは困難と康俊は見なし、城を取り囲まれ孤立することを恐れた。

「このままでは押し込められて落城を待つだけじゃ、城を抜け元親の鼻を明かして、再起を図るとしよう」

「殿、落ちのびるのでござるか。一当たりしただけではございませぬか、城外にいて遅れし者も追々城内に帰ってまいりましょう程に、もう少し頑張れば康長様も救援に駆けつけて参りましょう」

「そちが城に残り守備をいたせ、間違いのう守り通せ」

康俊は諫言を聞かず、逆に家臣に言い付けた。父の三好康長に早馬で救援を求めたが、その夜の内に一族、重臣、近習の少数の手勢を引き連れ夜陰に紛れ城を脱け出した。

康俊は勝瑞城に向けて落ちていった。康俊が落ちのびたことがわかると、岩倉城はすぐ開城し降参した。

勢いに乗って、元親は吉野川沿いの北側に在る、近くの脇城に殺到した。

脇城では岩倉城と連係して、長宗我部軍に対抗する手筈が岩倉城があっさりと落城したため、城内も浮き足立ち支え切れず城を捨てて逃げ出した。

一方三好康長の軍勢も守りを固めるために、吉野川のやや下流域の北側にある山野上城まで進出していた。そこに康俊から早馬の知らせがあり、秋月城など付近の城にも知らせ、康長は人を集め、守りの備えに入った。即座に、物見の者を放ち、状況を調べ始めた。

すでに康俊は城を抜け落ち、岩倉は落城、孤立した脇城も逃亡したことを康長は知った。機先を制せられた事を、思い知らされた。

元親は川の北にある西林、伊沢、朽田《くちだ》の城を制すと山野上城に勢いに乗り殺到した、だが案に相違して三城に背後より支えられ、城の守りは堅かった。

馬印や旗差し物から康長が守りを固め待ち受けている様子に、田畑や城外の家々を焼いたのみで元親は予想外にあっさりと軍を引いた。

谷忠澄を岩倉城に入れ守りを固めると、元親は一気に軍を返し、今度は白地城から西讃岐へ出た。

かつて、西讃岐の香川氏や中讃岐の香西氏は信長の側に立っていたことがある。

いま信長の軍が四国を伺っている。元親は再度豪族達を引き締めねばならぬと狙いを定めていた。

元親は阿波から西讃岐に入ってすぐの山手に近い藤目城を経て、さらに山に沿って進み白地城より十里程離れた中讃岐の羽床城に入った。ここに中、西讃岐の豪族達を集め三好方の東讃岐における変化について軍評定を開いた。

中讃岐の内陸部で二里東手にある西庄城に、中讃岐の山中にある西長尾山城から国吉甚左衛門を移した。ここ西庄城に中、西讃岐の軍勢を集め、二里東の方角で東讃岐に在って三好勢力本拠の十河城に対抗することとした。

神戸、丹羽軍が四国への渡海に手間取っていることを知ると、元親は果敢に伊予に転じ長駆二十五里進み、東伊予から河野通直を攻撃した。

一連の行動は浮き足立った各地の豪族達を静めることにあった。元親が顔を見せると国人達は皆落ち着きを取り戻した。

伊予の久武親直と連絡を取り、伊予の西、南部に動揺の気配がないことをその目で確認すると、ふたたび讃岐に取って返した。

元親はふたたび羽床城に入ると西庄城の国吉甚左衛門らと軍評定を開いた。元親が率いる主力の軍は阿野、香川郡と進み讃岐の東部海岸添いに、高松城を経て喜岡城、屋島城、八栗城、志度城と進むこととし、甚左衛門は讃岐勢を率い十河城、国弘城、石田城と内陸部を進み、雨滝城で合流し十河存保の居城虎丸城（阿波に近い讃岐の東端）を攻めることとした。

高松城は海に面した水軍城であり、海からの攻めには強いが、背後の陸地から攻められると遮るものもなく進退極まった。屋島城の兵船の助けも得て海から退去にかかった。高松城の城手の者は防ぎ戦いつつ、何度も往復する船で救い出される順番を待っていた。攻め立てられる一方で、守りの人数が少なくなり、残された城兵らは心細くなっていた。

屋島城は高松城兵の救出に専念し、背後に対する警戒が疎《おろそ》かにされていた。城が丘上にあるため城と海辺を往復するだけで大きな負担としてのしかかってきた、それが一層無警戒に輪をかけた。

元親は前日の夜から伏勢を潜《ひそ》ませてあった。頃合いを見て、長宗我部軍は背後から一斉に攻めかかった。屋島城は守りの手配りが崩れ、兵は持ち場から離ればらばらに入り乱れていた。城将は慌てて叱咤するものの、守兵は右往左往するばかりで反撃に出ることはなかった。

高松城を助けることに、気を取られ過ぎたことが命取りになってしまった。二城共狭い地域に押し込まれ、降伏するよりほかに手はなくなった。

元親は二つの城が降ったことを確認すると、全軍を南東に転進させ、即座に喜岡城を囲んだ。同時に左右にあって支える牟礼城、前田城などの支城との連絡を断った。後方に残した松縄城、向城、佐藤城には開城を迫った、孤立させた城に対する電光石火の動きであった。

　国吉甚左衛門は秘かに山手を回り一気に三好勢力の本拠に迫り、十河城を囲んで攻め立てた。厳しく城を取り囲み他の支城との連絡も断って孤立させた。わずか二里北東では、元親が喜岡城を囲んで攻城戦の真っ最中であった。

　十河城から早馬が、情勢の変化を知らせに、三好康長の陣へ走った。

　康長は腹背に長宗我部軍の攻撃を受け、進退極まった。

　康長は急遽、備前の松山城にいる信長と大坂の神戸信孝、丹羽長秀に急使を送った。

　大坂や堺では信孝の下で四国攻めに加わる津田信澄、蜂屋頼隆、松井友閑らが待機していた。

　上陸地点の讃岐、阿波が共に風雲急を告げてきたために、信長の指示待ちとなり、出発が再々延びていた。

　報告を受けた信長は、康長宛てに、

『無理な戦は避けよ、現在の地を守るようにいたすこと。これ以上城地を失わぬように守備を固め、長宗我部の勢いが盛んなうちは無理は避けるようにいたせ。早急に神戸、丹羽らの軍勢を後詰に送るゆえ、安心して守りに専念せよ』と康長に申し送った。同時に神戸、丹羽の軍にも指示をだした。

『四国の戦につき神戸、丹羽らの軍勢は早急に三好康長の後詰として渡海あるべき候こと。四国にては守りを専一とし攻撃これあるべからず。九鬼嘉隆へ船の手配いたすよう、申し置き候』と書状を送った。

兵船の不足は徳川の駿河水軍にも及び大坂や和泉の堺に呼び寄せられていた。集められた総ての軍勢や兵糧を安全に讃岐、阿波の地に運ぶことは困難を極めた。四国攻めに参加する武将達のうち、堺の代官松井有閑らは当面大坂に残留となった。

松井友閑は堺の地にあって、当面は専ら物資の調達役に専念することとなった。蜂屋頼隆は和泉が領国であり、淡路島を挟み四国と対峙している地理的立場もあり、渡海現場の実質的責任者として多忙な毎日を過ごしていた。

さらに四国攻めの段取りや、人集め物集め両面において集積場として、宿泊施設の設営や港の増強、倉庫など各種施設の造営だけでも巨大な工事となり費えだけでも莫大な額となった。

四国渡海について益々急き立てられ、準備が戦場の様相を呈してきた。

渡海には大坂、堺、岸和田、雑賀などの港湾を利用したが、紀伊は根来寺や雑賀城など織田家と長年の戦を繰り返していた地でもあり、油断はできなかった。


いよいよ四国へ本格的な上陸が開始された。上陸時の安全を確保し、混乱を避けるため、淡路島を支えに上陸地点は引田城、土佐泊城、林崎城、撫養《むや》城などがある讃岐や阿波東部の海岸を利用した。

それぞれの城が上陸地の守りをなす位置にあり、城内からも軍勢がでて陸と海の守備に就いた。

上陸した軍勢は三好勢の案内を受け、予め決められていた城に入った。

蜂屋頼隆は上陸すると直ちに引田城の西に当たる讃岐の虎丸城に向かった。神戸信孝は淡路島に近い上陸地の木津城に、丹羽長秀は吉野川下流にある香宗我部親泰と向き合っている勝瑞城にと分かれ進出した。

蜂屋頼隆は元親が志度城で手間取っていることを知ると、素早く二里半北にある雨滝城に進出し城に入った。さらに讃岐東部の平野で通行を遮るように手勢を六車城、石田城、国弘城にも入れ守りを固め、長宗我部軍が侵攻する道筋を抑え前進を食い止めた。山にある昼寝城にも軍勢を送りだし様子を窺った、元親は既に二里北にまで迫っていた。

津田信澄は頼隆の出たあと虎丸城に入り、手勢を引田の城にも入れて守りを固めた。

上陸した軍勢が増加するにつれ、ほかの小城郭にも手勢は分かれて入った。遅れて四国に渡った松井有閑は堺の代官を務める事もあり、木津城を背後で支え船便が都合の良い撫養城に入った。

これで当面は長宗我部軍に押し潰されることはなくなった。

しかし狭い地域に大軍が入り、食料の自給は不可能となった。海上航路の確保は生命線ともなった。

取り敢えず、三好の勢力が四国より駆逐されることだけは防ぐことが出来た。

上陸が終了すると、それぞれは城の堀を穿《うが》ち、塀を高くして守りを固めた。

信長からは改めて指示が出された。

『今の城地を確保せよ、攻めにでることは相ならぬ。攻撃の許しがあるまでは動いてはならぬ、誘いに乗ってはならぬぞ。守りを固め、敵の仕掛けには無視をいたせ』

と、くどい程の厳命が言い渡された。

四国に上陸した軍勢に属する水軍と九鬼嘉隆の水軍が補給を維持するために当面の戦を受け持つことになった。

特に蜂屋頼隆が率いてきた水軍が港や阿波、讃岐の海岸線の警護に当たり、長宗我部の土佐水軍と小規模の水軍戦を繰り広げた。

九鬼の水軍は紀伊、和泉、摂津、播磨、備前、備中、安芸、讃岐、伊予、阿波、土佐と広い海域の守備や攻撃を担わねばならず、軍船や水夫は幾らでも欲しい状況にあった。

信長は水軍の重要さを認め、さらに大量の大船の建造を命じていた。

山からは巨木が切りだされ、船の建造能力を持つ地域では大小様々な軍船が大急ぎで造られた。

さしもの資金の潤沢な織田家といえども大量の巨船の造営により軍資金も乏しくなり、堺、大坂、兵庫、京に矢銭を掛けるが、銭に事欠くことも多くなった。

毛利攻めや長宗我部攻めなどの大規模な作戦や攻撃は差し控えねばならなかった。

中国攻めも四国攻めも一頓挫し、専ら守りに注力し膠着状態に入った。神戸信孝は焦れた。

「四国まで攻め入りながら、戦もせずに過ごすは我慢ならぬ。われらが手勢が多いではないか。来る日も来る日も兵糧の運搬とその護衛だけでは何の為の阿波入国か、その上敵の雑言許して置けぬ」

丹羽長秀は信孝をなだめた。

「上様にお考えがあってのこと、落ち着きなされ。中国の陣も膠着してござる。焦ったほうが負けでござるぞ」

焦りの気持ちが思いがけぬことを引き起こす。

長宗我部の勢力と接触する地域で、ある小さな部落の人々が撫で切りにされていた。

長秀は物見に出た足軽大将を呼んだ。

「なにゆえ、部落の者達を殺害いたしたのか」

「手前の聞くことに、答えなんだ為にござる」

「それだけか」

「われらの動きを、敵方に知られてはならぬ。総ては殿の為になしたことでござる」

「わしの為にか、なにゆえか」

「殿の為にございます」

「そうか、わしの為になしたのじゃな」

「御意」

「わしに胡麻を擦るために、皆を殺しをしたというのじゃな」

「それは、……」

「自分の手柄を挙げるためには罪のない者さえ殺しても良いというのか。腹を切れ！」

……家族や一族の者には累を及ぼさぬことといたす」

「はぁ、至らぬことをいたしました。お許し下され」

件の足軽大将は哀願した。


初冬に入るとようやく大型の軍船が進水し訓練も終え、続々大坂や堺の港に入ってくるようになった。造船に関わる作業も一段落した。

織田方の軍が兵糧に窮していることは、誰の目にも明らかであった。元親は麦薙《むぎなぎ》、苗代《なえしろ》返し、田畑の焼き払いを度々行なった。一領具足の農民でもある兵達は、敵に対する効果とその苦しさは十分弁えていた。

だが、長宗我部軍は膠着状態に入り滞陣も長くなると色々問題も出てきた。その一つは夏の田の草取りでありようやくしのいだが、秋の刈り入れ時期が迫っていた。一領具足達からは不満が噴きだしてきた、元親にとって最大の危機であった。交代で帰国させねばならず、無勢の軍勢で多勢の敵との睨み合いに、さらに人数が減少することは彼我の均衡が崩れることになる。もし一気に攻められれば一溜まりもなくなる。

だが、この時も何故か織田の軍は動かず、最大の危機を乗り切った。

刈り入れを終えて再び長宗我部軍は戦の場に続々と復帰し態勢を立て直した。

寒風が吹き始めるころ織田の水軍は大規模な活動を開始した。長宗我部の地となっている阿波や讃岐の海岸や水軍城に襲いかかり、土佐の水軍を圧倒し始めた。

土佐の水軍を発見すると、大砲、長銃などで遠くより攻撃し対抗手段のない土佐の軍船を押し包み一気に殲滅していった。

讃岐、阿波の海岸より土佐の水軍を追い払うと、巨大な船体を悠然と元親の居城である土佐の浦戸城沖に姿を現した。

土佐湾の海面を埋めるほどに多数で展開した軍船は一斉に矛先を北に向けると、海岸に向けて殺到した。

思いも掛けない巨大な軍船が迫りくる様子を見た土佐の人達は腰も抜かさんばかりに驚き惑った。

軍船は岸に近づくと大砲や長銃で一斉射撃を行なった。

大小様々な銃の轟く音は天地を揺るがせ、恐る恐る遠巻きに見ていた者も慌てて物陰に隠れ、狂ったように逃げ出した。

狙われた浦戸城の櫓が一瞬にして吹き飛んだ。

留守の手勢はあまりの威力に鉄砲を射つのも忘れ、呆然自失した。

土佐水軍とは船の大きさも異なり、搭載する銃など装備も土佐人の想像を超えていた。

心胆を寒からしめる威嚇の射撃を終えると、織田の水軍は静かに沖合に去っていった。

その間土佐の水軍は港内深く逃れ、出て戦おうとはしなかった。

織田の水軍は土佐水軍を圧倒すると、今度は村上水軍が織田家に付いたこともあり瀬戸内の安全が確保されたことから、この時を待っていたように讃岐東部に集中している軍勢の一部を河野通直の救援依頼に応じて伊予北中部へ運び込んだ。

河野は引き続く長宗我部からの侵入を扱いかね、豪族達の離反がありますます衰えが目立ってきていた。

もうこれ以上救援を遅らすことは許されない状況にあった。

津田信澄は伊予に於ける織田軍の総大将として、水軍も率いて上陸し、備中にも近い村上水軍の来島城を拠点とした。河野通直を支える為に堀江の港と松前城にも手勢をいれた。

信澄の率いる軍勢は万に近い人数に膨れ上がった。通直と謀り、未だ長宗我部勢力に呑み込まれていない、伊予南西部の御荘氏、西園寺氏は参陣の要請に応じて、兵を出した。

軍勢と体制が整うと、申し出た河野を先陣に荏原城と来島城の二手から動き出した。

信澄もまた初めての総大将であり、張り切った。手元には津田の手勢、水軍、既に送り込まれていた軍勢、備中からの軍勢がいた。

羽柴秀吉もまた備中の軍勢を水軍にて、河野通直救援のために送り込み始めた。このことも形勢を変えることに大きな力となった。

織田軍にとっても元親の力を二ヶ所に分散でき、力を削《そ》ぐことができた。

年が明けるとようやく神戸、丹羽の軍も攻勢に転じた。国吉甚左衛門に攻略されていた十河城への反撃、脇城への攻囲城攻め、吉野川を渡り川の南側に拠点を築くなど着々と勢力図を広げ始めた。

明智勢が伯耆より侵入し出雲、石見と目覚ましい速さで進んでいることを知ると。自然と四国の軍勢も意気が上がり、より積極的に各地で同時に攻勢にでた。

長宗我部の軍も長期の滞陣に倦《う》み、打ち続く敗報に浮き足立ってきた。こうなると資金、兵数、装備、矢玉、水軍などに国力の差が目立ち始め、勢いにも大差がでてきた。

光秀が赤間関へ到達した話が伝わるに及び各地の豪族達はなだれをうって元親に背きだした。

形勢が動きだすと、坂を転がり落ちる石の如く、勢いに差がついてきた。

応援に各地を走り回るが、元親の勇気と知略を以てしても、退勢を挽回することが無理なことは火を見るよりも明らかであった。

腹背に大軍に挟まれ、寡勢の元親軍は各地で孤立し打ち破られた。

丹羽長秀が戦陣を離れると、若く経験の浅い丹羽長重は信孝の補佐も果たせず、諸将の意見や考えを纏めることも叶わず、策を編み出すことも出来ずにいた。信長の打つ手に手違いが出ていた。主力の丹羽軍が機能していなかった。

山深い四国の山地に攻め入るには、混乱を収拾できていない信孝の軍団は危険な地に踏み込む事をためらった。

異論も多く、阿波の海岸沿いを水軍の助けを得て、進む事となった。海岸沿いとはいえ山が迫り、長くなった軍勢は横からの攻めに弱い、速い追撃もならず、足踏みの如くであった。

信孝軍が吉野川沿いの山地を激しく追撃しない状況にも恵まれ、元親の軍勢は残った手勢を纏め、山深い道を辿った。

元親は敗残の兵を率いて、無事に土佐の国へ引き返した。

四国の山脈を越え、国見山の脇を抜けると、樹の間越しになつかしい故郷の地が遠く目に入ってきた。

元親は祖先の地、岡豊《おこう》（高知市の北）城も間近となって、従う者達を改めて見直した。皆の足取りも重く、生気も失われていた、声もなく黙々と歩き続けている。土佐を出たときの勢いと人数の多くは失われ、鎧は破れ血を滲ませていた。

元親も最早これまでと、覚悟を決めざるを得なくなる日が近いことを悟った。


元親は弟の香宗我部親泰を陣所に招いた。

「親泰……よう働いてくれたのう、最早これまでかもしれぬ」

「兄上！　如何いたす所存かお聞かせくだされ、親泰も同じ運命でござるぞ。兄上一人死なすわけには参らぬ」

「そなたは生きて、長宗我部家の行く末を頼むぞ」

「兄上、気の弱いことを、手前も同罪でござるぞ。あの世とやらに一緒に行きましょうぞ」

後は、言葉もなく見つめあった。

二人は微《わず》かに頷きあった。

第十四章　上杉攻め

織田と毛利との和睦がなり、信長から北条氏直に使いが出され、参陣の礼と帰国への許可が伝えられた。氏直は氏規と共に、総大将の光秀の許に北条の軍船で勝山城へ挨拶に出向いた。途上、明智の手の軍船に守られながら、九州の博多の港に立ち寄った。外国との交易や武器購入などこれからも重要な場所となろう。

光秀からは遠く関東からの大遠征を労われた。慰労の宴も開かれ、大いに歓待された。光秀とは異なるが氏直も大きな安堵感に浸っていた。諸将から守られ、安全な地を選び、後詰として城を預かる配慮の役割に、氏直は氏規と共に、光秀に心よりお礼を言上した。

北条軍は後詰に入っていた伯耆、出雲にかけての城砦を織田家の武将に引き渡しが済むと、戦陣を引き払い軍をまとめ大坂に入った。

軍勢を伊豆水軍と陸路にて関東に送りだし、わずかな人数を残し身軽になると、堺を訪れ賑わいを見たり新しい銃の注文を出した。大坂の地では工事中の巨大な水軍城を見て、そのあまりの大きさと港湾施設の大きさなど奇異とも思える作りに驚嘆した。大坂湾では大安宅船に乗船し鉄張りの装甲や装備、操船の様子を目の当たりにした。北条も多数の水軍を抱えているが、余りの較差に言葉もなかった。

畿内各地の様子も見て歩き新しい息吹に触れて歩いた、さらに兵庫、奈良、淀と回り京都に出て見物し、氏規らを伴い安土の信長のもとへ挨拶に出向いた。

「氏直殿、この度の出兵御苦労でござった。戦場での生活、不便をお掛けしたの」

「われらは後詰を果たしたのみ、織田家の諸将に比べればなんの雑作もないことでござる」

信長は氏規を見ながら、

「氏規殿も、北条家を盛り立て十分な働き御苦労であった」

「は！　有り難きお言葉、身に余る光栄でござる」

「氏直殿、関東の戦振りと上方の戦振りに違いはありますかな」

「は、装備が違いまする。鉄砲の多さ、鉄張り軍船の大きさや大砲など、大いに参考になりもうした」

「戦の手順などで気がついたことはござるかな」

「われら関東武者には考えられぬ規模の大きさに唯々感心いたしておりました。人数の違い物量の違いを活かしての一気の攻めなど、溜息の出る思いで見ておりもうした。手前の家中など何処におるのかと思うほどに埋没いたしておりました。関東におるだけでは考えられぬことでござります」

「色々気がつかれたようだの」

信長は横を向き、旗本を差し招いた。

積み上げる多数の袋が運び込まれた。前に向き直ると、

「関東の北条家では、山陰に所領でもあるまい。わずかの土地ではいたって迷惑を掛けよう。これで遠くよりの援軍のお礼といたす、収めてくれ」

「多数の袋何でござりましょうか」

「黄金じゃ、足りぬかな」

「滅相もございませぬ、このような莫大な黄金みたこともありませぬ。いや、このような過分のお礼は受け取れませせぬ」

「余からのお礼の気持ちじゃ、受け取ってくれ。氏規殿、そなたからも口添えを頼むぞ」

「殿、お気持ちを受けられたら如何でございましょうか。返礼は後ほど十分考えたら如何でござろうか」

「では有り難く、お受けいたします」

「うん！　……酒を持て、ゆるりと楽しんでくれ。皆にも杯を回せ、今日は楽しもうぞ」

　座がにわかに賑わいだした。戦場の苦労話やそれぞれの国や地方の四方山話《よもやま》に花が咲き楽しい一刻を過ごした。

　潮時を見て、氏直が辞去の挨拶を始めると、信長は止めた。

「氏直殿、そこもとも国許《くにもと》からの知らせで御存じと思うが、上野の国や甲斐の国境でしばしば一揆や不穏の動きがある。ご承知か」

「聞いております。新しき領国では度々起こりかねぬことと存じておりまするが」

「念のためにお聞きしておく。そこもとは武田の残党に手を回してはおらぬのだな」

「手前が指示を与えたり、金銭などを与え手懐《てなず》けるなどをいたしたことはございませぬ。何かの間違いではございませぬか。武田と戦っているときは敵の領国に細作を放ち、騒ぎを起こしたやに聞いておりまするが。いまは手前の知るところでは動いてはおりませぬ」

「そなたが承知しておらぬことがわかれば良い、確認したまでじゃ。信忠を総大将に関東から越後へ軍勢を出す予定である、その時は北条家も軍勢をお出し願いたい。お引き受け願えるかの」

「上杉攻めでござりまするか」

「下野（栃木県）、陸奥、出羽の動きも、ちと気になるのでな。早いうちに芽を摘んでおかねばなるまい」

「関東では先鋒をつかまつります」

「うん！　頼むぞ」


帰路、岐阜の信忠のもとにも挨拶に寄った。

「北条氏直でござる」

「信忠でござる。この度の中国攻めの出兵、ご苦労でござりましたな。岐阜でごゆりとなされ、疲れを取りつつしばらく御逗留なされてはどうかな」

「ご配慮痛み入ります。小田原でも心配しているであろうし、一日も早く元気な顔を見せて皆に安心を与えたいと考えております」

「尤もなお考え、それでは無理に引き止めはできませぬな。手前からもこの度の出兵にお礼を申したい」と、黄金造りの陣太刀、馬十疋と飼葉料、路銭として銀子三百枚などを贈った。従う者達にも脇差や陣羽織、小袖、黄金などを分け与えた。

初めての顔合わせであったが、年齢も近くお互いに好意を持つことができた。

岐阜に近い尾張の津島港で待たせてあった軍船に乗り、遠江の浜松城にも寄った、徳川家康は四国問題に関連し、畿内からまだ帰国してはいなかった。

氏直は城代に挨拶を済ますと、その日のうちに小田原城に向かった。

半年以上に亘る、中国への遠路の滞陣から無事の帰国に北条家では喜びが湧き上がった。

氏政も心配が晴れ、自らの決断が正しかったことを噛みしめていた。

「勝ち戦目出度いことよ、無事の帰り御苦労であった。北条家のためによう働いてくれた、礼をいうぞ。上方の様子なども語ってくれ、心待ちにいたしておった。皆の者も御苦労であった、ゆるりと休め」

祝宴で語られる戦の苦労談や諸国の山河や生活の様子、諸大名の人柄や城構え、鉄張りの大安宅船、大砲、内裏や公家達の事情、諸宗派の本山の状況、上方の佇まいなどの話に耳を傾け、氏直が持ち帰った黄金の量に一座の者は目を見張った。

氏直が小田原の生活を楽しむ間もなく、信長信忠より書状が届いた。

出陣の要請である、前と異なり今度の出陣に異論を挟むものはおらなかった。

書状には滝川一益、河尻秀隆と北条の武将達は連絡を密にし、私情を合い挟まぬこと。協力いたすようにと強く戒めてあった。

北条家としては、武蔵を管轄していた北条氏邦と下総、上総を預かる北条氏照が氏直について援軍に加わり、戦場に出向くことになった。

二人の参陣は滝川一益、河尻秀隆との密なる連係を築き、今後誤解から要らぬ摩擦を引き起こすことを防ぐ意味合いを持っていた。

お互い顔を合わせ共同して事を処理し、戦で助け合ううちに協調と連帯の心も生まれるであろうからである。第三者からの干渉や介入を防ぐには最良の方法である。

「いやはや、思わぬことになりもうしたな、氏邦殿」

「うーん」

強気でなる氏照も参ったといった表情で氏邦に相槌を求めた。武蔵を預かる氏邦も裏から一揆を扇動したり小競り合いも繰り返してきた相手である、滝川一益や河尻秀隆と協力してくれといわれても戸惑うばかりであった。

上野や甲斐の国とは長きに亘り抗争が続き、その領国を手に入れるために戦が繰り返された地であった。入手が不可能となったいま、遠く伊勢より派遣された新しい領主と彼らがすぐ折り合うには抵抗があった。

時が必要であろう、だが北条が生き延びるには潜《くぐ》らねばならぬ関門でもあった。


上杉攻略は柴田勝豊が北陸軍団の総大将で佐々成政や前田利家が左右にいて、金森長近、不破光治、長《ちょう》長頼、徳山則秀らが、上杉謙信在世中から戦を繰り返してきた。

北陸の地で加賀は一向一揆が国持ちになるなど浄土真宗が盛んな地域でもあった。大坂の石山本願寺抗争や長島一揆などと併せて信長とは不倶戴天の敵の関係でもあった。

信長が北陸に進出するに当たり、本願寺派とは常に抗争が絶えなかった。

本願寺派では寺がそのまま城の用をなし、その豊かな経済力と動員力は並の国主を遥かに凌駕していた、柴田勝家をしのぐほどの勢いを持っていた。かつて加賀の国の支配権を与えられていた梁田広正は、一向一揆に加賀の地を追われ、信長から責任を問われ罷免されていた。

信長の北陸攻めは上杉の軍勢と一向一揆の農民や在国の豪族達の二者と戦っていたのである。

かの手取川（加賀）の敗け戦も、謙信だけに負けたとは、いいきれないのである。もし織田の軍勢の旗色が悪くなると一向一揆に後ろを襲われかねない。危険な地域から退却の折、渡河中を背後より上杉謙信に追撃され増水した川で、千名もの人数が冷たい水の中に、命を落としたと言われる。

だが、越前の朝倉義景を攻めた金ケ崎、木ノ芽峠での屈辱的な敗け戦、浅井長政の寝返りによる退路を断たれたことによるが、それ以来の全面的な敗け戦であった。

謙信に一方的に破れた屈辱感は天下統一に近づいた今でも心奥を錐で刺すような痛みがあった。

いま上杉の状況は、甥から養子となった景勝が北条からの養子景虎を御舘に攻め、上杉の家督を握っていた。しかしこの内乱の過程で家臣団が二つに割れ戦を繰り返し、越後の地はなかなか落ち着かなかった。

東条佐渡守が景虎に付き、本庄秀綱、堀江宗親、北条高広親子らの諸将が助け、背後には実兄の北条氏政や姻戚関係にある武田勝頼もいた。

劣勢に立たされていた景勝は、氏政からの願いで兵を出してきた武田勝頼と和平し、困難な事態を乗り切った。

勝頼が兵を引き、北条の軍勢は雪に阻まれ越後の地に援兵を送り込めなかった。この期に乗じて、景勝はようやく景虎を滅ぼした。

謙信以来の多くの重臣さえ、景勝に背き北条や武田に走った。越後の国力は急激に退潮していった。

上杉の勢力は衰え、織田の軍勢と争う力を失い、越後の地を守ることに専念せざるを得なかった。景勝は他国より兵を引いた。加賀、能登、越中の地を織田と争う愚を悟り、北陸より手を引き多くの地を失っていった。

いまも柴田勝豊、佐々成政、前田利家らに攻め立てられ、さらにじり貧に陥っていた。

かの強力な勢力を誇った上杉も多くの領国を失い、いまや昔からの地である越後一国になっていた。しかし越後一国になったとはいえ、越後の国は豊かであり多くの兵をいまも抱えていた。

上杉の国力は、北国船で京に運ぶ米や越後布、青苧《あおそ》（麻糸の原料）などの流通商品が支えていた。

上杉の衰えにも援けられ織田の軍は北陸の地ばかりでなく信濃、上野の国からも、越後の柔かな腹に刃を突き付けている形となった。

機は熟した、信長にとっても恨みを晴らす絶好の機会が訪れたのである。

餌を前にして、信長は周りの者が吃驚《びっくり》するほどに、元気を取り戻していた。

「もう上杉は恐るるにあらず、謙信はおらぬが景勝めを成敗してくれる。余が出るほどもないが、一度北越の地も見たいのでな」

信長は度々周りの者に語っていた。

「上様、もう戦に出づともよろしいではござりませぬか。他の者に任せてお止めなされ」

柴田勝家が面と向かって諫言するが意に介さず、至って気分が高揚していた。

「此度《こたび》の戦は、信忠にやらせ、物見遊山にでも行くつもりである」

信長は信忠の旗本達を呼び準備の状況を尋ね、頻りに信忠のもとに戦の用意に色々指示を出したり、祐筆を務める太田牛一に命じ注意すべき点を書き送った。

上杉を滅ぼした後、信長は東北の地を平定するために、諸大名の反応を探ろうとした。

勿論、上杉攻めに際し織田家に臣従すればそれに越したことはない。この折に奥州の大名に積極的に働き掛けることにした。

天正三年以来、常陸（茨城県）の佐竹義重、下野（栃木県）の小山秀綱、陸奥（福島県）の田村清顕。五年には出羽（山形県）の伊達輝宗、秋田愛季。七年には常陸の多賀谷重経、出羽の大宝寺義興、陸奥の遠野広郷、北条氏輝。八、九、十年には北条氏政から贈り物が送られたり、誼を通じてきていた。

信長はこの機会を逃さず出羽の伊達政宗、陸奥の蘆名盛氏、岩城親隆、結城義親、二階堂盛義、畠山義継、下野の宇都宮広綱、常陸の佐竹義重、江戸重通、結城政勝、多賀谷重経などの動向をみるため、参陣するよう書状を書き送った。

陸奥の国は、上杉の圧力のもとで苦労していた蘆名盛氏は滝川一益と境を接することとなり逸早く参陣の宗を伝えてきた。

二階堂盛義、畠山義継らは伊達の圧力を防ぐため織田に誼を通じる良い機会と参陣の意を伝えてきた。

下野の国は、他と様子が異なった。上野の滝川一益と境を接する問題もあるが、北条からの侵入に悩まされてきた年来の問題を解消するために、良い機会とばかりに宇都宮広綱は参陣を決めた。

常陸の国は、多くの豪族が北条と直接向かい合っており、北条の切っ先を逃れるのに汲汲としていたときであり渡りに船と乗ってきた。豪族達の様子を見て佐竹義重も軍勢を送ると申し出てきた。

出羽の伊達政宗だけは意気盛んであるだけに、信長に臣従を嫌ったゆえか曖昧な返事を寄せてきた。

越後の地を手に入れたときは、今度は越後の北で出羽と接することとなる。出羽征伐も成り行きによっては考慮せねばならぬと信長は胸中で得心した。

「伊達め！　様子見を決め込んだな。高い物につくことにもなるぞ」と独り言に、信長の口から漏れ出た。


信忠は岐阜の館に柴田勝豊、滝川一益、北条氏直、河尻秀隆、毛利秀頼らを招き、信忠に属する軍団の主なものを集め軍評定を開いた。

ここで戦の手順、侵入路の割当、部隊の構成などが決められた。

秋雨の頃、信忠を総大将に、河尻秀隆、毛利秀頼、水野直盛・忠重、木曾義昌、遠山友忠、蒲生氏郷ら岐阜の軍団は信州より攻め上ることとなった。

柴田勝豊は北陸の軍団を擁し越中から攻め込むことになった。

滝川一益は関東の軍団に陸奥、下野の手勢を加え三国峠を越えて侵入することとなった。

北条氏直は常陸の軍を束ね、上野を通り抜け越後に入ると寺泊、新発田方面に北上することとなった。

四方面からの越後への侵入に対し、上杉景勝は軍勢の数において到底敵わず籠城作戦を取ることにした。

越中（富山）からの攻め手には堀江宗親、信濃には村上義清、上野からの三国峠には栗林政頼、陸奥には斎藤朝信、出羽に対しては色部顕長、本庄繁長が、春日山の前面には鳥坂城に高梨政頼が守りに着いていた。

軍師として名を残すことになる直江山城守兼続は、春日山城に景勝と共に籠ることとし、兵糧などの備えを急いだ。

兼続はこの窮状打開のために、おっとりとしたその風貌に似合わず、思い切った策を巡らし色々案を練った。

「殿、この侭では破滅となりましょう。軍勢の数、装備なども違い過ぎまするぞ。今や味方と頼む者もおりませぬ、一向一揆も昔日の面影もございませぬ。籠城するとしても援軍を何処に期待できましょうか、伊達が唯一織田になびいてはおりませぬが、とても織田の軍勢を抑えるだけの力はござらぬ。ましてや危険を賭けて当家を救わねばならぬ義理もございませぬ、越後を分け獲るときには喜んで参りましょうが、下手にわが領土に入れれば狼に肉を与えるようなものになるでござろう」

「山城、この期に及んで、わしに何をいいたいのか」

「さればでございますな、信長殿が恨んでおわすのは、亡き謙信公でございます。さいわいにして景勝様は織田の面子を潰してはおりませぬ」

「わしへの面当てか、わしはそのように弱いか。そなたもわしを捨てて敵に寝返りするつもりか」

「寝返りするつもりなら、ここにはおりませぬ。早いうちに敵方に走っておりましょう。手前は景勝様と心中するつもりでおります。先程の言葉は戯《たわむ》れではございませぬ、信長殿は病気と聞いております、さぞや天下統一に焦っておりましょう。そこが付け入る手掛かりとなりましょう」

「うーん、それでどうするのじゃ」

「時間はありませぬ、すぐにも安土に出向き和睦の交渉をいたしましょう。条件は手前にお任せ願いたい。交渉は生き物でござる、手前をお信じ下され」

「よし！　そなたに任せる。わしはここで力を尽くして国を守る、敵を一歩も踏み入れはさせせぬ」

「その決意で弱気にならぬこと、領国をまとめきっておいて下され、それも交渉で力に成りまする」

直江山城は秘かに越後より馬を駆って、急ぎ安土に出向き柴田勝家の屋敷を訪れた。

北陸で戦った相手であるが、むしろ理解しあえるのではと期待したもので、まかり間違えば切り捨てられかねない行為でもあった。

柴田勝家も驚いた、戦いの相手の軍師が何の前触れもなく、突然訪ねてきたのである。

「なに！　直江山城とな。うーんよし、丁重に通せ」

兼続は部屋に通されると、勝家の前までずかずかと歩み寄り、どっかと腰を下ろした。

「初めてお目にかかる、景勝が臣直江山城守兼続と申す。以後お見知りおきを」

「柴田修理でござる。…山城殿がいかなる用で手前の家に寄られたのか。上杉と織田の両家は積年に亘る仇同士である、手前も先年迄は上杉攻めをいたして居った」

「手前もまた織田家と戦を繰り返した者でござる。お互い善き相手ゆえにお分かり頂けることもあろうかと考え、こうしてお訪ねいたしました」

「雪国での戦い、お互い苦労したの。謙信殿は強くてのう、初めの頃は手も足も出ぬ状況であった。惜しい方が亡くなられた、もっとも謙信殿が生きておられたらわしの首が晒《さらし》し物になっていたかも知れぬ。不思議なものじゃのう……、では用件を聞こう」

「柴田殿は手前の用件はよくお察しのことと思われるが、この度の戦でござる。聞くところによると大軍を催してわが越後に押し寄せるとか、もはや越後は謙信公の世とは異なっております。織田家に立ち向かうことも不可能でござります。その上多くの国から援兵を集められるとか、越後の民を一人残らず殺すお気持ちか……、主人景勝や手前の命を差し上げれば越後の民をお救いくださるか」

「そこまでお覚悟があるのか……、明日上様に会って山城殿のお気持ちを、お伝えいたそう。何もござらぬが、拙宅でごゆるりとなされい。仇をなすことはいたさぬゆえ安心なされよ」

「有難うござります、よろしゅうお願いいたしまする」

勝家は早速、信長の元に伺候《しこう》した。

「上様、昨夜手前の家に珍客がござりましてな」

「なに、珍客とな誰じゃ」

「お人払いを」

「うん、しばし外せ」

他の者を退け二人だけになると、

「話せ」

「実は…、上杉の家臣直江山城守が手前の屋敷に訪ねて参りましたぞ！」

「なに！　直江山城がきたと、なに用じゃ」

「されば、景勝と山城が命と引き換えに越後の民を助けてくれとの申し出でござった」

「首を差し出すと申すのだな、よし明日山城を連れてくるように、会おう」

翌日、柴田勝家は直江山城守を伴って安土の城に登った。

山城守の挨拶を受けると、すぐに信長はいいだした。

「柴田修理より聞いておる、景勝と其方の首を差し出したいともうすのだな」

直截的な言いようであった。

「御意の通りでござります」

山城守もすぐに応じた。

「ほかに条件はあるのか」

「越後の民の命をお救いくだされば、これに優る喜びはありませぬ」

「直江山城というたの、二人が自害するということを、景勝殿は承知いたしておるのか」

居並ぶ多くの諸将達も、一瞬、周りがしんとなった。

「殿には、交渉は生き物にござりますれば、委細手前にお任せをと許しを得ておりまする」

「もし、景勝が聞いてはおらぬと拒んだならそなたは何とする」

信長はなおも厳しく畳みかけて行く。

「手前の一命を賭けて、主人景勝と刺し違えてでも……、約束はお守りいたす所存」

「うん！　うん！　景勝殿は良き家臣を持たれたの。そなたの申し出は承知した」

「は！　有り難き幸せ」

「其方達の命は暫く預けておくぞ」

信長の表情がやや和らいだ。

「有難うございます、何のようにお礼を述べてよいやら、言葉もありませぬ」

山城守は深く、頭を垂れた。

「山城そなたに申し付けておくことがある、ようく聞いて間違いのないようにいたせ」

「は！　何なりとお申し付けくださりませ、身命を賭して取り掛かります」

一層頭を下げて、恭順の意を示しながら答えていた。

「これより国許に帰り城の守りを固め武威を示せ、越後の内部を固め、一揆、反乱、寝返りなど出さぬよう纏めるのじゃ。だがな、城より一歩も打って出てはならぬぞ。籠城するだけじゃ、分かるかの」

「城に籠ったままで、反撃や迎え撃つなど動いてはならぬとのご命令でありましょうか、もう少し腑に落ちぬ点がござりますが。聞いても良ろしゅうござりますか……。なにゆえ戦を止めて、武威を示すのでござりましょうか」

「余が越後に着くまでは大いに意気盛んな様を示せばよいのじゃ。沙汰は越後にて追っていい渡す。景勝殿には書状を書いて渡す、恭順の意を示してはならぬ、よいの」

「は！　大いに盛り上げまするが、間違いのなきよう引き締めまする」

「うん、それで良いのじゃ、柴田修理には岐阜に居る信忠に使いを頼むとしよう。修理わしの意がわかるの」

「は、動くか動かぬか見るのでござりますな。…山城殿、心得て抑えぬように、…気取られぬようにでござるぞ」

「は！　柴田様には何とお礼を申してよいやら、有難うござりまする」


柴田勝家が岐阜の信忠の所へ使いして十日程経ったある日、丹羽長秀は勝家に付き添われ、二人して信長に会いに登城してきた。

長秀は信長の正面に腰を下ろすと、意を決した表情を滲《にじ》ませながら話し始めた。

「上様、長秀ながのお別れに参上いたしました。病にてもう是以上はお側にいても何の用も足せませせぬ、佐和山の城に引き籠ることをお許しくだされ。今日まで長きに亘りお引き立てに与《あずか》り、心よりお礼を申し上げます。……上様もお体に十分気を付けられて、ご気分良くお過ごされるよう陰ながら祈願いたします」

「長秀よ！　そなたも病が篤いか、もう我慢ができぬか…。良く忠節を尽くしてくれたの…、何かわしにできることは無いのかの、これはわしの差料じゃ。そなたの忠勤に某《なにがし》かのお礼をいたしたい、受け取ってくれ」

信長は自ら腰の小刀を抜き進み出て、長秀の手に握らせた。そのうえ背中に手を回し、背を撫でるようにした。

「長秀！　よう尽くしてくれた…よう尽くしてくれた……。長い間苦労をかけたの。体を労ってくれ、長生きしてくれよ。わしより先に身罷《みまか》ってはならぬぞ」

「上様、手前が必要とあれば這ってでも安土に参ります、ご安心くだされ。これにてお別れでござる。長重には信忠様を支えるように固くいいつけておきまする」

信長に大手門まで送られ、勝家に付き添われ、衰えを見せた長秀は別れがたく繰り返し繰り返し振り返りながらも、信長のもとを去っていった。

長秀が挨拶を述べにきてから間もなく、信長の越後攻めへの参陣は取り止めになったと公にされた。


信長は同行させる予定であった氏郷に対し、越後行きを取り止めにした後の対応策につき、信忠に指示を伝えるよう細細としたことまで話して聞かせた。

「これより遅くなれば、越後の地は冬になる、十分冬に向けて準備と備えをいたせ。冬になれば何れの方も戦は困難になり難渋する、関東や陸奥、奥羽からの軍勢は雪の中を越後に出るのに苦労するであろう。十分配慮をいたしてやるようにの。

しかし越後行きはゆっくり進むのじゃぞ、甲斐や上野などもまだ国中が十分落ち着いてはおらぬ。国人豪族などともじっくり話せる良い機会じゃ。不満や訴訟なども良く聞いて裁いておくことが肝要と心得よ」

「は！　心得ましてございます」

「上杉の処理は心得たの、手違いは許されぬぞ。上杉に渡す書状もここに用意しておいた、信忠に間違いなく伝えよ。おぉ、そなたのことは父賢秀からも頼まれておる、くれぐれも体に注意いたせ。よいか敵ばかりでなく味方にも十分用心いたせ。では行け！」

「吉報をお待ちくだされ」

氏郷を送り出すと、信長はほっとすると急に深く大きな疲れを感じた。並み居る諸将や旗本、小姓など皆に下がるように述べると、自らも奥に引き籠ってしまった。

岐阜城を進発した信忠は、催した大軍を率い十五里程先美濃の東部にある苗木城を経て信濃に入った、さらに北に転じて十六里離れた山深い地にある木曽義昌の福島城に入った。義昌の案内で萩原城を過ぎ分水嶺を越えて北上を始めた。この地は武田の領国となってからの期間が長く、街道筋は山深く見通しも悪い、道も狭くなる、多くの軍勢が進むには不適当な地が多い。

周りで気を使うが、信忠は委細構わず土地の豪族や名主などが献上の品を携えてくれば、いとも気軽に軍勢を止め道端で会って話を聞いた。

信忠は険しい山の道を通り、諏訪湖を遠目に十七里離れた信濃の荒神山城、桑原城に入った。ここより甲斐に向けて南下した、道は東南に伸び坦々としたほぼ真っ直ぐである。軍勢は十二里先にある河尻秀隆の府中城に入り、信忠は甲斐の様子を直接肌身に感じながら具《つぶさ》に見て歩いた。

武田信玄、勝頼父子の率いた戦国最強の武田騎馬隊に苦しめられた経緯から、信長はかっての武田の旧領、特に本拠であった甲斐の地では厳しく詮索し武田の旧臣を許さず誅した。

織田家に対して甲斐の人は恨み、人心は落ち着かず、不穏の気配が漂い、秀隆に心服せずにいた。

秀隆も領国の速やかな統治に、心を砕いていた。だが背後では、北条や徳川からも密やかな働き掛けが行なわれていた、新たに甲斐の国の三分の一を領し、多くの旧武田家の家臣を召し抱えた徳川からの働き掛けが執拗で大掛かりであった。

信忠は甲斐の各地を歩き、統治の様子を目の当たり確認し不満の所在、不安定な様を見た。信忠は急遽、仕官を望む武田浪人達から人を選び召し抱え、ほかの武将達にも武田の武士を召し抱えることを許した。

甲斐の国人は信忠に受け入れられたことで、安堵し喜びと安心感が広がってきた。信忠が滞在している間は、今までと異なり一揆や不穏な動きが鎮静していた。蒲生氏郷は他の重臣達に比べ小領主であることから、下々のことまで何くれとなく信忠の耳にいれたり、信忠の意向を噛み砕き直接他者に伝えるなど陰より支えていた。

土地の人間にとっても、働き掛けやすいのか、氏郷のもとを訪れる者も多かった。信忠も寒風の中、辛抱強く訴えの話を聞いて不満や問題の所在を掴むことに意を用いていた。訴人はその姿勢に裁下につき多少の不満があっても、納得して引き下がった。信忠は秀隆を軍勢に加えると、甲斐を発った。

次いで、諏訪湖に戻り二十五里北東、上野の厩橋城に入り滝川一益と会った。上野の国でも一益と領国内を巡視し、関東の大名や諸豪族と会い安堵状を与えたり、誼を通すと上杉攻め出陣の触れを出し、再び信濃に戻り北上を続けた。

雪のちらつく頃、ようやく厩橋城より二十六里北西になる、越後との国境に近い信濃の飯山城に到着した。上杉の居城は、海に程近くほぼ真北にあった、距離にして十里ばかりである。

すでに各武将達は越後攻めのために決められた地で、攻撃の指示を待って最後の準備に怠りなかった。信忠が参陣し陣容が出来たところで、陣触れが回され諸将が招集められ、軍評定が開かれた。初めて顔を会わす諸大名も多く、丁寧に紹介が行われた。参陣した諸武将も頬を紅潮させ自己紹介を語った。

場がほぐれた様子を確かめると、ここで初めて、信長の狙いが、信忠より説明された。驚きのさざめきがうねりのように広がっていった。

宇都宮広綱は、

「え！　……」

といったきり、絶句した。北条との今後の関係を慮り考え込んだ。

蘆名盛氏は、

「すでに、上杉は降っていたといわれるのか……、伊達攻めが秘かなる狙いであったといわれるのか」

と思わず尋ねた。

「この度は、武威を示すことにある。これからは伊達攻めも必要となろう」

信忠は参陣した、諸大名の心を慮り丁寧に説明を加えた。

常陸の結城政勝、多賀谷重経、小田氏治らはお互いに顔を見合わせて声もなかった。彼らにとっても、北条の存在は織田や上杉、伊達以上の恐るべき戦国大名であり、推移如何では北条の圧迫が消え去らないことになる。北条の圧力から逃れうると喜んだのも束の間かと疑念さえ持った。

予想外の展開とはいえ、織田家の元で統一に大きく進み始めたことも事実であり、冷静に受けとめようとした。

席に列する者はそれぞれ胸のうちで秘かに、ほっとする者が多かった。

冬に向かい、戦のために多くの費えを被ったが、裏で不満を述べるものは少なかった。

信忠より配慮の充分にじむ、参陣の礼も差し出された。

越後の地に信長の姿はついに現れなかった。

第十五章　時空より永遠に

長秀が別れを告げにきた半月ほど前、豊後（大分県）の大友宗麟（義鎮《よししげ》）からふたたび信長に、和睦の仲介を依頼してきた。

大友宗麟は天正六年十一月に行なわれた日向（宮崎県）の高城川（小丸川）合戦に負けて撤退途中に追撃され、日向耳川の合戦で再び島津軍に大敗北を喫した。

前年の天正五年に日向（宮崎県）の領主伊東義祐は大隅（鹿児島県）、日向の南部の地をめぐり年来争った島津に破れ、嫡子義益を伴い大友を頼り豊後に走った。

天正六年八月、宗麟は義祐に肩入れし、義祐の領国復帰を目指し、九州の北から六万の大軍を催し日向に殺到した。

だが主従の間で意見もまとまらず紛糾した。宗麟は途中で留まり、大友の軍勢から離れ戦場に赴《おもむ》かなかった。

宗麟は総大将として軍勢と同行せず、ほかの目的に気を取られていた。為に大友の軍勢諸将は考えの統一が取れず、内訌《ないこう》が絶えなかった。

宗麟は戦に出陣する前に、キリスト教の洗礼を受けドン・フランシスコと名乗り、キリスト教に傾倒していく。

戦国大名としては南蛮貿易を推進し同時に〈国崩し〉と言われる大砲を備えるなど、新しい武器を積極的に取り入れる一面もあった。だが家中をまとめ切れず、家臣達に不満と不統一を招いていた、そのため敵に全力で当たることはできなかった。

宗麟は元来病弱で、戦場に赴き先頭に立つことはこれまでにもなかった。過酷な場は一族の者や優れた諸将が担い、自らは貴族趣味に傾倒する反面でキリスト教にも深く耽溺していった。

豊州三老と呼ばれた優秀な武将の戸次鑑連《べっきあきつら》（後の立花道雪）、臼杵鑑速《うすきあきすみ》、吉弘鑑理《あきなお》と高橋紹運《じょううん》らが戦場で大勇や武威を発揮し、大きな勢力を作り出してきた。

そのころ島津家は一族内の争いを収め、蒲生氏、肝付氏、菱刈氏を降し薩摩（鹿児島県）、大隅（鹿児島県）の地をようやく押さえ、内部を固めつつあった時である。この時期に九州の名族であり圧倒的な力を誇る大友家の襲来は、島津にとって逃れることができぬ危機的状況であった。

背後にいて全体を把握し、一族や諸将を扱うことに長けた島津義久は島津忠平、忠棟、義弘、家久と山田有信ら一族家臣と共に急ぎ日向に出陣した。

島津の軍は高城で大友軍を迎え撃った、大友家重臣の田北、佐伯、角隈《つのくま》らは策不統一で落命し、かの有名な《釣り野伏せ》の戦法によって島津軍が大勝をえた。さらに追って大友軍と耳川で戦い大敗させた。日向は島津の勢力圏となった。


大友軍が大敗したことが知られると、大友家領国の内外で叛乱が起こるようになった。龍造寺隆信が攻勢に出てより勢い付いてきた、筑前（福岡県）の秋月種実《たねざね》が背き、筑紫広門や宗像、原田、麻生氏も続いて背いた。豊前（福岡県）では高橋鑑種が、肥後（熊本県）では相良、八代、甲斐氏なども隆信に走った。大友離れは益々加速し、領国は不安定となり、大友の権勢にも陰りが濃くなってきた。

豊後（大分県）における大友一族の重鎮である田原親宏までも宗麟に叛くまでになり、九州に覇権を誇った権威も根底から揺らぎ始めていた。

行く末を心配した重臣らは、再び宗麟に領主に戻ることを求めた、天正七年のことである。豊後では叛いた家臣の田北紹鉄と田原親宏を継いだ親貫を子息の大友義統《よしむね》が敗死させた、だが情勢は落ち着かなかった。

毛利は信長が中国攻めを本格化するに及び九州の計略から手を引き、九州北部に築いた多くの根拠地や同盟した豪族達を残し、山陽道の戦場に力を割かねばならなくなっていた。

信長の影響力が間接的にであれ、九州の地にも及んでいたのである。

宗麟は危機感を募らせ、ついに信長に頼ることに心を決め、島津との和議を依頼した。

数年かけた交渉の末、大友と島津の和議はやっと成立した。

大友と島津との和議は天正十年六月に成立した。信長が中国攻めに向かっている頃である。


かつて毛利は山内氏の例に習い、豊前や筑前の地に進出し大友と激しい戦いを交えていた、毛利と手を結び急激に勃興してきた龍造寺隆信に対し宗麟は反撃に出た。だがこの時も総大将として参陣するも、戦の場は一族の者や家臣など付き従う者に任せていた。大友宗麟は九州の北半分より大軍を集め、龍造寺隆信を肥前（佐賀県）の佐《さ》嘉《が》城に攻めた、世にいうところの今山合戦である。

十五年前となる元亀元年、宗麟の催した大軍は佐嘉城を大きく囲み、外部より完全に孤立させ落城寸前まで追い詰めた。大友軍は六万に達していた、戸次鑑連（立花道雪）、臼杵鑑速《あきずみ》、吉弘鑑理《あきなお》、神代長良、横岳鎮貞、小田鎮光、鶴田前勢、有馬義純、大村純忠らが攻城戦に参加していた。

佐嘉城には鍋島信房、龍造寺家就《いえなり》、信岡《のぶちか》、長信《ながのぶ》、納富但馬守、百武賢兼ら五千名程が詰めていた。

龍造寺側には諦めの気持ちが漂っていたが、鍋島信生（直茂）の夜襲説に奮い立ち乾坤一擲の奇襲に賭けたその数八百名程だった。鍋島などの軍勢は油断していた宗麟の弟で総攻撃の大将である大友親貞の陣を襲い大友軍を大敗させた。

着陣した日の夜、酒宴の真っ最中に襲われたもので、龍造寺や鍋島勢を甘く見た油断以外の何ものでもなかった。親貞は討ち死にし、これを境に総崩れとなり、地滑り的大敗となった。

大友連合軍が敗退したことにより、隆信の勢力はさらに急激に伸び大友の勢力圏を侵食し、その存立さえ危ぶまれる程に追い込んだ。

恣意的で人望の薄かった宗麟は天正四年に嫡子の義統《よしむね》に家督を譲るも、義統は凡庸な人物で大勢を挽回することはできなかった。同六年には日向の高城（耳川）合戦で諸将をまとめきれず島津に大敗を喫してもいた。後日再び請われて、義統や諸将が従うことを条件に宗麟が復帰するも、事態に変化をもたらすことはなかった。

今や筑紫広門や秋月種実らの離反により、筑前の北半分の戸次鑑連や高橋紹運らが孤立した状態になっていた。豊前と筑前の間で大友の領国が分断の憂き目に遭っていたのである。

今のまま放置すれば、大友はますます衰えるばかりであり、見過ごしには出来ぬことでもあった。存立を脅かされ始めた宗麟に焦りの色が出てきた。

隆信はますます勢いづき、大友領を圧迫し続づけた。同時に肥後方面へも触手を伸ばし、南下する策にでてきた。

天正十年十一月肥前島原の有馬鎮貴《すみたか》が八代に集う島津義久や諸将のもとに隆信の圧迫を訴え、援助を請うた。

島津もまた肥後隈本城の城親賢《ちかかた》、宇土城の伯耆顕孝《あきたか》、水俣城の相良義陽《よしひ》らと結び肥後に進出を始めていた。

天正十二年に入ると、龍造寺隆信は肥後に入り島津に属する合志氏を攻めた。

龍造寺の動向は大友ばかりでなく、島津にとっても重大な脅威になりつつあった。

大友宗麟は思い余って、龍造寺隆信に対抗するため信長に調停を依頼しようと、信頼の厚い高橋紹運に書状を持たせ安土へ行くように命じた。

宗麟は再び、信長からの斡旋、仲介による和睦によって大友家維持を図った。

紹運は早速大友家にその人ありと謳われて高名な、大友一族で西大友とも称せられた立花道雪（戸次鑑連）に会いにきた。紹運がいないあいだの守りなどについて依頼もあったが、信長との交渉事について相談にきたものであった。

紹運から命令の内容を聞くと、この老将は溜息をつきながら。

「宗麟様が、再び信長殿の袖にすがろうとの思し召しとな……。うーん、信長殿に頼っても何も解決しまい」

「道雪殿が見る通り、自らの行動を改めぬと、誰もついてこなくなる。やがて、われらばかりになるかのう」

「ほかのものが見捨てたとしても、われらは大友家を守らねばならぬ、われらがいるかぎり滅多なことにはなるまい。いや、してはならぬ」

「いまのままでは、龍造寺ばかりではないやがて島津が領国をまとめきったときには、島津と戦うても滅びることになろう」

「うん、何れかに滅ぼされることは避けえまい。織田に頼ってもいずれ追放されることになるやも知れぬ……。運命かも知れぬの」

「義統殿がましであれば、期待もできるものを……」

「紹運殿、それに比べそこもとの子息宗茂は天晴れ立派な大将になるであろう。将来が楽しみじゃ。宗茂の成人を見るためにそれがしももう少し長生きしたきものじゃ」

「宗茂は、道雪殿のもとへ養子に出したもの、宗茂には敵味方となればわしの首を取れというてある」

「そこまで、いわれたのかさすがに出来た親子じゃ。感服いたした、この老いぼれには過ぎたる跡継ぎじゃ」

「これからも道雪殿のご指導をお願いいたす」

「いや何の何の、わしが言わねばならぬようなことは何もありませぬぞ」

「宗茂をそこまで買ってくれておられるのか、息子に代わりてお礼もうす。話は変わるが、それにしてもなんとか大友家を守り支えていかねばのう」

「信長殿との交渉ごとは、大事になるのう。最初から龍造寺の件をださずに、島津との和議について礼を述べつつ、信長殿の反応を見てから用件を切りだされるが良かろう」

「手前にも、武門の意地がござりますれば、当初より頼みごとをいいだす気はありませぬ」

「難しき交渉ごと、頼みますぞ。手前では歳を取り過ぎて物の役には立ちもうさぬ。

無事の成功をお祈りもうす」

「わかり申した、大友家安泰の手を何とか探らねば……」

紹運は赤間関に上陸し、光秀に会見を申し込んだ。織田家の有力な武将では、光秀が最も九州の地に近い位置に城を構えていたからである。

「大友宗麟が家臣、高橋紹運でござる。今後お見知りおきをお願いいたしまする」

「惟任日向守光秀でござる」

「この度日向守様の元をお伺いいたしましたるは、先の島津家との和議が成りましたることに対するお礼を述べることでござります」

「おぉそれは良いことを、さぞかし上様もお喜びであろう」

「手前は田舎大名の家来ゆえ何かと不調法であります。明智様のように織田家における大身の方に、是非何くれとなくご指導のほどをお願いしたく罷《まか》りこしました。よろしくお願いいたしまする」

「手前でお手伝いできることであれば、何なりと申して下され。今いかなる困り事がおありになるのか」

「明智様も御存じの如く、わが大友家は龍造寺家に押され、窮地に追い込まれております。また島津と和議が成ったとはいえ、高城川の負け戦以来、島津からの圧迫にも晒されておりまする」

「ここより見たところ、大友家の家人が離反し龍造寺に走ることが多く、心配いたしておったところでござる」

「われらも大友家の行く末に、憂慮しております。特に今は龍造寺の進出に苦しんでおるところ、何とか食い止める手立てはなきものかと苦慮しておりまする。明智様からも良き解決策がございましたなら、お教えいただきたき次第でございます」

「お困りであったか、手前でお手伝いできることがあれば申して下され。何かとお手伝いできるかもしれませぬ、遠慮のう申して下されよ」

「我が大友家の状況を見るに、宗麟様の元に結集する動きが失われつつあります。子息義統様が家督を引き継げたなれば、問題も興らずわれらも安心であり申せしが、御存じの通りの有様で心を砕いておりまする」

「大友家では龍造寺に対抗することがすでに困難となっておられるのか」

「ご推察の通りでございます」

「龍造寺との和睦を考えられておられるのかな」

「織田様に仲介を、お願いできますれば有り難きことにございます」

「分かり申した、上様に大友殿の意向をお伝え申そう。高橋殿はこれより安土に向かわれるのか」

「もうあまり刻限が残されておりませぬ、これより織田様の下にお願いに上がる所存でござる。お取り次ぎをお願いいたしたく罷《まか》り出ましてございます」

「では手前より、上様に書状を認め申そう、お待ち下され」

毛利が降伏して織田の内海と化した瀬戸内を船で渡り、大坂の地で陸に上がった。光秀が同行させた明智の臣山岡対馬守景雅とともに、安土に着いた高橋紹運は速やかに信長に会見を申し込んだ。

挨拶と共に明智光秀からの書状も添えて差し出された。

「島津との和睦がなりましたことにつき有り難きことにござる。主人大友義鎮《よししげ》入道宗麟からも心よりお礼を述べよとの指図がござりました。衷心よりお礼を申し上げます。いまは島津とも大きな問題もござりませぬ。こちらに持ちし品々は宗麟様よりのお礼の気持ちでござる」

「唐天竺の珍しき品々、有り難く頂戴しておく。宗麟殿にもよしなにお伝え願いたい。折角遠国からお越しになられた、九州の様子をお聞かせ願えますかな」

「最近の様子は、当家より背いた龍造寺が勢力を蓄え当家の領国を侵しております。筑前や豊前にも進出し当家の領国は二分される憂き目にあっておりまする。また龍造寺は筑後から肥後にも触手を伸ばしており、島津とも険悪な雲行きにございます」

「大友家も島津家も、龍造寺を持て余しておられるのか」

「お察しの通りでございます。いまや日の出の勢いにて、我が大友家より離反する者多く押されておりまする」

「両家は協力して龍造寺に当たれぬのか」

「伊東義祐殿のことや高城川の戦いのこともございますれば、島津の軍勢をわが領国に入れることに反対する者も多く、島津に対する恐れも消えてはおりませぬ。織田様にいま一度、仲裁の仲立ちをお願いしたく参りました次第にござる」

高橋紹運も深々と頭を垂れた。

「明智日向守よりの書状にも目を通し、事情は心得た。其方のように武名の誉れ高く聞こえた者でさえ持て余すことがあるのか、そのように切羽詰まっておるとはの……」

「御意の通りでございます」

「余にどのようにせよと望みかな。和睦か援兵をだせとお望みか、書状で良いのかそれとも人をだせと望まれるのか」

「織田様のご威光がありますれば、何れにても可能かと！」

「いまのままでよいのかな、宗麟殿は失った領国を取り戻したいと思うておるのか、龍造寺を滅ぼすお気持ちか。島津とこれよりどのように付きおうてゆかれるのか、本心を聞かせて下され」

「本音で申しますれば、そこまで考えが至っておりませぬ。今を凌ぐことで精一杯でござる」

「書状を持たせ使いをだしてみるが、龍造寺も強気のようじゃな、色好い返事がすぐには参らぬであろう。しばし待つように致せよ」

「は！　お願い申し上げまする」


同じころ薩摩では一族間の相克や統一の過程で多くの戦があった。島津家は長い期間にわたり薩摩、大隅の地をまとめるのに心を砕いていた。島津貴久とその子義久は激しく戦った大隅の蒲生氏を駆逐し、伊東氏、相良氏と結び対抗した菱刈氏を倒し薩摩一国を押さえた、さらに大隅半島を領する肝付氏と争い薩摩、大隅を掌握した。さらに日向南部の伊東氏と激しく戦いを交え勝ち抜いた。ようやく領国をまとめて戦国大名として体裁ができてきたところであった。内を固め、外に向かい進出も視野に入り始めた頃である。

大友との耳川の合戦の大勝は島津に大きな自信を与え、内外に大きな転機ともなろうとしていた。

島津は日向に進出し、肥後（熊本県）の相良氏を水俣城に攻めて降すとさらに阿蘇の甲斐宗運に圧力をかけた。肥前（長崎県）島原の有馬鎮貴《すみたか》より援助を要請され、これを機会に龍造寺と厳しく対立していた。


信長はこれ以上、龍造寺隆信に拡大策にでぬよう説得し、肥前（佐賀県）、筑後（福岡県）と筑前、肥後の半国を認めるが他は手放すよう勧め、大友や島津との間で和睦をするように求めた。長宗我部元親への威圧的な対応が、四国攻めとなっていることに鑑み、穏やかな表現をとった。だが信長にはかつてのようなきびしさ鋭さがすでに失われており、信長は自ら気づかぬところで雰囲気として、図らずも伝えていた。

信長の配慮にも関わらず、龍造寺からの返事は予想通り、強気な内容であった。

「今山の合戦をはじめ、当家から戦を仕掛けたものではありませぬ。大友から圧迫を受けたものであったり、大友に攻められて当家に助けを求めてきたものである、応じて援兵を出したり籠城して戦ったものである。肥後の地についても島津の圧力から逃れるために、助けを求め当家を頼ってきたものである。龍造寺家が責められるいわれはない」

信長の要請にも一顧だにせず、意気盛んなさまがでていた。

光秀が交渉の窓口となり数度の使者と書状のやり取りがあったが、埒が明かなかった。

交渉の間も、龍造寺の積極拡大策は続行された。大友も島津も隆信の攻勢侵食の圧力下で苦しい対応が続いていた。

信長は大友と島津に書状を送り、織田の軍勢を筑前と豊前に派遣することを伝え、島津は呼応して肥後から肥前、筑後へ北上することを求められた。

織田の軍勢が九州へ上陸することで大友は滅亡の危機を脱し、島津は北からの圧力を取り除くことになる。

大友からの使者、高橋紹運が信長の元を訪れてから六ヶ月が経過していた。

信長は次男信雄を総大将に明智光秀を副将につけて、赤間関から狭い海峡を渡った筑前に上陸を目論んだ。

天正七年に信雄は、信長の許しもなく勝手に伊賀の国に攻め込んだ、だが敗れ老臣の柘植三郎左衛門尉を討ち死にさせている。この一件で信長に軽率さをたしなめられていた、これまでの戦場では信長や信忠の下で大過無く過ごすだけであった。ようやく天正九年に、信長の許しで伊勢衆、筒井順慶、信長の旗本の近江衆が支えて、やっと総大将として伊賀を征伐することができた。

優秀な者を抜擢してきた信長も、その厳しさも薄れ親子の情に流され始めていた。粗忽で失敗の多い信雄には、信長も全幅の信頼を置けなかった。光秀の庇護と指導の元に置こうとしたのである。

筑前の北部は立花道雪、高橋紹運など名の知れた大友の優れた武将が頑張っていた。

距離的に近いこと、上陸に当たり安全なこともあったが、信長が筑前の地を選んだ理由はほかにあった。

今は龍造寺の支配下にあるとはいえ、異国の地と結ぶ貿易港であり莫大な収益を期待できる博多がすぐ近くにあるからであった。

謂わば、信長にとって渡りに船の絶好の機会でもあった。

信長は子息の北畠信雄を呼び、九州陣の総大将に任ずるとともに、光秀を信長に代わり親とも頼るよう、固く固く言い含めた。戦陣では光秀の言葉には従い、異論を挟まぬように家臣の伊勢衆にも固く申し付け、出陣の準備を命じた。

信雄は南伊勢の配下である津田掃部助一安、生駒半左衛門、安井将監、林与五郎、天野左衛門尉、池尻平左衛門尉、津川源三郎、土方彦三郎、伊勢の滝川雄利、田丸直息、木造具康、秋山家慶、沢源六郎らに急ぎ出陣を命じた。その領地は南伊勢五郡と伊賀の三郡である、軍団の主力になるには動員力としてたかだか数千にしかならない、その数では少なすぎた。

副将を務める光秀の手元には、畿内、山陰の軍勢を集めると、優に七万を超える一大軍団がいた。

光秀には書状にて情勢を説明し、信雄を総大将とし光秀には副将として信雄を補佐して出陣するように命じた、併せて九州攻めに就いて詳細な内容を最右翼の側近でもある旗本武将で美濃の氏家直通に持たせ知らせてきた。同じ頃、毛利の許にも兵を出すように要請が届いていた。

信長は長いあいだの懸案でもあった上杉討伐を信忠に命じ、自らは後方からのんびりと督戦するつもりであった。

自らが安土をあけることから、信雄、光秀に九州攻めを任せることにしたのである。

大友宗麟の救援依頼を利用して、後継難にある九州一の名門大友の養子として信雄を送り込もうと思案もしていた。信雄を九州の支配者として据え、信孝には四国の支配者に据えるべくすでに三好の後を継がすつもりでいた。

だが、丹羽長秀が倒れたことで、信長自身の心身にも手違いが起こってきた。こだわってきた上杉攻めさえ取り止めた。九州に対する興味も急速に失われた。

身体的にも、気力の面にも衰えが目立つようになってきた。

佐和山城で丹羽長秀は縁側の柱に寄り掛かり、一人琵琶湖の湖面を見つめていた。心のうちは共に苦労した者や道半ばで倒れた者を懐かしんだ、涙がはらはらと頬を流れた、何故涙が流れるか長秀には分からなかった。涙はしばしのあいだ心を癒す、だが涙は病まで癒すことはなかった。

柴田勝家は丹羽長秀が重態に陥ったことを、佐和山城からの使者から聞かされ、すぐに知らせを携え安土城に信長を訪れるべく用意をした。

塞ぐ気持ちを振り払うように、馬の蹄の動きを確かめるように一歩一歩馬上で揺さぶられながら、湖に架けられた橋を渡り安土の城に入った。

勝家は城内に入るとすぐに小姓が詰めている控えの間に、使いを出した。

緊張の面持ちで信長との目通りを求める勝家に対し、小姓の大塚孫三は信長が寝間で臥せっていることを伝えた。

「柴田様、上様は臥せっておられます。上様のご意向を伺って参りましょうか」

「案内してくれ、遠くより御様子をこの目で確かめたい」

「さあどうぞ、柴田様こちらでござります」

天守一階の信長の私的居住空間である居間に向かった。

廻り廊下を通り、金森義人も加わり小姓が二人付いて、対面座敷を経て寝間に近づいた。

勝家は小姓が控える落間より、信長が寝ている褥をうかがうと、信長は痩せ衰え静かな寝息をたてていた。

勝家は信長の安らかな表情をじっと見つめた、しばしのあいだ視線をそらすことはできなかった。

孫三は気を利かして、控えの間に引き下がっていった。

信長の寝顔を見る勝家は、信長に与える影響を思い、長秀の重態を伝えることをためらった。

『何れ、お知りになられるであろう。上様……、心安らかにお眠り下され。暇乞いの時も、そう長い先にはならぬであろうな』

と心奥で頷くと、一人黙然と座りながら、寂しさと孤独を臓腑《ぞうふ》の裏で感じていた。老いて干からびた眼には、涙さえなかった。

かなり長い間そこを立つことも忘れ、勝家は物言わぬ信長と二人で過ごした。

長い時間の経過を気にして……、小姓の孫三が様子を窺いに顔を出した、これを汐に勝家は寝間を退室した。

「わしは、これにて退出いたす。上様にはよしなにお伝えしてくれ」

「は！　お伝えいたしまする」

信長は前例にこだわらず、論理的に考え合理的に困難な事態にも、しぶとくしなやかに処し、新しい時代を切り開いてきた。新しい時代精神を担って戦い続けてきた。だがいまや終わりに近づいていた。

信長の側近く仕え、その意を体してきた勝家ではあったが、勝家にとっても信長は余りにも異質であった。

権力者信長の意を汲んでその課題を実現するべく全力で走り続けてきた勝家だが、信長の精神性を継ぐことは出来なかった。

信長の下で、信長の精神が作りだした方策や理念を理解すべく勉め従った。同時に信長に対する畏敬の念、その激しさに対する恐怖、威圧的だが人を引き付ける魅力などが勝家を従わせていた。

周りで仕えた者達は、信長様は何をお考えか、何をお望みであろうか、諸将の取り組みと努力の目標はここにあった。

優れた家臣の勝家、光秀、秀吉、一益、長秀達、信忠や信長の子息達そして家康、氏郷といかなる者も、信長が紡ぎ出す新しい時代精神を引き継ぐことはできなかった。

勝家は寝間を離れると、類例を見ない豪華で最新の様式を持つ巨大な城郭、安土城の八角に造られた天守へ階段をゆっくりと踏み締めながら一人上っていった。

開け放たれた天守閣より近江の山野と琵琶湖の湖面が目の前に広がっていた。

勝家は息を整えながら、襖に描かれた狩野永徳一門が描いた三皇五帝、孔門十哲など中国の聖人を主題としたあざやかな絵をしばし見詰めた。

目は絵を見ていながらも、心は信長と歩んできた長い月日を思い出し暗澹たる気持ちに塞がれていた。

そのとき一陣の風が勝家の襟元を撫ぜていった、われに返るように振り返った目に、突然現れたかのように湖面が視野にあふれ拡がった。

過酷で厳しい戦場での幾星霜を生き抜いてきた、逞しく大柄な勝家は仁王立ちになり、かっと眼を大きく見開いた。

六十五歳に近付いた勝家は、いまなら八十歳代に相当するのであろうか。彼もまた違った意味で超人の一人であった。

湖面が波立ち、すでに西に傾いた陽光が反射して、沸き立つように黄金色に輝いた。

一瞬、眩暈《めまい》を感じ、体も頼りなく揺れた。

踏み締め直した勝家は……。

黄金色の波がうねり、立ち上がり、姿を変え様々に光り輝く様を、身動《みじろ》ぎもせず、眼を離せなかった。

信長　…　フォエヴァ　…

参考資料

歴史群像シリーズ8　上杉謙信　学研
歴史群像シリーズ9　毛利元就　学研
歴史群像シリーズ12　九州軍記　学研
歴史群像シリーズ14　北条五代　学研
歴史群像シリーズ20　激闘　織田軍団　学研
歴史群像シリーズ29　長宗我部元親　学研
歴史群像シリーズ50　戦国合戦大全　学研
ビッグマンスペシャル　歴史クローズアップ　人物　織田軍団　世界文化社
戦国攻城戦のすべて　洋泉社ＭＯＯＫ　洋泉社
日本の合戦　西東社
信長公記　奥野高広＋岩沢愿彦＝校注　角川日本古典文庫　角川書店
蒲生氏郷　佐竹申伍　ＰＨＰ文庫

資料・地図を参考にさせて頂きました。深く感謝いたします。

あとがき

著者　略歴

札幌市出生。
高校時代は北海道在住。
大学時代より名古屋市在住。
名古屋市役所勤務。
昭和48年　病気判明（肝炎）。
　病気退職に至る20年間で10度を超える長期入院・治療。現在も通院治療中。
平成16年　肝癌の手術。

長期の治療を認めた市役所とご迷惑をかけた職員の方達に、紙面をお借りして感謝を述べます。

当初より現在まで支えて頂いたDr青木國雄（名古屋大学医学部名誉教授）先生、故Dr伊藤圓（名古屋保健衛生大学教授）先生、Dr福田吉秀（オリエンタルクリニック協会理事長）先生、聖霊病院はじめ多くの医療機関、医療関係者に感謝致します。

入院・治療時の友に感謝を、故人になられた方にはご冥福をお祈り致します。

著者プロフィール

昇悦（しょうえつ）
札幌市出身。
名古屋市在住。
個人投資家。
著書：『北の詩《うた》』（文芸社　2016年）

信長…フォエヴァ…

2019年３月15日　初版第１刷発行
2023年12月25日　初版第２刷発行

著　者　昇悦
発行者　瓜谷 綱延
発行所　株式会社文芸社
〒160-0022　東京都新宿区新宿1－10－1
電話　03-5369-3060（代表）
03-5369-2299（販売）

印　刷　株式会社文芸社
製本所　株式会社MOTOMURA

ISBN978-4-286-20256-3